Allitera Verlag
Krimi

CB

Tony Leeven ist Schriftsteller und Journalist und ein exzellenter Kenner der katholischen Kirche und der bayerischen Politik. Der Autor lebt seit 2012 mit seiner Familie in der bayerischen Provinz.

www.tony-leeven.de

Tony Leeven

Das Geheimnis des Kardinals

Kriminalroman

Allitera Verlag
Krimi

Weitere Informationen über den Verlag und sein Programm unter: www.allitera.de

März 2015
Allitera Verlag
Ein Verlag der Buch&media GmbH, München

Lektorat: Jennifer Kozak
Umschlaggestaltung: Annadel Hogen
Printed in Germany · ISBN 978-3-86906-701-8

Für meinen Vater
(1939–2009)

»Das fünfte Gebot verwirft den direkten und willentlichen Mord als schwere Sünde. Der Mörder und seine freiwilligen Helfer begehen eine himmelschreiende Sünde.«
Katechismus der Katholischen Kirche

»Ihr heiligen Nothelfer, ihr treuen Nachfolger Christi, der zum Heil aller Menschen Todesangst, Schmerz, Leid und Tod auf sich genommen hat. Wir bitten euch um Fürsprache für die Nöte, die uns überfallen.«
Gebet zu den heiligen vierzehn Nothelfern

Prolog

Ost-Berlin, 1970

»Misereatur tui omnipotens deus, et dimissis peccatis tuis, perducat te ad vitam aeternam. Amen …«

So oft hatte er schon im Beichtstuhl gesessen und die Lossprechungsformel des Pfarrers gehört. In der wie immer leicht miefigen Luft schienen noch Reste des Weihrauchduftes vom vergangenen Hochamt zu hängen. Er fühlte sich zu Hause in diesem Geruch, der zur Kirche *Heilige Familie* in Prenzlauer Berg gehörte, und er war einer der wenigen Jungen in seinem Alter, die sich anstatt der atheistischen Jugendweihe für die Erstkommunion und die Heilige Firmung entschieden hatten. Seitdem war das Sakrament der Beichte an jedem ersten Samstag des Monats für ihn zu einem Ritual geworden. Manchmal hatte er nicht gewusst, was er außer den üblichen Alltagsverfehlungen beichten sollte und sich daher auch schon mal eine mehr oder weniger lässliche Sünde ausgedacht. Doch diesmal hatte er sich nichts zurechtlegen müssen. Er war sogar schon eine Woche früher gekommen, als es eigentlich fällig gewesen wäre. Und nun kniete er in dem hölzernen Kasten vor dem Gitter, das ihn von dem Priester trennte. Er lauschte den lateinischen Worten des Geistlichen, dem er soeben einen Mord gebeichtet hatte. Den Mord am eigenen Vater.

»Indulgentiam, absolutionem, et remissionem peccatorum tuorum tribuat tibi omnipotens et misericors dominus. Amen.«

Obwohl das Zweite Vatikanische Konzil, das die Landessprache in der Liturgie zuließ, schon fünf Jahre zuvor beendet worden war, pflegte Pfarrer Dresler immer noch das Lateinische, besonders dann, wenn es feierlich wirken sollte. Latein war die Sprache der Weltkirche, zu der auch die wenigen katholischen Kirchgänger hier im Osten Berlins sieben Jahre nach dem Mauerbau gehörten.

Die Beichte ist heilig. Das Beichtgeheimnis ist unantastbar. So hatte er es im Religionsunterricht oder in der Erstkommunionvorbereitung immer wieder gehört. Der Pfarrer hatte dann immer die Geschichte des Heiligen Johannes Nepomuk erzählt, der das Beichtgeheimnis mit seinem Leben verteidigte. Einmal hatte ein anderes Kind dem Pfarrer die Frage gestellt, was er denn täte, wenn ihm jemand einen Mord beichten würde. Ob er dann die Polizei rufe. »Es spielt überhaupt keine Rolle, welche Sünde gebeichtet wird«, hatte er geantwortet. Kein Sterbenswort darüber würde einem Priester über die Lippen kommen, egal zu wem.

»Dominus noster Jesus Christus te absolvat«, ertönte es wieder hinter dem Holzgitter, wo eine kleine Glühbirne neben dem Ewigen Licht im Tabernakel die einzige Lichtquelle im gesamten Innenraum der Kirche darstellte. Die Worte schienen dem Pfarrer nicht so leicht zu fallen wie sonst. »Et ego auctoritate ipsius te absolvo ab omni vinculo excommunicationis et interdicti, in quantum possum, et tu indiges.«

Das Bekenntnis seiner Sünde war eine Erleichterung für ihn. Denn er hatte mit niemandem über die Tat sprechen können. Und er war überzeugt davon, dass Gott ihm verzeihen würde. Denn es war Notwehr gewesen. Immer wieder hatte sein Vater ihn geschlagen und gedemütigt. Der todbringende Stoß auf der Kellertreppe war nur ein schneller Reflex gewesen. Der Vater, der vorher mehrere Flaschen Bier getrunken hatte, war gestürzt und mit dem Kopf auf eine Steinstufe geschlagen. Alle waren von einem tragischen Unglück ausgegangen.

»Deinde ego te absolvo a peccatuis tuis, in nomine Patris et Filii et Spiritus Sancti. Amen«, sprach der Priester.

»Amen«, wiederholte der Sünder, während er andächtig ein Kreuzzeichen schlug.

»Der Vater hat dir deine Sünden verziehen. Gehe hin in Frieden.«

»Deo Gratias. Dank sei Gott, dem Herrn«, antwortete er so, wie er es gelernt hatte. Dann stand er auf und verließ den Beichtstuhl.

* * *

Pfarrer Johannes Dresler hielt die Augen geschlossen und vernahm die Schritte auf dem Steinboden der Kirche. Erst als er hörte, wie die schwere Kirchentür hinter dem Jungen ins Schloss fiel, öffnete er wieder seine Augen.

»Der Vater hat die Sünden verziehen«, murmelte er leise. »Der Vater!« Niemals hätte er geglaubt, dass dieser Junge, einer der engagiertesten Besucher der Glaubensstunden und Meditationsabende im *Offenen Pfarrhaus*, ihm einen Mord beichten würde. Jesus selbst hatte seinen Jüngern die Vollmacht gegeben: *Wem ihr die Sünden vergebt, dem sind sie vergeben.* Würde Gott wirklich einem Mörder vergeben? War dieser Jugendliche überhaupt ein Mörder? Hatte er im Beichtstuhl die Wahrheit gesagt? Oder war es vielleicht eine Mutprobe? Eine Wette? Zwanzig Mark für den, der sich traut, dem Pfarrer einen Mord zu beichten? Nein, dafür war der Junge zu gewissenhaft, zu ehrlich. Er kannte ihn schon seit mehreren Jahren und hielt viel von ihm. Sie hatten ein besonders vertrauliches Verhältnis zueinander.

Pfarrer Dresler war überzeugt, dass die Reue des Beichtlings aufrichtig war. Und er hatte ihm ins Gewissen geredet, seine Tat auch bei der Polizei zu gestehen. Nur dann könne auch die Absolution gültig sein. Durch das Holzgitter hatte er erkennen können, wie der Junge langsam genickt hatte. Es gab daher keine Veranlassung, auch bei dieser schwersten aller Todsünden die Vergebung zu verweigern.

Dresler verließ den Beichtstuhl. Es waren keine weiteren Gläubigen in der Kirche, die das Sakrament empfangen wollten. Die Beichte war nicht sehr populär. Er kniete nieder in der ersten Kirchenbank. Sein Blick blieb an dem vergoldeten Hochaltar hängen, aus dessen Mitte ein vollbärtiger Gottvater mit zornigem Blick lehrmeisterlich auf das auf einer Weltkugel stehende Jesuskind hinabschaute. Das göttliche Antlitz, das durch einen Lichtstrahl, der durch eines der bunten Glasfenster fiel, erleuchtet wurde, erinnerte ihn ein bisschen an den in der säkularen DDR allgegenwärtigen Karl Marx.

Dresler fühlte sich unsicher. Hatte er richtig gehandelt? Was wäre, wenn der Junge nicht zur Polizei ging? Dann würde er als Pfarrer einen Mörder decken. Wie sollte er bei der nächsten Bibelrunde reagieren, wenn er einem Mörder in die Augen blicken müsste, ohne sich etwas anmerken zu lassen? Vielleicht war es gut, dass er bald die Gemeinde HF, wie die Pfarrei *Heilige*

Familie kurz genannt wurde, verlassen würde. Erst vor wenigen Tagen war der Brief aus Rom gekommen. Er war für das Promotionsstudium im Kirchenrecht an der Gregoriana zugelassen worden. Sie galt als die härteste aller akademischen Schmieden. Und auch die Berliner Behörden hatten die Genehmigung für die Ausreise aus der DDR erteilt. Die Ausbildung umfasste Kirchendiplomatie und diplomatische Schriftkunde sowie Praktika in einer Nuntiatur und im vatikanischen Staatssekretariat. In zwei bis drei Jahren, dann wäre er siebenunddreißig, könnte er vielleicht eine Karriere im diplomatischen Dienst der Kirche beginnen. Die Welt stünde ihm offen. Der goldene Westen. Als Priester hatte er keine Familie, die er hinter dem eisernen Vorhang zurücklassen müsste, seine Eltern waren beide im Krieg umgekommen. Seit Monaten schon lernte er Italienisch, um so seine Chancen zu erhöhen, nach Abschluss seiner Promotion in Rom bleiben zu können.

»Herr, erbarme dich!«, betete er, »Christus, erbarme dich! Herr, erbarme dich!«

1. Kapitel

Es war ein kalter, aber sonniger Herbsttag in Rom. Von außen betrachtet, lag eine gespenstische Ruhe über den vatikanischen Hügeln. Doch hinter den verschlossenen Türen des Apostolischen Palastes herrschte geschäftiges Treiben. Vier Tage nach dem völlig überraschenden Tod von Papst Hadrian IX. liefen die Vorbereitungen für die Beisetzung und das darauffolgende Konklave auf Hochtouren. Am letzten Oktobertag hatte der Pontifex maximus während einer Rosenkranzandacht in seiner Privatkapelle einen Hirnschlag erlitten und war am Allerheiligentag gestorben, ohne noch einmal das Bewusstsein erlangt zu haben. Der Substitut des vatikanischen Staatssekretariats, Kardinal Cutrona, war einer der wenigen Purpurträger, die in der Todesstunde bei dem Papst gewesen waren, der die Kirche in das neue Jahrtausend geführt hatte. Der Substitut war der Leiter der ersten Abteilung für allgemeine Angelegenheiten des Staatssekretariats. Der Stabschef des Papstes war ein der Öffentlichkeit weitgehend unbekannter, aber hinter den Kulissen sehr einflussreicher Mann im römischen Machtgefüge. Jetzt kam Cutrona, ein aus Süditalien stammender Mittfünfziger mit kräftiger Figur, grauen Schläfen und einer kleinen, runden, goldenen Brille, aus dem Büro des Kardinalstaatssekretärs, wo die routinemäßige Besprechung mit den beiden Abteilungsleitern dieser päpstlichen Regierungszentrale stattgefunden hatte. Der Vatikan war schließlich nicht nur das Zentrum einer Weltreligion, sondern auch ein souveräner Staat mit allem, was dazugehört, einschließlich einer eigenen Regierung.

Cutronas Schritte hallten durch den Flur im dritten Stock des Apostolischen Palastes, an dessen Wänden Ölgemälde mit in Lebensgröße porträtierten Päpsten der vergangenen Jahrhunderte hingen. Gregor XIII., der 1582 den nach ihm benannten Kalender eingeführt hatte, blickte besonders streng auf Cutrona und den anderen Kardinal, der ihm aus einem der zahlreichen Seitengänge entgegenkam. Eintausendvierhundert Räume, fast tausend Treppen und zwanzig Innenhöfe beherbergte das

Gebäude, das die Künstler der Renaissance und des Barock zu einem prächtigen Palast gemacht hatten.

»Wir müssen die Wahl des Deutschen verhindern«, sagte Kardinal Manuel Hidalgo ohne jegliche Vorrede, als er sich zu Cutrona gesellte und ihn durch den Gang begleitete, in dem das durch die großen Fenster einfallende Sonnenlicht lange Schatten auf dem Fußboden verursachte. In den Lichtstrahlen tanzten Staubkörner. Hidalgo war bis zum Tod des Papstes Präfekt der Bischofskongregation gewesen und damit ein einflussreicher Strippenzieher im Vatikan. Mit dem Beginn der Sedisvakanz hatten alle Kurienkardinäle automatisch ihre Ämter verloren, ihre Macht und ihr Einfluss waren ihnen jedoch geblieben. Als Kardinalsdekan stand Hidalgo dem Kollegium als Primus inter pares bis zum Konklave vor.

Er sprach in einem fast flüsternden Tonfall, der in diesen Tagen immer wieder innerhalb der ehrwürdigen Gemäuer des Vatikans zu hören war. In dem hohen Gang mit dem Marmorfußboden ertönte jeder Schritt wie ein Peitschenschlag.

Mit einem Nicken forderte Cutrona Hidalgo auf weiterzureden.

»Wir sind es der heiligen katholischen Kirche schuldig. Und wir sind es Seiner Heiligkeit, dem verstorbenen Papst Hadrian, schuldig, dafür Sorge zu tragen, dass sein Nachfolger die Kirche in seinem Sinne weiterführt, sein Werk vollendet. Ein liberaler Papst wie der Deutsche auf dem Heiligen Stuhl würde die Kirche ins Unglück stürzen.« Der spanische Kardinal ereiferte sich und bemerkte nicht, wie seine Stimme lauter wurde.

»Kardinal Dresler hat viele Anhänger und Verehrer in der Kurie«, stellte Cutrona nüchtern fest. Seine Stimme verriet nicht, ob er dies als Gefahr empfand oder nicht.

»Das ist es ja«, sagte Hidalgo, jetzt wieder mit gedämpfter Stimme. »Wir haben den Kulturkampf gegen Modernismus und Liberalismus doch nicht deshalb geführt, um jetzt von einem Papst aus dem Land der Reformation wieder alles zunichte machen zu lassen! Dresler hat sich in der Deutschen Bischofskonferenz für die Zulassung von wiederverheirateten Geschiedenen zu den Sakramenten ausgesprochen. Er hat vorehelichen Geschlechtsverkehr als alltägliche Realität bezeichnet und die

Trennung von natürlicher und künstlicher Verhütung akademisch und theoretisch genannt. Er hat die Benutzung von Präservativen empfohlen …«

»… für verheiratete Aidskranke in Afrika«, fiel ihm Cutrona ins Wort. »Und in dieser Angelegenheit, so glaube ich, hat er zahlreichen Bischöfen aus der Dritten Welt aus der Seele gesprochen. Das müssen wir zur Kenntnis nehmen, egal wie unser Standpunkt dazu aussieht.«

»Und auch das, was er zum Frauenpriestertum und zum Zölibat geäußert hat, steht konträr zur Lehre unserer heiligen Kirche.«

»Wenn ich mich nicht irre«, bemühte sich Cutrona um einen sachlichen Ton, »so hat Kardinal Dresler eine Stärkung der Rolle der Frau innerhalb der Kirche angemahnt und darauf hingewiesen, dass die Ehelosigkeit des Priesters kein Dogma ist, sondern eine kirchenrechtliche Vorschrift, die jederzeit änderbar sei. Theoretisch.«

»Seine Theorien sind häretisch!«, schimpfte Hidalgo, der mit seinen pechschwarzen Haaren und seinem sonnengebräunten Teint ein bisschen wie ein alternder Hollywoodschauspieler im Kardinalskostüm wirkte.

»Es gibt vierunddreißig Kardinäle, die angeblich Dresler zum Papst wählen wollen. Wir werden sie kaum öffentlich der kollektiven Häresie beschuldigen können, ohne damit einen empörten Aufschrei in der Weltkirche auszulösen«, stellte Cutrona fest. »Von der Gefahr einer Spaltung des Episkopats will ich gar nicht erst reden.«

»Gelobt sei Jesus Christus«, sagte eine Nonne im weißen Ordensgewand, die den beiden Kardinälen entgegenkam.

»In Ewigkeit, Amen«, erwiderten Hidalgo und Cutrona wie aus einem Mund.

»Wir müssen eine Wahl des deutschen Kardinals verhindern. Um jeden Preis!« Hidalgo war stehen geblieben, um so seinen Worten Nachdruck zu verleihen. Sein Blick war ernst. Hinter seinem Rücken hing das Gemälde des inzwischen heiligen Johannes XXIII., der das Konzil einberufen hatte, das noch heute viele konservative Geistliche für einen der größten Ärgernisse der Kirchengeschichte hielten.

Auch Cutrona blieb stehen, nahm seine Brille ab und blickte sein Gegenüber aus zusammengekniffenen Augen an. »Um jeden Preis?«, fragte er. »Wie meinen Sie das, Eminenz?«

»So, wie ich es sage«, antwortete Hidalgo. Dann fragte er den Substitut: »Eminenz, auf welcher Seite stehen Sie eigentlich, wenn ich das fragen darf?«

»Natürlich dürfen Sie das«, sagte Cutrona, setzte seine Brille wieder auf, wandte sich von Hidalgo ab und schritt weiter den Gang entlang. Dann drehte er den Kopf zur Seite und sagte: »Ich stehe auf der Seite des Heiligen Geistes!«

* * *

»Dreiunddreißig Komma vier, dreiunddreißig Komma vier.« Immer wieder murmelte Julius Scharfenstein die Zahl vor sich hin, während sich die Türen des gläsernen Fahrstuhls wie in Zeitlupe langsam schlossen. In der Hand hielt er den Ausdruck der neuesten Forsa-Umfrage, die – im Auftrag eines großen Privatsenders erhoben – zu dem ernüchternden Ergebnis kam, dass der schon sicher geglaubte Sieg bei der bevorstehenden Bundestagswahl in immer weitere Ferne rückte.

»Die Schwarzen haben auch verloren«, startete Sandro Ohl, Scharfensteins Wahlkampfmanager, den Versuch, etwas Optimismus zu verbreiten, während er im Lift den Knopf mit der Fünf drückte.

»Ja, einen halben Prozentpunkt«, brummelte der fünfzigjährige Kanzlerkandidat. »Und wir haben anderthalb Punkte verloren. Der Abstand wächst von Woche zu Woche.«

»Es muss aufwärts gehen, und zwar schnell«, sagte Ohl, und Scharfenstein wusste nicht, ob sein Wahlkampfstratege die Umfragewerte meinte oder den Fahrstuhl, der sich im Schneckentempo zum fünften Stock des Willy-Brendel-Hauses in Berlin-Kreuzberg bewegte. Scharfenstein konnte durch die gläserne Tür die ebenfalls verglasten drei Etagen sehen, auf denen die *Kampa* eingerichtet war. Wie in einem Bienenstock wuselten dort unzählige Genossen aus der ganzen Republik, die hier für wenige Monate zusammengepfercht waren, um auf einen Wahlsieg der Sozialdemokraten und damit einen Regierungswechsel hinzuarbeiten.

Die kämpfen alle für mich, dachte Scharfenstein und blickte wie ein Feldmarschall auf seine Truppen. Zugleich spürte er Angst. Angst vor der Enttäuschung, die nicht nur er selbst, sondern auch die fleißigen und engagierten *Kampa*-Leute empfinden würden, wenn es nach der Schlacht am Wahlabend um achtzehn Uhr nicht für den Sieg reichen sollte.

Sanft stoppte der Fahrstuhl und öffnete langsam seine Türen.

»Komm mit in mein Büro, Sandro. Ich will wissen, welche Pläne du hast.«

Sandro Ohl war ein gelernter Fernsehjournalist, der jedoch seinen Beruf nie ausgeübt hatte. Schon früh hatte er sich politisch bei den Jusos engagiert, wo er schon bald verschiedenste Funktionärsposten innehatte und es innerhalb weniger Jahre zum Bundesvorsitzenden brachte. Als jüngster Abgeordneter der Bundesrepublik war er schon mit zwanzig in den saarländischen Landtag eingezogen. Jetzt, mit dreiunddreißig und als Wahlkampfmanager der SPD, war ihm im Falle eines Wahlsieges ein Kabinettsposten sicher. Scharfenstein hatte ihm versprochen, ihn zum Kanzleramtsminister zu machen. Doch die Umfragewerte sprachen derzeit eine andere Sprache. Nicht zuletzt die Vorgänge, die in der Boulevardpresse unter dem Schlagwort *Bikini-Affäre* täglich mit neuen pikanten Details ausgebreitet wurden, kosteten einige wertvolle Prozentpunkte, vielleicht die entscheidenden.

»Setz dich!«, sagte Scharfenstein und nahm selbst hinter seinem gläsernen Schreibtisch Platz, auf dem es sehr ordentlich und gar nicht nach Arbeit aussah. Denn Scharfensteins eigentlicher Arbeitsplatz war in Potsdam, wo er seit sieben Jahren ein beliebter und volksnaher brandenburgischer Ministerpräsident war. Das Büro in der Berliner Parteizentrale war ihm nur für die Zeit des Wahlkampfes eingerichtet worden. An den Wänden hingen Bilder, die er nicht ausgesucht hatte. Abstrakte Malerei in grellen Farben, die im Kontrast zum dunklen Blau des Teppichbodens standen. Die Neonröhren und die Halogenleuchte auf dem Schreibtisch erzeugten ein unangenehmes Licht. Er legte den *Berliner Kurier* zur Seite, den ihm seine Sekretärin wie jeden Morgen mit einem Stapel anderer Zeitungen auf den Schreibtisch gelegt hatte. Mit halbem Auge sah er den Aufmachertext mit der Überschrift *Wird wieder ein Deutscher Papst?* Darunter ein Foto des Münchner Erzbischofs, Johannes Maria Kardinal Dresler. Daneben sah Scharfenstein einen Artikel, in den ein kleines Porträtfoto von ihm eingeklinkt war. Anhand der Autorenzeile erkannte er, dass sein alter Schulkamerad Bodo Rauch den Text geschrieben hatte. Er beschloss, ihn später zu lesen.

»Den hier bräuchten wir als Unterstützer«, sagte Ohl und deutete auf das Foto des Kardinals. »Ein Wahlaufruf des kommenden Papstes würde die Solidaritätsadressen sämtlicher Kabarettisten, Literaten, Schlagerbarden und Soap-Sternchen in den Schatten stellen.«

»Träum weiter«, winkte Scharfenstein ab. »Mal abgesehen davon, dass garantiert wieder ein Italiener zum Papst gewählt wird. Eher verkauft der Papst im Puff Pariser als dass ein katholischer Bischof zur Wahl der Roten aufruft.«

»Sag das mal nicht«, erwiderte Ohl. »Hast du das Hirtenwort der Bischofskonferenz zur Wahl mal genau gelesen? Da wimmelt es zwischen den Zeilen nur so von Kritik am Wahlprogramm der Regierungskoalition. Gegen Sozialabbau und Kürzung der Arbeitnehmerrechte wettern sie und fordern Solidarleistungen der Besserverdienenden für die sozial Schwachen.«

»Ein bisschen anders formuliert haben sie es schon, die hochwürdigsten Herren.«

»Aber inhaltlich könnte es genau so in unserem Wahlprogramm stehen. Es muss ja nicht gleich ein Wahlaufruf sein. Das ist wohl tatsächlich unrealistisch. Aber vielleicht können wir irgendwie von dem Hype um den deutschen Kardinal profitieren«, sagte der *Kampa*-Chef, der seinen Namen gerne mit »O H L – wie Oberste Heeresleitung« buchstabierte.

»Was stellst du dir vor? Soll ich öffentlich nach Rom pilgern? Oder nach Lourdes? Und anschließend zusammen mit Hape Kerkeling und Franz Elstner den Jakobsweg gehen?«

»Ein Shake-hands-Foto würde vollkommen reichen. Ich glaube, viele wissen gar nicht, dass du ein Katholik bist, der brav seine Kirchensteuer zahlt. Gehst du eigentlich noch zur Kirche?«

Scharfenstein war die Frage unangenehm. Er war tatsächlich in seiner Jugend kirchlich recht engagiert gewesen. Das

Jesus-Wort von dem Kamel, das eher durch ein Nadelöhr geht als dass ein Reicher in den Himmel kommt, hatte schon früh sein politisches Denken geprägt. Doch eine Kirche hatte er von innen zuletzt bei der Beerdigung seiner Mutter gesehen, die vor einigen Monaten nach langer Krankheit in einer Nervenklinik gestorben war.

»Selten«, antwortete er. »Und ich glaube auch, es wäre etwas geheuchelt, wenn ich jetzt für den Wahlkampf den Herz-Jesu-Marxisten mimen würde.« Er merkte, wie sich Ohl für seine eigene Idee immer mehr begeisterte.

»Hat nicht der Kölner Kardinal erst vor Kurzem wieder die CDU aufgefordert, das C in ihrem Namen zu streichen? Ich glaube, dass immer mehr Christen von den C-Parteien und deren neoliberalem Kurs der kalten Reformen enttäuscht sind. Vielleicht können wir hier das eine oder andere Prozent wieder zurückgewinnen.«

Scharfenstein dachte an die Dreiunddreißig Komma vier. »Ich denk mal drüber nach. Vielleicht lässt sich ja ein Anlass für ein feierliches Händeschütteln vor den Pressefotografen finden.«

»Na also, Scharfi«, strahlte Ohl, »das ist der Kanzlerkandidat, den ich kenne. Wir schaffen es noch, da bin ich sicher. Du, ich muss los. In zwei Minuten ist die *Kampa*-Besprechung. Bis später.«

Im selben Augenblick hatte Ohl schon die Bürotür hinter sich geschlossen. Scharfenstein griff zum *Kurier* und las den Text von Bodo Rauch. *Wirbel um Scharfenstein und das Bikini-Mädchen* lautete die Überschrift, die in großen Lettern in bester Boulevard-Manier auf der Seite platziert war. Dann folgte der Artikel:

Die intimen Skandalfotos des Kanzlerkandidaten sorgen weiter für Zündstoff. Jetzt schaltete sich auch die SPD-Zentrale ein. Als »infame Kampagne« bezeichnete die Pressestelle des Willy-Brandt-Hauses die Veröffentlichung pikanter Strandfotos, die den brandenburgischen Ministerpräsidenten und SPD-Kanzlerkandidaten Julius Scharfenstein mit einer unbekannten Bikini-Schönheit am Strand von Menorca zeigen. Die Verbreitung heimlich in der Privatsphäre aufgenommener Fotos sei ein grober Verstoß gegen die guten Sitten und ein Eingriff in das Persönlichkeitsrecht. Es handele sich hier um eine gezielt gesteuerte Diffamierungskampagne, die vor der Bundestagswahl den Spitzenkandidaten diskreditieren solle, sagte ein Parteisprecher und drohte mit juristischen Schritten gegen jeden, der diese Fotos weiter verbreitet. Unterdessen forderte CDU-Generalsekretär Thomas Franz den Kanzlerkandidaten auf, sich zu der sogenannten Bikini-Affäre zu erklären: »Wer im Wahlkampf ständig eine ehrliche und offene Politik einfordert, muss dieselben Maßstäbe auch an sein Privatleben anlegen lassen«, sagte Franz dem Kurier.

2. Kapitel

Regen prasselte gegen die Fensterscheiben der Büroräume der ersten Mordkommission. Die Hauptkommissare Ben Dillinger und Berrit Blombach waren in die Lektüre der Tageszeitungen vertieft, im Hintergrund röchelte die Kaffeemaschine wie ein Asthmapatient.

»Wusstest du das mit Kleusi?«, fragte Ben und zeigte auf einen kleinen Bericht im Lokalteil der *Abendzeitung*. Gemeint war Hans Kleuser, Leiter des Dezernats für Tötungsdelikte im Münchner Polizeipräsidium und damit ihr direkter Vorgesetzter.

»Du meinst, dass er für den Posten des Kreisverwaltungsreferenten kandidiert? Das steht hier auch in der *Süddeutschen*«, sagte Berrit. »Und zwar auf SPD-Ticket. Ich wusste gar nicht, dass er ein Parteibuch hat.«

»Und dann auch noch das falsche«, sagte Ben schmunzelnd, »zumindest für bayerische Verhältnisse.«

»Du musst aber mal die Seite drei in der *SZ* lesen. Hochinteressant. Eine Reportage über die Strippenzieher im Vatikan vor der anstehenden Papstwahl.«

Ben gähnte demonstrativ. Dem Sechsunddreißigjährigen war alles irgendwie suspekt, was heilig, übersinnlich und vor allem katholisch war. Berrit hingegen war im tiefsten Oberbayern in einer erzkatholischen Familie aufgewachsen und fühlte sich auch heute noch mit der Kirche verbunden, auch wenn sie längst nicht mehr zu den regelmäßigen Gottesdienstbesuchern zählte.

»Die schreiben hier, dass der spanische Kardinal Manuel Hidalgo die größten Chancen auf die Papst-Nachfolge hat. Er sei erzkonservativ und gehöre dem *Opus Dei* an.«

»Kaffee?«, fragte Ben und signalisierte damit sein Desinteresse am Papst-Thema. Die Maschine hatte zu Ende geröchelt, und ein aromatischer Kaffeeduft machte sich in dem Zwei-Personen-Büro im vierten Stock des Neubautrakts im Präsidium an der Ettstraße breit. Eigentlich hätten beide Hauptkommissare Anspruch auf ein eigenes Büro gehabt. Dass eine Mordkommission von einer Doppelspitze geleitet wurde, war ein in den Vorschriften eigentlich nicht vorgesehener Sonderfall. Dazu war es gekommen, als vor wenigen Monaten das Morddezernat im Zuge der Polizeireform neu strukturiert, eine Mordkommission gestrichen und das Personal neu verteilt wurde. So fand sich Ben, der vorher die MK4 geleitet hatte, an der Seite von Berrit an der Spitze der neu zusammengewürfelten MK1 wieder. Auch wenn sie immer wieder aneinander gerieten und so manchen kleinen Kompetenzstreit mit Genuss ausfochten, war es noch nie zum großen Krach gekommen. Bei aller Verschiedenheit ergänzten sie sich in ihrer Arbeitsweise.

Berrit mochte Ben, auch wenn er ihr mit seiner manchmal etwas nassforschen Art einerseits und seiner Pedanterie andererseits immer wieder ziemlich auf den Keks ging. Sie hatte zwei erwachsene Töchter, obwohl sich ihr Mann Heinz so sehr einen Sohn gewünscht hatte. Manchmal ertappte sie sich bei dem Gedanken, dass Ben vom Alter her fast ihr Sohn sein könnte. Und in diesen Momenten kam sie sich so unwahrscheinlich alt vor. Andererseits wurde sie aufgrund ihres Kurzhaarschnitts oft jünger geschätzt als vierundfünfzig Jahre.

»Danke«, sagte sie, als Ben ihr den heißen Kaffee in ihre Tasse goss.

»Bitte sehr. Im *Focus* habe ich übrigens gelesen, dass auch der Münchner Kardinal gute Karten im Papst-Poker hat. War ein sehr langer Bericht, ich habe aber nur die Bildtexte gelesen. Wenn's dich interessiert …«

»Ja, sehr«, antwortete Berrit sofort. »Bringst du mir das Heft mit?«

Er nickte und blätterte seine Zeitung weiter durch. Beim Lokalteil blieb er hängen. »Autoknacker in Sendling unterwegs. Ein Tankstellenüberfall in der Landsberger Straße, ein versuchter Bankraub am Harras und eine vorgetäuschte Vergewaltigung in einer Disco in der Domagkstraße. Ganz schön langweilig für eine Millionenstadt.«

»Ist doch gut. Da haben wir Zeit, uns mal wieder um unsere ungelösten Altfälle zu kümmern.« Berrit deutete mit der Hand auf ein Regal mit Aktenordnern, die jene Fälle enthielten, die dem erfolgsverwöhnten Dezernat bei der Aufklärungsquote die

Hundertprozentmarke verdarben. »Ich nehme nicht an, dass du zur Polizei gegangen bist, um Abenteuer zu erleben und den starken Macker zu markieren.«

Es reicht, wenn du deine Abenteuerlust im Privatleben auslebst, wollte sie hinzufügen, biss sich dann aber lieber auf die Zunge.

»So einen richtig spektakulären Fall würde ich aber schon gerne mal wieder miterleben, mit Sonderkommission, Presserummel und so weiter. So was wie Moshammer oder Sedlmayr hatten wir schon lange nicht mehr ...«

»Kommt schon noch«, sagte Berrit. Sie wandte sich wieder der Seite-drei-Reportage zu.

Ben rührte seinen Kaffee um.

»Wusstest du eigentlich, dass jeder katholische Mann theoretisch zum Papst gewählt werden kann? Steht hier. Er muss nicht einmal Priester sein.« Ihr Finger landete auf einem grau unterlegten Infokasten auf der Zeitungsseite.

»Dann komme ich aber trotzdem absolut nicht infrage«, erwiderte Ben. »An dem Tag, als ich meine erste Gehaltsabrechnung in den Händen hielt, bin ich sofort aus der Kirche ausgetreten. Und zwar aus der evangelischen.«

In diesem Moment bellte Bens Handy. Er hatte sein Mobiltelefon so eingestellt, dass der Empfang einer Kurzmitteilung mit Hundegebell signalisiert wurde. Dies nervte Berrit manchmal, denn wenn Ben mal wieder ein Frauenproblem hatte, hörte das Gebell gar nicht mehr auf. Sie hatte schon nach kurzer Zeit bemerkt, dass er – obwohl nach allgemeingültigen Kriterien nicht außergewöhnlich attraktiv – durch seinen trockenen Charme auf die Frauenwelt sehr anziehend wirkte. Umso erstaunter war sie gewesen, als sie erfuhr, dass er Single war, was aber wiederum dem gängigen Klischee des Kripo-Ermittlers als einsamem Wolf entsprach.

»Ich glaube, du kämst noch aus einem anderen Grund für diesen Job nicht infrage«, sagte sie lachend und deutete auf sein Telefon.

»Elena«, murmelte er und zog genervt eine Augenbraue nach oben, während er die SMS las.

Berrit versuchte sich zu erinnern und den Namen Elena der

richtigen Story zuzuordnen. Wenn sie sich nicht täuschte, war sie Mitte zwanzig und ein One-Night-Stand, den er seitdem nicht mehr loswurde, obwohl er ihr deutlich gemacht hatte, dass nichts Ernsthaftes draus werden könnte. Natürlich kannte Berrit von Bens Frauengeschichten immer nur seine Sichtweise, doch die schilderte er immer wieder gerne und ausführlich, meist während langweiliger Observationen im Auto oder im Büro beim Kaffee.

»Du solltest endlich mal Ordnung in dein Liebesleben bringen. Du bist kein Teenager mehr!«

»Ja, Mama«, reagierte er mit seiner Standardfloskel auf ihre unerwünschten mütterlichen Ratschläge. »Zum Heiraten und Kinderkriegen fühle ich mich aber noch ein bisschen zu jung.« Und dann fügte er hinzu: »Und auf eine Ehe, wie du sie führst, habe ich absolut keinen Bock.«

Berrit schluckte. Das hatte gesessen.

* * *

Das Gesicht der Heiligen Barbara war voller Güte. Kardinal Johannes Maria Dresler nahm die bronzene Statue vorsichtig in die Hand, betrachtete sie wenige Augenblicke und legte sie dann zufrieden in die leicht vergilbte Pappschachtel zurück. Im Regal standen bereits zwei weitere Skulpturen, die im gleichen Stil geschaffen waren.

»Ein schönes Stück«, sprach Manfred Heuser, der in diesem Moment das erzbischöfliche Wohnzimmer betrat und einen Stapel Briefe in der Hand trug. Heuser war seit fünf Jahren der persönliche Sekretär von Kardinal Dresler, der genauso lange Erzbischof von München und Freising war. »Haben Sie wieder bei Frau Böker zugeschlagen?«

Dresler war ein Kunstliebhaber. Und weil er als Kardinal nicht einfach so, wie früher als Gemeindepfarrer, durch die Antiquitätenläden stöbern konnte, steuerte er gelegentlich nach Geschäftsschluss seine Dienstlimousine in die Lothringer Straße, um sich dort einen exquisiten Antiquitätenladen aufschließen zu lassen, dessen Inhaberin Petra Böker ihn schon heimlich zu ihren Stammkunden zählte.

»Noch ein echter Pasadelski«, sagte der Kardinal und deutete auf den Karton. »Aber das gute Stück muss noch gründlich gereinigt werden. Dieses Kleinod stand jahrelang in einem Keller der bayerischen Schlösserverwaltung, bevor es zufällig ins Regal von Frau Bökers Laden gelangte.« Als er Heusers fragenden Blick bemerkte, erläuterte er: »Ischariot Pasadelski, ein polnischer Künstler, der im achtzehnten Jahrhundert in Krakau gelebt hat. Er hat sein gesamtes künstlerisches Leben über eine Reihe von Heiligenfiguren in diesem Stil geschaffen, insgesamt achtundzwanzig: die zwölf Apostel, die vierzehn Nothelfer und das Heilige Paar Maria und Josef. Es gab schon damals in der DDR richtige Pasadelski-Sammler in der Kunstszene. Nur wenige seiner Werke sind in den Besitz von Sammlern gelangt, die meisten stehen in Kirchen oder Museen. Es ist ein großer Glücksfall, wenn man solch eine Figur in die Hände bekommt.«

»Dann gratuliere ich Ihnen zu diesem Glücksgriff«, sagte Heuser höflich, der von Kunst genauso wenig verstand, wie sie ihn interessierte. »Die Heilige Barbara wird dem Heiligen Paar sicher eine gute Gesellschaft leisten.«

Heuser war dreiundvierzig Jahre alt, groß und schlank. Er hatte stets geföhnte, dunkelblonde Haare, war immer glatt rasiert, und seine tiefblauen Augen schauten durch eine moderne, randlose Brille. Wie immer im Dienst trug er einen schwarzen Priesteranzug mit weißem römischen Kragen, den die Seminaristen gerne als »Tipp-Ex-Kragen« bezeichneten. Der siebzigjährige Kardinal war dagegen leger gekleidet. Den Kragen seines Priesterhemdes hatte er geöffnet, dazu trug er eine Strickjacke, die man fast als schmuddelig bezeichnen konnte. Seine Füße steckten in ausgelatschten Filzpantoffeln. Das Bischofskreuz hatte er auf ein dafür vorgesehenes rotes Samtkissen gelegt. Daneben lag seine moderne Lesebrille. Die hatte er erst vor wenigen Monaten nach langem Drängeln des erzbischöflichen Pressesprechers widerwillig gegen die Hornbrille eingetauscht, die jahrzehntelang als sein Markenzeichen gegolten hatte. In Rom hatten sie ihn – auch wegen seiner ostdeutschen Herkunft – immer nur den »Kardinal mit der Honecker-Brille« genannt. Von einem normalen Dorfpfarrer im Freizeitlook unterschied er sich im Moment nur durch den goldenen Bischofsring. Er schaute trotz seines faltigen Gesichts wesentlich jünger aus, als er war, was möglicherweise mit seinem vollen Haar zu tun hatte. Gelegentlich wurde über ihn behauptet, er trüge ein Toupet. Doch darauf konnte er immer wahrheitsgemäß antworten, dass an ihm alles echt sei, bis auf die Zähne.

»Etwas Wichtiges in der Post?«, fragte er seinen Sekretär.

»Ein Brief aus Rom. Ich habe ihn oben auf den Stapel gelegt«, antwortete Heuser. »Wenn Sie nichts anderes für mich zu tun haben, würde ich dann wie besprochen den Dienstwagen in die Werkstatt zur Inspektion fahren. Und denken Sie an Ihren Termin um sechzehn Uhr?« Heuser war Kammerdiener, Sekretär, Assistent und persönlicher Referent des Bischofs in einer Person. Außerdem erledigte er ungefragt viele Kleinigkeiten, die eigentlich nicht zu seinen Aufgaben gehörten. Sicherlich wäre es dem Kardinal sehr unangenehm, wenn er wüsste, dass sein Sekretär gelegentlich die Haushälterin früher heimschickte und dann zum Staublappen griff oder den Abwasch erledigte. Doch Heuser erwartete dafür weder Dank noch Anerkennung.

»Sie können dann gehen«, sprach der Kardinal und hob die Hand zu einem flüchtigen Segenszeichen. Dann setzte er sich an seinen schweren Schreibtisch aus Eichenholz und öffnete den obersten Brief. Der Umschlag war größer als normal und aus kräftigem, wertvoll ausschauendem Papier. Verschlossen war er mit einem Siegel, das ihm nur zu gut bekannt war. Schließlich war er vor seiner Berufung auf den Münchner Bischofsstuhl sechs Jahre lang Vorsitzender des Päpstlichen Rats zur Förderung der Einheit der Christen und damit einer der wichtigsten Kurienkardinäle im Vatikan gewesen. Außerdem hatte er vor vielen Jahren in Rom promoviert, bevor er in seine Heimat zurückkehrte und Sekretär der Ost-Berliner Ordinarienkonferenz geworden war. Erst Ende der Siebzigerjahre wurde er als Theologieprofessor nach Augsburg berufen. Es war selten, aber nicht unmöglich, dass DDR-Theologen in den Westen gingen. In Augsburg wurde er später auch Regens des Priesterseminars und schließlich sogar Bischof. Im Osten war er seitdem nicht mehr gewesen.

Der Kardinal öffnete den Umschlag sehr vorsichtig mit einem scharfen Brieföffner. Denn er wusste: Eine Einladung zum Konklave würde er in seinem Alter vermutlich nie wieder erhalten. Er hatte sich geschworen, keinen Gedanken an die absurde Möglichkeit zu verschwenden, selbst zum Papst gewählt zu werden. Gewiss, die Medien nannten seinen Namen gelegentlich. Vielleicht, weil manche seiner Ansichten ganz anders klangen als das, was immer wieder offiziell aus Rom verlautbarte. Aber aus seiner Sicht war genau diese Popularität, die er in sogenannten progressiven Kreisen genoss, eher ein Grund, der gegen eine Chance im Konklave sprach. Dresler vermutete, dass die Kardinäle einen Hardliner zum Nachfolger von Papst Hadrian wählen würden, um damit ein Zeichen gegen den Werteverfall und den Modernismus zu setzen. Jemanden wie Hidalgo oder den Präfekten der Glaubenskongregation, den amerikanischen Kardinal Patrick Donnelly. Er selbst pflegte, wenn ihn Journalisten oder Kardinalskollegen auf das Konklave ansprachen, immer zu antworten: »Um das Amt des Papstes bewirbt man sich nicht.«

Der Kardinal schaute auf seine silberne Taschenuhr. Ein Besucher hatte sich für den Nachmittag angekündigt. Er wusste nicht, ob er sich darauf freuen sollte.

* * *

Ben Dillinger schloss hinter sich die Wohnungstür im dritten Stock des Miethauses in der Ursulastraße. Er genoss es, hier mitten in Schwabing unweit der Münchner Freiheit zu wohnen. Nach seinem Wechsel vom Drogendezernat zur Mordkommission hatte er acht Jahre lang im nördlichen Stadtteil Freimann gewohnt, der vor allem durch die Autobahnabfahrt zur A9, die Kläranlage, den Euro-Industriepark und den Straßenstrich an der Freisinger Landstraße bekannt und berüchtigt war. Dafür hatte er sich in Freimann für dieselbe Miete noch zweieinhalb statt jetzt nur noch zwei Zimmer leisten können. Er war inzwischen Schwabinger aus Überzeugung. Und auch beruflich hatte er keinen Grund, sich eine Veränderung zu wünschen. Mit seiner Kollegin Berrit kam er inzwischen einigermaßen gut zurecht, auch wenn sie ihn gelegentlich mit ihren mütterlichen Ratschlägen nervte. Manchmal hatte sie ja sogar recht mit ihren mahnenden Worten, was er ihr gegenüber aber niemals eingestehen würde. Und manchmal konnte er ihr auch Ratschläge geben, wenn sie als Mädchen vom Lande mal wieder mit den Dimensionen der Millionenstadt überfordert war und er den München-Kenner raushängen lassen konnte.

Ben steckte den Wohnungsschlüssel von innen ins Schloss und drehte ihn zweimal um. Dann zog er seine neuen gelben Turnschuhe aus, hängte sein graues Anzugjackett auf einen Kleiderbügel und drückte den hektisch flimmernden roten Knopf seines Anrufbeantworters.

»Sie haben fünf gespeicherte Nachrichten«, sagte die metallisch klingende Frauenstimme, während er in das Wohnzimmer schritt und sich in sein schwarzes Ledersofa fallen ließ. Er griff zur Fernbedienung seiner Stereoanlage. Zugleich kündigte sein Anrufbeantworter die erste gespeicherte Nachricht an.

»Hi, Ben, ich bin's«, ertönte eine weibliche Stimme, die ihm wohl bekannt war. »Elena«, fügte sie überflüssigerweise hinzu. »Ich wollte dich fragen, ob wir uns nicht mal wieder …«

Er wollte nicht wissen, was Elena ihn fragen wollte. Das heißt, er wusste es eh schon genau. Aber er hatte jetzt nicht im Geringsten Lust, sich mit der Frage zu beschäftigen, warum sie ihn immer wieder anrief, obwohl er ihr mehr als einmal deutlich gemacht hatte, dass er an einer festen Beziehung nicht interessiert war. Elena war vierundzwanzig und eine recht hübsche Verkäuferin in einem Schwabinger Teeladen, in dem er mehrfach Kräutertee gekauft hatte – natürlich als Geschenk, denn er selbst war passionierter Kaffeetrinker. Sie waren gelegentlich ins Gespräch gekommen, und irgendwann hatte sie ihm gesagt, dass sie jetzt Feierabend habe und ob er noch etwas vorhabe. In ihrer Wohnung hatte sie zuerst Duftkerzen angezündet und ihn dann nach allen Regeln der Kunst verführt. Am nächsten Morgen hatte er natürlich nicht nein gesagt, als sie ihn nach seiner Handynummer fragte. Den Austausch der Telefonnummern hatte sie jedoch offenbar mit dem Überreichen von Verlobungsringen verwechselt. In einer Reihe jener »klärenden Gespräche«, die er so sehr hasste, hatte er versucht, ihr klarzumachen, dass sie eine nette und attraktive Frau sei, dass er jedoch nicht an einer Beziehung interessiert war. Dass sie ihm auch viel zu jung für etwas Festes gewesen wäre, hatte er sich nicht zu sagen getraut, um sie nicht zu verletzen.

Ben schaltete mit der Fernbedienung das Radio ein und erhöhte die Lautstärke von Joe Cockers *When the night comes* so lange, bis die krächzende Stimme die aufgezeichneten Nachrichten seines Anrufbeantworters übertönte. Er schloss die Augen und versuchte, an nichts zu denken.

Das Zeitzeichen weckte ihn wieder. »Es ist zweiundzwanzig Uhr. Bayern 3. Nachrichten.«

Ben schrak auf, er hatte fast zwanzig Minuten auf seinem Sofa geschlafen. Seine Hand tastete nach der Fernbedienung.

»Berlin«, sagte der Nachrichtensprecher. »SPD-Kanzlerkandidat Julius Scharfenstein gerät wegen der Veröffentlichung von Paparazzi-Fotos zunehmend unter Druck. Unbestätigten Medienberichten zufolge soll es sich bei der jungen Frau, mit der er zusammen am Strand fotografiert wurde, um die Ehefrau des …«

Ben schaltete das Radio aus und suchte sein Mobiltelefon. Seine Mordkommission hatte schließlich Bereitschaftsdienst, und er musste durchgehend erreichbar sein. Er hatte das Handy in der Innentasche seines Jacketts gelassen. Aber es war unwahrscheinlich, dass ausgerechnet in dieser Viertelstunde …

»Vier nicht angenommene Anrufe«, zeigte das Display an.

Verdammt, dachte er. Vielleicht war's auch nur Elena, die fragen wollte, warum er nicht zurückgerufen hatte. Doch dann erkannte er die angezeigten Ziffern. Es war zweimal Berrits Büronummer, zweimal ihre Handynummer.

Während er mit seiner linken Hand durch seine Messerschnitt-Frisur strich, betätigte er mit dem rechten Daumen die Rückruffunktion. Noch bevor das erste Klingelzeichen verklungen war, meldete sich Berrit.

»Wo steckst du?«, fragte seine Kollegin, ohne eine Antwort abzuwarten. »Du wolltest doch einen spektakulären Mordfall. Dann komm her! Pacellistraße 8. Beeil dich! Ich bin schon vor Ort.«

Bevor er eine Frage stellen konnte, hatte sie schon wieder aufgelegt.

Im Laufschritt begab sich Ben zu seinem Dienstwagen, den er mangels Parkplatz vor dem Haus zwei Straßen weiter in der Occamstraße geparkt hatte. Vorschriftsmäßig trug er seine

Heckler & Koch in einem Lederholster unter der linken Schulter. Die Novembernacht war eisig kalt geworden. Er hätte einen Schal mitnehmen sollen.

»Hallo Ben, auch auf der Piste? Lange nicht gesehen.«

Lydia! Sie hatte ihm gerade noch gefehlt. »Sorry, keine Zeit.«

»Wieder auf Verbrecherjagd?«, fragte die sechsundzwanzigjährige Studentin mit den blonden Haaren, die er seit mindestens einem Vierteljahr nicht mehr gesehen hatte. Nach einigen netten Abenden – und Nächten – hatte er den Kontakt langsam einschlafen lassen. Wenn er sie jetzt einfach stehen ließe, dann würde sie ihn gewiss die nächsten Tage ähnlich wie Elena mit Anrufen und SMS terrorisieren. Also setzte er sein freundlichstes Gesicht auf und sagte: »Schön dich zu sehen, Lydia. Geht's dir gut?«

»Wir waren im *Lustspielhaus.* Bruno Jonas. Premiere. Endgeil!«

Jetzt erst registrierte Ben mit einer gewissen Erleichterung, dass Lydia einen männlichen Begleiter bei sich hatte. Sie trug einen engen Rock, der eine Handbreit über den Knien endete, und schwarze Stiefel. Unter der offenen Lederjacke konnte er deutlich ein tief ausgeschnittenes, eng anliegendes schwarzes Oberteil erkennen, dazu trug sie eine sehr edle Halskette. Und eine neue Frisur hatte sie auch, etwas kürzer. Sie sah sehr sexy aus. Er fragte sich, welche Waffe gefährlicher war: die Spitze ihrer Stiefel oder die langen dunkelroten Fingernägel. Sie muss aufpassen, dass sie sich in diesem Aufzug nicht erkältet, dachte er. Ihr Begleiter, wer auch immer der etwa dreißigjährige Anzugträger mit Manschettenknöpfen und Fliege war, durfte sich glücklich schätzen. Denn für den Kabarettisten im *Lustspielhaus* dürfte sie sich kaum so zurechtgemacht haben.

»Und jetzt wollen wir noch was trinken gehen«, sagte sie, »komm doch mit!«

»Das würde ich gerne, aber ich bin wirklich im Dienst und habe einen Einsatz. Viel Spaß noch, schönen Abend!« Er eilte weiter.

Wenig später saß Ben hinter dem Steuer des roten Astra, den er im Moment während der Bereitschaftszeit fuhr. Den Gedanken an Lydia hatte er schnell verdrängt. Zur Pacellistraße brauchte er nicht lange, um diese Zeit war nicht mehr viel Verkehr in der Innenstadt. Trotzdem hatte er mit routinierten Handgriffen das magnetische Blaulicht auf das Dach montiert. Berrit hatte nicht gesagt, was passiert war. Die Adresse sagte ihm auch nichts. Er überlegte.

War nicht der *Bayerische Hof* in der Pacellistraße? War in dem Luxushotel vielleicht ein Popstar abgestiegen, der ermordet wurde? Ben versuchte, sich an seine Zeitungslektüre zu erinnern, welche Prominenten sich derzeit in München aufhielten. Das Konzert von Robbie Williams war erst in vier Tagen, der italienische Regierungschef war nach seinem Besuch beim Ministerpräsidenten bereits wieder abgereist. Wurde nicht Scharfenstein, der Kanzlerkandidat, in den nächsten Tagen in München zu einem Wahlkampfauftritt erwartet? Ben bekam eine Gänsehaut bei dem Gedanken.

Ben fuhr mit dem Wagen über die Ludwigstraße und bog dann rechts ab zum Maximiliansplatz. Als er in die Pacellistraße fuhr, sah er bereits die blinkenden Blaulichter der Streifenwagen und eines Rettungsfahrzeugs vom Roten Kreuz. Und dann erkannte er auch das Gebäude, vor dem mit rot-weißen Plastikbändern Absperrungen errichtet worden waren: das Erzbischöfliche Palais.

* * *

Die Männer mit den weißen Overalls und den silberfarbenen Koffern hatten bereits mit der Spurensicherung begonnen. Schwarze quadratische Schilder mit weißen Ziffern waren um die leblose Gestalt, die mit einem weißen Tuch zugedeckt war, auf dem edlen Parkettfußboden aufgestellt. Dort, wo sich der Kopf des Toten befinden musste, war das Laken rot gefärbt. Eine Blutlache hatte sich gebildet. An der anderen Seite des Tuches schauten zwei Füße in alten Filzpantoffeln hervor.

»Wer ist der Tote?«, fragte Ben seine Kollegin.

»Johannes Kardinal Dresler. Erzbischof von München und Freising.«

»Ach du heiliger Bimbam«, war das Einzige, was Ben herausbrachte. Er blickte sich im Zimmer um. Es roch wie ein Antiquitätenladen und war durchweg mit wertvoll ausschauenden Möbeln eingerichtet. An den Wänden hingen mehrere große Ölgemälde, die offenbar irgendwelche Bischöfe oder ernst dreinblickende Kirchenfürsten aus längst vergangenen Epochen zeigten. An der Decke hing ein großer Kronleuchter. Massive Sessel waren um einen Mahagoniholztisch herum gruppiert. Auffallend war die penible Ordnung und Sauberkeit. Nirgendwo lag etwas herum, was nicht dorthin gehörte. Bis auf den toten Kardinal auf dem Fußboden. Und eine Bronzefigur, die etwa anderthalb Meter neben der Leiche lag – ordnungsgemäß mit einem schwarzen Schild und der Nummer vier gekennzeichnet.

Fragend blickte er Berrit an, um weitere Details zu erfahren.

»Der Notruf ging um einundzwanzig Uhr dreiunddreißig im Präsidium ein. Anrufer war«, sie blickte auf ihren Notizblock, »Manfred Heuser, Privatsekretär des Kardinals. Er fand die Leiche, als er sich vom Kardinal nach verrichtetem Tagewerk für heute verabschieden und zur Nachtruhe begeben wollte. Heuser hat eine kleine Wohnung im Seitenflügel des Gebäudes. Er sitzt jetzt nebenan, steht unter Schock. Das Übliche. Ingrid kümmert sich um ihn.«

Ingrid Hechler, die achtunddreißigjährige Hauptkommissarin mit den etwas herben Gesichtszügen, wäre selbst gerne Leiterin der MK1 und damit die erste weibliche Chefermittlerin im Dezernat geworden. Dass ihr dann aber eine Doppelspitze vor die Nase gesetzt wurde, hatte sie bis heute nicht verdaut. Man musste ihr jedoch anrechnen, dass sie sich stets bemühte, sich ihren Frust nicht anmerken zu lassen und ihre Arbeit weiter professionell zu erledigen. Zusammen mit Ole Jensen komplettierte sie das Ermittlerteam. Der blonde Däne mit der seit dreißig Jahren aus der Mode gekommenen Vokuhila-Frisur spielte in seiner Freizeit Gitarre bei den *Westpark Heroes* und war seinem Outfit nach zu urteilen während einer Bandprobe zum Tatort gerufen worden. Zwar wurde er im dänischen Hjorring geboren, doch schon als Kind zog er mit seiner Mutter zuerst nach München und dann nach Aufkirchen am Starnberger See.

»Und das da ist die Tatwaffe?«, fragte Ben und deutete auf die Statue, die Jensen gerade auf Fingerabdrücke untersuchte.

»Sieht ganz so aus. Es sind jedenfalls eindeutig Blutspuren

dran. Einen Sturz oder Unfall können wir wohl ausschließen.«

»Tatzeit?«

»Vor drei bis sechs Stunden.«

»Kein würdiger Tod für einen Kardinal«, meinte Ben. »Was wissen wir über ihn?«

»Siebzig Jahre alt, seit fünf Jahren in München. Unmittelbar zuvor hatte er einen hohen Posten im Vatikan. Davor wiederum war er vierzehn Jahre in Augsburg, zuerst als Theologieprofessor an der Uni, danach als Chef des Priesterseminars und zuletzt als Augsburger Bischof. Aber ursprünglich stammt er aus dem Osten: Studium in Erfurt, Kaplan in Eisenach, Pfarrer in Ost-Berlin. Danach wurde er Mitte der Siebziger Sekretär der …«, Berrit schaute wieder in ihr Notizbuch, »Ost-Berliner Ordinarienkonferenz. Das war wohl in der DDR vergleichbar mit unserer Bischofskonferenz.«

»Eine steile Karriere«, stellte Ben fest.

»Und wenn ihn niemand mit diesem Heiligen Josef erschlagen hätte«, sagte Jensen mit der Bronzefigur in der Hand, »dann wäre er vielleicht noch Papst geworden. Derjenige, der das verhindert hat, trug jedenfalls keine Handschuhe. Es gibt ganz brauchbare Fingerabdrücke. Der Josef ist bei der Tat leicht beschädigt worden.« Jensen deutete auf eine kleine Absplitterung an der Hand des Heiligen. »Und übrigens haben wir die dazugehörige Maria-Figur in einer Pappschachtel im Schrank gefunden. Ich lass die Abdrücke sofort ins LKA zum Afis-Abgleich bringen.«

»Ich bin gespannt, ob die Datenbank etwas ausspuckt«, sagte Berrit.

3. Kapitel

Bodo Rauch blätterte in der *Morgenpost*, als der unvermeidliche Verkäufer einer Obdachlosenzeitung die S-Bahn nach Charlottenburg betrat, seinen auswendig gelernten Spruch aufsagte, sich am Ende noch mal freundlich für die Störung zu entschuldigte und darum bat, die neue Ausgabe der *Motz* zu kaufen oder ein bisschen Kleingeld zu spenden. Rauch, der als Reporter für den *Berliner Kurier* arbeitete, legte die *Morgenpost* zur Seite. Er konnte sich nicht auf die Lektüre konzentrieren, sondern dachte nur an seinen eigenen Text, der am nächsten Tag in der Zeitung stehen und gewiss bundesweit Aufmerksamkeit erregen würde. *Scharfenstein: Affäre mit CSU-Gattin?* lautete die Schlagzeile auf der Titelseite, die der Chef vom Dienst, Rauchs Bedenken ignorierend, formuliert hatte.

»Da steht doch ein Fragezeichen, damit sind wir auf der sicheren Seite, Mann!«, hatte der CvD argumentiert.

Scharfi, wie sie ihn schon zur Schulzeit genannt hatten, war jetzt ein Spitzenpolitiker, und Bodo Rauch war ein unterbezahlter freier Journalist, der froh sein musste, aufgrund seiner Vergangenheit als Lohnschreiber für das SED-Regime beim *Neuen Deutschland* heute mit einundsechzig Jahren überhaupt noch eine Beschäftigung zu haben. Daher konnte er sich auch keinen Streit mit der Chefredaktion leisten. Freie Mitarbeiter hatten keine Kündigungsfristen und mussten jeden Tag aufs Neue für ihre Zeilen und die dafür gezahlten kargen Honorare kämpfen.

Der Zeitungsverkäufer verließ die S7 am Lehrter Bahnhof. Er würde sich nie daran gewöhnen, dass der nun Hauptbahnhof hieß, dachte Rauch.

Die Strandfotos waren ein absoluter Glücksfall. Er selbst war auch auf Menorca im Urlaub gewesen, als er Scharfenstein an einem einsamen Strand mit der jungen Blondine erkannte. Er war kein Profi-Fotograf, aber seine kleine Digitalkamera hatte ausgereicht, um scharfe Bilder zu machen, auf denen der Kanzlerkandidat eng umschlungen und in eindeutiger Pose mit der jungen Schönheit zu sehen war.

Rauch hatte sich um ein Gespräch mit Scharfenstein bemüht, um ihn, wie es journalistisch sauber gewesen wäre, mit den Fotos zu konfrontieren. Doch ihn selbst hatte er gar nicht erreicht, und die Pressestelle sah keine Möglichkeit für ein Interview: Wahlkampftermine. Zuerst hatte er Skrupel gehabt, die Fotos zu veröffentlichen. Doch dann hatte die Redaktion ihn darauf angesetzt herauszufinden, wer das Bikini-Mädchen war. Eine Woche lang musste er sich an Scharfensteins Fersen heften, ihn auf Schritt und Tritt verfolgen. Fast fühlte er sich wie ein Detektiv, machte über siebenhundert Aufnahmen. Und jetzt endlich glaubte er zu wissen, wer die heimliche Geliebte des Kanzlerkandidaten war. Er war ziemlich sicher, auch wenn der letzte Beweis fehlte.

Am Bahnhof Tiergarten betrat der nächste Bettler die Bahn. Er hatte diesmal keine Obdachlosenzeitungen dabei, sondern führte einen struppigen Hund an der Leine. Vermutlich ein Mischling aus Schnauzer und Retriever.

»Entschuldigen Sie vielmals die Störung, sehr verehrte Damen und Herren«, leierte der etwa Zwanzigjährige mit blau-grün gefärbten, hochstehenden Haaren, einer schmierigen Lederjacke und einer schwarzen Jeans, die aus mehr Löchern als Stoff bestand. »Für meinen Hund Bodo und für mich möchte ich gerne etwas zu essen kaufen. Ich würde mich sehr freuen, wenn Sie etwas Kleingeld für mich übrig hätten …«

»Hey du«, rief Rauch, »heißt dein Hund wirklich Bodo?«

Der Punk nickte.

»Cooler Name für einen Drecksköter. Nimm das hier«, sagte Bodo Rauch und steckte dem sichtlich verdutzten jungen Mann einen Zehn-Euro-Schein zu.

* * *

»Wie geht es Ihnen, Herr Heuser?«, fragte Hauptkommissarin Berrit Blombach. »Dürfen wir Ihnen einige Fragen stellen? Wir können auch später …«

»Ja ja, schon gut«, sagte der Sekretär etwas abwesend. Er saß auf einem Stuhl am Küchentisch in der Wohnküche des Kardinals.

»Die Ärztin hat ihm ein Beruhigungsmittel gegeben. It seems, er hat sich vom ersten Schock erholt«, stellte Hauptkommissarin Ingrid Hechler fest.

Sie hatte die nervende Angewohnheit, ihre Sätze mit englischen Begriffen zu verunstalten. Berrit war völlig schleierhaft, woher diese Marotte kam, von einem längeren Auslandsaufenthalt, der eine mögliche Erklärung hätte liefern können, stand in Ingrids Personalakte nämlich nichts.

»Ich lass euch dann mal alone.« Ingrid verließ den Raum, und Berrit glaubte, den Tonfall ihrer Kollegin so zu deuten, als hätte sie eigentlich sagen wollen: Du glaubst doch eh, dass du das hier besser kannst.

Berrit ließ sich auf den frei gewordenen Stuhl fallen. Sie sah auf der Anrichte eine moderne und offenbar sehr teure Espressomaschine stehen. Auch wenn es in ihrer Situation, in einer fremden Küche, gewiss unangebracht war, fragte sie Heuser dennoch: »Möchten Sie vielleicht einen Kaffee?« Heuser sah so aus, als könnte ihm das gut tun. Berrit fielen Heusers tiefblaue Augen auf. Doch sie waren getrübt von Trauer und Schmerz. Sie spürte, dass Heusers Gefühle aufrichtig waren. Sie wusste aber auch, dass ihm das nicht den Verdacht nahm, dem er natürlich ausgesetzt war. Berrit hatte schon viele Mörder erlebt, die nach ihrer Tat aufrichtige Trauer für das Opfer empfunden hatten. Diese Trauer vermischte sich jedoch sehr oft mit dem Selbstmitleid, das der Täter für sich empfand, wenn ihm bewusst wurde, dass er bald für viele Jahre hinter Gitter wandern würde.

»Nein danke«, sagte er. »Aber wenn Sie möchten …«

Auch Berrit schüttelte den Kopf. »Herr Heuser, bitte erzählen Sie genau, wie Sie die Leiche gefunden haben!« Sie schaltete ein kleines Diktiergerät ein, um die Aussage später protokollieren zu können.

Heuser nahm seine Brille ab und wischte sich mit dem Ärmel seines Priesterhemdes über die Augen. Dann räusperte er sich einmal, richtete sich auf seinem Stuhl etwas auf und begann zu sprechen: »Seine Eminenz hatte heute den ganzen Tag über Termine, daher habe ich die Zeit genutzt, um verschiedene Dinge außerhalb des Ordinariats zu erledigen. Den Abend hatte ich frei. Als ich wieder zurückkam, ich wohne auch hier im erzbischöflichen Palais, wollte ich noch bei Seiner Eminenz vorbeischauen, ob er bereits die Komplet gebetet hatte.« Auf Berrits fragenden Blick erklärte er: »Das ist das kirchliche Nachtgebet, das wir regelmäßig gemeinsam beten. Gebetet haben. Als ich das Wohnzimmer betrat …«

»Sie haben einen Schlüssel zu seiner Wohnung?«

»Ich habe einen Schlüssel zur Haustür dieses Gebäudetrakts. Die zwei Wohnungen innerhalb des Palais', die des Kardinals und meine, sind nicht verschlossen. Als ich das Wohnzimmer betrat, sah ich ihn tot auf dem Fußboden liegen.«

»Wussten Sie sofort, dass er tot ist?«

»Ja, ich habe es gewusst. Ich habe schon viele Menschen sterben sehen. Ich weiß, wie ein Toter aussieht. Trotzdem habe ich ihm den Puls gefühlt. Am Handgelenk und am Hals. Dann habe ich die Polizei gerufen.«

»Unmittelbar danach?«

Heuser schwieg einen Moment. Dann sagte er: »Nicht sofort.«

Als er nicht weitersprach, fragte Berrit: »Was haben Sie getan?«

»Ich habe mich neben ihn gekniet und gebetet.«

»Wie lange etwa?«

»Zuerst den schmerzhaften Rosenkranz. Und dann ein Totengebet. Das hat insgesamt vielleicht zwanzig Minuten gedauert.«

»Zwanzig Minuten? Sie haben zwanzig Minuten neben einer Leiche gebetet?«

»Es war der letzte Dienst, den ich ihm erweisen konnte.«

Berrit merkte, dass Heuser ein Schluchzen unterdrückte. Dann sah sie Ben zur Tür hereinkommen. Sie signalisierte ihm mit dem ausgestreckten linken Zeigefinger vor ihrem Mund, dass er leise sein solle, und deutete mit der rechten Hand auf den dritten Küchenstuhl.

»Das ist mein Kollege, Hauptkommissar Ben Dillinger.« Doch sie hatte das Gefühl, dass Heuser gerade mit seinen Gedanken weit weg war. Sehr weit weg.

»Ich habe mit Jensen eine Inventarliste aller Gegenstände im Wohnzimmer angefertigt«, sagte Ben leise und reichte Berrit ein handbeschriebenes Blatt Papier. »Vielleicht könnte der Sekretär überprüfen, ob etwas …«

»Später«, flüsterte Berrit. Und dann lauter zu Heuser: »Können Sie genauer sagen, wo Sie heute tagsüber gewesen sind?«

Schlagartig war er wieder da. »Brauche ich ein Alibi?«

»Wir müssen Sie das fragen, um Sie als Täter auszuschließen. Sofern Sie es nicht waren«, sagte Ben kühl.

»Ben, bitte«, zischte Berrit. »Es ist reine Routine, Herr Heuser.«

»Ich brachte den Dienstwagen Seiner Eminenz in die Werkstatt am Franzfurter Ring. Ein Ölwechsel war fällig. Ich fuhr dann mit der U-Bahn zum Marienplatz, wo ich bei der Deutschen Bank Kontoauszüge holte. Anschließend hatte ich über eine Stunde Zeit, in der ich bei Hugendubel stöberte. Ich setzte mich in die Leseecke und las eine Weile in *Sakrileg*. Ich stellte rasch fest, dass der Name dieses Machwerks programmatisch ist. Die Heilige Kirche wird durch den Schmutz gezogen! Ich kaufte das Buch …«

»Warum haben Sie das Buch gekauft, wenn Sie es für ein blasphemisches Machwerk halten?«, wollte Ben wissen.

»Seine Eminenz hatte es neulich in einer Sonntagspredigt erwähnt und mich neugierig gemacht. Und man muss ja mitreden können.«

»Aha«, sagte Ben. »Und weiter?«

»Am Nachmittag hatte ich ein Gespräch mit dem Stadtpfarrer von Sankt Peter. Es ging um die Vorbereitung eines Pontifikalamtes in drei Wochen. Liturgische und organisatorische Fragen. Das dauerte bis etwa achtzehn Uhr. Den Abend hatte ich frei. Ich habe im *Weißen Bräuhaus* zu Abend gegessen und einen ausgiebigen Spaziergang im Englischen Garten gemacht.«

»Dann hätten wir gerne die genaue Adresse der Autowerkstatt, das U-Bahn-Ticket, die Kontoauszüge, den Kassenzettel von Hugendubel, den Beleg aus dem Wirtshaus. Und vielleicht fällt Ihnen noch ein Zeuge ein, der Sie beim Spazierengehen gesehen hat«, sagte Ben.

»Ja, natürlich. Das bekommen Sie alles«, antwortete Heuser in einem unterwürfigen Ton.

Berrit war es unangenehm, wie hart Ben den Zeugen rannahm. Sie wechselte daher das Thema: »Hatte der Kardinal Feinde? Wurde er vielleicht bedroht?«

»Böse Briefe waren regelmäßig in der Post. Die hat er aber nie zu Gesicht bekommen, ich habe sie aussortiert.«

»Was heißt das, böse Briefe?«

»Man konnte anhand der eingehenden Post immer genau erkennen, ob er mal wieder in einem Interview oder einer Ansprache etwas gesagt hat, was nicht ganz mit der offiziellen Lehrmeinung der katholischen Kirche kongruent war.«

»Zum Beispiel?«

»Die meisten Briefe kamen nach seiner letzten Osternachtfeier, in der er unter anderen zwei Männern das heilige Sakrament der Taufe spendete.«

»Und? Was war dabei?«, fragte Ben.

»Die beiden Männer waren bekennende Homosexuelle, die den Weg zum Glauben gefunden hatten. Es hat danach einen riesigen Aufschrei der Empörung gegeben, Dresler würde die Homo-Ehe durch die Hintertür in die katholische Kirche holen. Dabei hat er nichts weiter getan, als zwei Gläubige zu taufen. Hätte er ihnen vielleicht die Taufe verweigern sollen?«

»Was waren das für Briefe, die er danach bekam?«, fragte Berrit. »Waren sie nur empört oder waren auch richtige Drohungen dabei?«

»Die meisten waren harmlos. Fromme Menschen, die hinter jeder Äußerung, die nicht ihrem traditionellen Glaubensbild entspricht, gleich den Antichrist höchstpersönlich vermuten. Ich kann das diesen Leuten auch gar nicht verübeln. Ich schreibe ihnen im Namen des Kardinals auch freundliche Antwortbriefe, in denen ich versichere, dass ihre Sorgen ernst genommen werden.«

»Sie sagten, die meisten Briefe seien harmlos. Was ist mit den anderen?«

»Ganz selten sind welche darunter, da denke ich dann schon: Was für ein krankes Hirn! Da heißt es dann, dass man mit solchen Aussagen im Mittelalter auf dem Scheiterhaufen gelandet wäre, oder es wird mehr oder weniger direkt empfohlen, es dem Verräter Judas gleichzutun …«

»… der sich aufgehängt hat?«, warf Berrit ein.

»Richtig. Aber das muss man nicht ernst nehmen. Ich denke, den Leuten geht es besser, wenn sie sich ihren Zorn von der Seele geschrieben haben.«

»Waren diese Briefe anonym?«, fragte Ben.

»Die meisten schon«, antwortete Heuser und fügte dann hinzu: »Bis auf die des Professors.«

»Des Professors?«, kam es bei Ben und Berrit wie aus einem Mund.

»Professor Doktor Doktor Heinz-Lothar Brüggemann. Seine Briefe sind eine Plage. Früher waren sie immer mit einer völlig unleserlichen Handschrift geschrieben, niemals weniger als drei oder vier eng beschriebene Seiten. Seit einigen Jahren arbeitet er aber mit einem Computer, seitdem ist er kaum noch zu bremsen. Kleine theologische Abhandlungen, völlig wirr und konfus. Die Argumentationsketten enden immer damit, dass der Weltuntergang mit dem Jüngsten Gericht angekündigt wird. Und der Kardinal wird immer als erster Kandidat für die ewige Verdammnis genannt.«

»Sehr interessant. Was ist das für ein Professor?«, fragte Berrit.

»Er ist längst emeritiert. Muss schon weit über achtzig sein. Vielleicht schon neunzig. Er hat früher katholische Theologie gelehrt, zuerst in Regensburg und später in Augsburg. Kurz nach dem Konzil hat er aus Protest gegen die aus seiner Sicht modernistischen Reformen seine Lehrbefugnis zurückgegeben. Er hat sich dann der Priesterbruderschaft Pius X. angeschlossen, eine traditionalistische Gruppe von Sektierern um den exkommunizierten, verstorbenen Erzbischof Marcel Lefebvre, die viele Neuerungen des Konzils ablehnt.«

Berrit konnte sich nicht vorstellen, dass ein neunzigjähriger Greis einen Kardinal mit einer Bronze-Statue erschlägt. Trotzdem konnte dies eine erste Spur sein. »Wo wohnt dieser Professor? Hier in München?«

»Nein, er wohnt zurückgezogen in einer alten Villa in Herrsching, direkt am Ammersee. Seine Adresse steht im Telefonbuch.«

»Noch was anderes, Herr Heuser«, setzte Ben die Vernehmung fort. »Welche Termine hatte der Kardinal heute? Können wir seinen Kalender haben?«

»Natürlich, aber ich habe die aktuellen Termine immer im Kopf. Er begann jeden Tag mit der Frühmesse in seiner Privatkapelle um sieben Uhr dreißig. Danach frühstückten wir hier in der Küche gemeinsam, um die Termine des Tages zu besprechen. Um zehn Uhr hatte er ein Gespräch mit dem Caritas-Diözesanvorsitzenden Matthias Bachmann. Um dreizehn Uhr ein Arbeitsessen mit dem Generalvikar, Doktor Fridolin Engels. Es ging um den Haushaltsplan des Bistums und vorgesehene Personaleinsparungen. Sie wissen, der Rotstift macht auch vor der Kirche nicht Halt. Am Nachmittag stand ein Termin mit Fragezeichen im Kalender: eine als privat deklarierte Unterredung mit Julius Scharfenstein, dem Politiker.«

»Ach, sieh an«, entfuhr es Ben. »Der Kanzlerkandidat trifft den Kardinal?«

»Ich weiß nicht, ob der Termin wirklich zustande gekommen ist. Es sollte davon abhängen, ob Scharfenstein zwischen zwei politischen Terminen in München noch Zeit findet.«

»Worum sollte es bei diesem Treffen gehen?«, wollte Berrit wissen.

»Keine Ahnung. Ich will nicht ausschließen, dass Scharfenstein den Kardinal für den Wahlkampf einspannen wollte. Aber das hätte Seine Eminenz gewiss nicht mitgemacht.« Etwas leiser ergänzte Heuser: »Auch wenn er für die Sozialpolitik der SPD im kleinen Kreis durchaus mal Sympathie durchblicken ließ. Aber das behalten Sie bitte für sich.«

»Wie lange kannten Sie den Kardinal, und in welchem Verhältnis standen Sie zu ihm?«, fragte Ben.

»Er war so etwas wie mein theologischer Ziehvater. Ich kenne ihn seit meiner Zeit im Augsburger Priesterseminar. Er war dort Regens. Als er danach Bischof von Augsburg wurde, war ich Kaplan in seinem Bistum im Allgäu. Wir hielten immer Kontakt, auch während seiner Zeit in Rom. Vor fünf Jahren wurde er dann auf den Münchner Bischofsstuhl berufen. Er fragte mich, ob ich sein Sekretär werden wolle. Dies war für mich ein großer Vertrauensbeweis und eine Ehre. Seitdem bin ich sozusagen seine rechte Hand.«

»Noch eine Frage zum Schluss.« Berrit kratzte sich nachdenklich am Kinn. »Kardinal Dresler wurde in den Medien gelegentlich als möglicher Kandidat für die Papst-Nachfolge gehandelt …«

Heuser nickte fast unmerklich.

»Könnte es sein, dass es hier einen Zusammenhang gibt?«

»Sie meinen, dass jemand die Wahl von Kardinal Dresler zum Papst verhindern wollte?«

Jetzt war es Berrit, die nickte.

»Unmöglich! Also das kann ich mir beim besten Willen nicht vorstellen. Zumal dieser Gedanke … also ich meine, Kardinal Dresler und Papst … einfach unvorstellbar. Ich glaube, das hätte er auch gar nicht gewollt … er war immer ein so bescheidener Mann. Es ging ihm nie um Ämter und Titel, er wollte immer nur für die Menschen da sein. Darin hat er seine Berufung gesehen. Für die Menschen da sein …« Heusers Stimme brach weg. Er schluchzte leise und versuchte zuerst, die Tränen zu unterdrücken. Doch dann verlor er die Beherrschung und begann zu weinen. Er legte seine Brille auf den Küchentisch und holte ein Taschentuch aus seiner Hosentasche.

Berrit spürte den inneren Drang, Heuser tröstend in den Arm zu nehmen. Doch einen Priester umarmt man nicht, dachte sie und wusste nicht, wie sie sich verhalten sollte. Es war selten, dass Männer in einer Vernehmung solche Gefühle zeigten. Die Art, wie Heuser seiner Trauer freien Lauf ließ, war ihr sympathisch. Sie mochte den Mann mit den blauen Augen.

* * *

»Ein beeindruckender Mann«, sagte Berrit zu Ben, der neben ihr auf dem Beifahrersitz saß. Jensen hatte den Astra genommen, und so waren sie auf dem Weg ins Präsidium, wo Dezernatsleiter Kleuser sie bereits zur ersten Lagebesprechung erwartete.

»Ich würde eher sagen, eine Heulsuse«, entgegnete Ben mit spöttischem Unterton. Er ignorierte Berrits strafenden Blick.

»Er hat nicht nur seinen Chef verloren, sondern vermutlich auch seine engste Bezugsperson«, dozierte Berrit. »Ich finde, du musst Zeugen nicht derart merken lassen, wie unsympathisch sie dir sind.«

Er sagte nur: »Und du solltest es dir nicht derart anmerken lassen, wenn ein Zeuge dich mit seinen tiefblauen Augen verzaubert. Glaubst du, ich hab das nicht bemerkt?«

Berrit blickte über ihre Schulter, um sich auf die linke Abbiegerspur einzuordnen. Vermutlich wollte sie Sekunden gewinnen, um nicht sofort auf diese spitze Bemerkung reagieren zu müssen.

Doch Ben legte nach: »Du findest ihn attraktiv, stimmt's?«

»Und wenn? Rein äußerlich, meine ich natürlich. Ich kann's doch nicht ändern, dass er nicht hässlich ist.«

»Ich glaube eher, es ist die Faszination des Verbotenen, die euch Frauen immer wieder auf verheiratete Männer oder Priester abfahren lässt. Und wenn sie nicht in festen Händen sind oder im Zölibat leben, sind sie schwul. Wäre dieser Heuser ein Angestellter am Schalter der Postbank, du würdest ihn keines Blickes würdigen und seine schönen Augen nicht einmal registrieren. Ich wette.«

»Heuser interessiert mich nicht als Mann, sondern als Zeuge.«

»Ich würde eher sagen, er ist bislang unser einziger Verdächtiger«, meinte Ben. »Wer ist eigentlich dieser Bischof Lefebvre?«

»Mein Onkel und meine Tante waren Anhänger der Lefebvre-Bewegung. Sie besuchten in Bad Reichenhall regelmäßig Heilige Messen im alten Ritus. Ich habe das einmal erlebt. Alles auf Lateinisch, und der Priester steht mit dem Rücken zu den Gläubigen. So wurden vor dem Konzil alle Messen gefeiert. Mir kam das alles ein wenig gespenstisch vor.«

»Und diese Lefebvre-Bewegung ist von der Amtskirche nicht anerkannt?«

»Dieser Erzbischof Lefebvre hat Ende der Achtzigerjahre ohne Erlaubnis des Vatikans selbst Bischöfe geweiht und ist daraufhin exkommuniziert, also von der Kirche ausgeschlossen worden. Unter dem letzten Papst gab es Versuche einer Annäherung. Aber einer der Levebvre-Bischöfe machte als Holocaust-Leugner Schlagzeilen.«

»Seltsame Bräuche habt ihr da in eurem Verein.«

»Ich vermute, dass der liberale Kardinal Dresler für solche konservativen Kreise durchaus als Feindbild geeignet war«, sagte Berrit.

»Aber reicht das für ein Mordmotiv? Ich habe mal gehört, dass es bei diesen Leuten so etwas wie die Zehn Gebote gibt. Und da gibt es doch auch eins, das heißt: Du sollst nicht töten.«

»Ich weiß es doch auch nicht«, seufzte Berrit. »Ich weiß nur, dass Menschen schon oft aus religiöser Überzeugung getötet wurden. Denk nur an die Kreuzzüge, die Hexenverbrennungen, die Inquisition … Vielleicht geht auch nur die Fantasie mit mir durch, Ben. Ich bin müde.«

»Vielleicht ist die Lösung ja auch ganz profan, und Seine Eminenz hat einen Einbrecher auf frischer Tat ertappt und wurde erschlagen.«

»Möglich. Hoffentlich funktioniert der Kaffeeautomat im Präsidium.«

In der Löwengrube fuhren sie durch eine enge Toreinfahrt auf den Innenhof des Polizeipräsidiums, wo sie den Wagen abstellten. Ben sah im vierten Stock in Kleusers Büro Licht brennen.

* * *

Der Kaffeeautomat funktionierte. Und so stand vor Kriminaloberrat Hans Kleuser, den Kommissaren Berrit Blombach, Ben Dillinger, Ingrid Hechler und Ole Jensen jeweils ein dampfender brauner Plastikbecher mit einer ebenso braunen, heißen Flüssigkeit, die auf den Tasten des Automaten vor dem Konferenzraum unterschiedlich als *Kaffee schwarz*, *Espresso*, *Moccaccino* oder *Cappuccino* bezeichnet war. Ben hatte alle Varianten schon ausprobiert und niemals auch nur den geringsten Geschmacksunterschied festgestellt. Er war der festen Überzeugung, dass die verschiedenen Tasten im Automaten alle denselben Brühvorgang auslösten.

Es war inzwischen zwei Uhr durch. Auch dem Dezernatsleiter war es noch nicht gelungen, die Nacht aus seinem blassen Gesicht zu vertreiben. Während er zu den üblichen Bürozeiten immer korrekt in Anzug und Krawatte zum Dienst erschien, hatte der schwarzhaarige Schnauzbartträger jetzt Jeans und einen gestrickten Pullover aus Schafwolle an. Und er war unrasiert. »Liebe Kollegen«, eröffnete er die Besprechung und bat alle Anwesenden, kurz ihre Erkenntnisse darzulegen.

Berrit und Ben berichteten von der Vernehmung Heusers, Jensen erläuterte den Bericht der Spurensicherung, und Ingrid berichtete, dass außerhalb des Bischofshauses keine Augen- oder Ohrenzeugen gefunden werden konnten.

»Ich habe vor einer Viertelstunde mit dem Polizeipräsidenten telefoniert«, ergriff Kleuser wieder das Wort. »Ich denke, es ist selbstverständlich, dass wir eine Sonderkommission bilden. Ich selbst übernehme die Leitung, die *Soko Kardinal* setzt sich zusammen aus dem Personal der MK1 sowie je einem abgeordneten Sachbearbeiter der übrigen Mordkommissionen. Genaueres dazu morgen. Bei Bedarf werden wir weitere Kräfte vom LKA hinzuziehen. Es ist wohl überflüssig zu erwähnen, dass die Öffentlichkeit angesichts der aktuellen Ereignisse in der Weltkirche einen schnellen Ermittlungserfolg erwarten wird.«

Nicht nur die Öffentlichkeit, dachte Ben. Auch die politischen Funktionäre, die über die Berufung des neuen Kreisverwaltungsreferenten zu entscheiden haben.

»Apropos Öffentlichkeit«, bemerkte Ingrid, »wie sieht's mit der Presse aus?«

»Bislang haben sie noch nichts mitbekommen. Und die Zeitungen für morgen, also heute, dürften schon gedruckt sein. Unser Glück. Wir setzen für zwölf Uhr dreißig eine gemeinsame Pressekonferenz mit dem Ordinariat an. Ich bitte Sie, Frau Blombach, an der PK teilzunehmen, denn es wird sicher Fragen nach dem Tatort und so weiter geben. Bis dahin gilt eine Nachrichtensperre. Für die Einladung an die Medien werden wir irgendeine nebulöse Formulierung finden. Wir dürfen die Öffentlichkeit erst in Kenntnis setzen, wenn wir die Apostolische Nuntiatur in Berlin informiert haben.« Und leise murmelnd fügte er hinzu: »Ich will gar nicht daran denken, was für Wellen dieser Fall schlagen könnte.« Dann wieder in normaler Lautstärke: »Wie gehen wir morgen, also heute, vor?«

»Ingrid sucht den Caritas-Direktor auf, mit dem der Kardinal zuletzt einen Termin hatte«, schlug Berrit vor. »Jensen kümmert sich um die Autowerkstatt und das Alibi von Manfred Heuser. Ben und ich sprechen mit dem Generalvikar und statten diesem Professor in Herrsching einen Besuch ab.«

»Wonderful«, murmelte Ingrid, »war ja klar, dass unser Dreamteam sich wieder die Rosinen rauspickt: einen Ausflug an den Ammersee?«

»Wie bitte?«, fragte Kleuser scharf.

»Nichts, nichts, Herr Kriminaloberrat«, antwortete Ingrid schnippisch.

»Also gut«, fuhr der Dezernatsleiter fort, »ich selbst werde dann versuchen herauszufinden, ob Julius Scharfenstein tatsächlich einen Termin bei Kardinal Dresler hatte. Ich werde da mal meine politischen Kontakte spielen lassen. Und nun sollten wir uns alle mal eine Mütze Schlaf gönnen. Die nächsten Tage könnten für uns anstrengend werden.«

4. Kapitel

Das Büro des Generalvikars lag in einem wenig prunkvollen Gebäude mit gläsernen Balkonen und einer schweren Bronzetür. Daneben stand in großen Lettern auf einem Schild *Erzbischöfliches Ordinariat, Dienstgebäude Maxburgstraße*, darunter in kleinerer Schrift *Erzbischöfliche Finanzkammer* und *Katholisches Kirchensteueramt*. Das Büro war schlicht und zweckmäßig eingerichtet. Es sah nicht aus wie die Verwaltungszentrale des Münchner Erzbistums, wo ein Etat von über 380 Millionen Euro, sechzehntausend Arbeitsplätze und 1,8 Millionen Katholiken verwaltet wurden. Und Generalvikar Doktor Fridolin Engels, der seine wenigen verbliebenen Haare mit Pomade sorgfältig von links nach rechts über die Glatze gekämmt hatte und über eine tief auf der Nase sitzenden Lesebrille seine Besucher anblickte, wirkte nicht wie der persönliche Vertreter des Erzbischofs und Leiter des Bistums in allen Verwaltungsfragen. Er dürfte dem Rentenalter bereits nahe gewesen sein. Seinem dunkelgrauen Anzug mit einem kleinen Kreuz am Revers und dem schwarzen Pullover mit dem weißen Hemd darunter war anzusehen, dass er auch ein geweihter Priester war. Und seine rote Nase und die Schachtel Aspirin neben seinem Telefon deuteten darauf hin, dass die nasskalte Witterung ihm zu schaffen machte.

»Es ist so schrecklich, einfach nur schrecklich! Nehmen Sie bitte Platz, Frau … äh …«

»Kriminalhauptkommissarin Berrit Blombach, das ist mein Kollege Hauptkommissar Ben Dillinger.« Sie setzten sich auf zwei Besucherstühle.

Obwohl es gerade mal kurz nach acht Uhr war, wirkte Fridolin Engels, als säße er schon seit Stunden hinter den Stapeln von Akten, Tabellen und ausgedruckten Zahlenkolonnen.

Ben schaute sich in dem Büro um. Neben einem großen Fenster, durch das er die beiden Zwiebeltürme des Doms sehen konnte, stand ein altertümlicher Schrank aus massivem dunklen Holz, in dem in sechs Reihen untereinander unzählige Ordner mit hellgrünen Etiketten aufbewahrt wurden. Sie waren beschriftet mit römischen Ziffern und Jahreszahlen. Auf Engels' Schreibtisch stand eine Telefonanlage mit vielen roten Lämpchen und Schaltern, die vor zwanzig Jahren dem Stand der Telekommunikationstechnik entsprochen hatte. Daneben stand eine Rechenmaschine, hinter der sich auf dem Schreibtisch ein meterlanger Papierstreifen mit gedruckten Ziffern aufgerollt hatte. Vor dem Apparat lag ein kleiner Spiralblock, auf dem mit einem gespitzten Bleistift endlose Zahlen untereinander geschrieben waren. Alle Zahlen waren mindestens fünfstellig. Ben fiel auf, dass nirgends ein Computer zu sehen war.

»Das Schlimme ist, auch nach dem tragischen Ereignis müssen wir weiter daran arbeiten, unseren Etat aufzustellen. Wir sind enormen Sparzwängen ausgesetzt. Wir haben schon viele Szenarien durchgespielt: den Verkauf von Immobilien, die Streichung des Weihnachtsgeldes für kirchliche Mitarbeiter, wir müssen Bildungseinrichtungen schließen, Zuschüsse kürzen, Stellen abbauen. Daran hängen Schicksale, Familien …«

»War der Sparhaushalt auch Thema Ihres gestrigen Gespräch mit dem Herrn Kardinal?«, fragte Berrit.

»Ja, der Kardinal hatte zwei Tage vor dem schrecklichen Ereignis um die Unterredung gebeten. Das ist sehr ungewöhnlich.«

Schon wieder sprach der Generalvikar von dem »schrecklichen Ereignis«. Ben war es gewohnt, dass Zeugen, die mit einem Mord konfrontiert waren, sich scheuten, die Worte »Tod« und »Sterben« in den Mund zu nehmen. Von einem Kirchenmann hätte er dies jedoch nicht erwartet.

»Inwiefern ungewöhnlich?«, hakte Berrit nach.

»Der Kardinal hatte sich in den vergangenen Jahren nie mit Fragen der Bistumsfinanzen befasst. Es interessierte ihn nicht. Er sah sich immer als Seelsorger, als Hirte, der für seine Schäfchen da war. Das Seelenheil der Menschen war ihm stets wichtiger als die Zahlen in unseren Bilanzen. Dass jedoch immer mehr seiner Schäfchen der Kirche den Rücken kehrten und damit für weniger Kirchensteuereinnahmen sorgten, war für ihn vorwiegend ein seelsorgerisches Problem. Mich jedoch stellt es zunehmend vor größere Herausforderungen ganz weltlicher Art. Neunzig Prozent unseres Haushalts bestreiten wir aus Kirchensteuereinnahmen, müssen Sie wissen. Und es macht schließlich keinen besonders guten Eindruck, wenn kirchliche Einrichtungen geschlossen und die Mitarbeiter betriebsbedingt gekündigt werden. Sie verstehen?«

»Ist es so weit schon gekommen?«

Engels runzelte die Stirn. »Noch nicht in großem Umfang. Wir haben letztes Jahr einen Seniorentift im Würmtal geschlossen und die Bewohner auf andere Heime verteilt. Und in einigen Kindergärten mussten wir das Betreuungsangebot reduzieren, weil die staatlichen Zuschüsse gestrichen wurden. Aber das sind alles nur Petitessen im Vergleich zu dem, was uns in den nächsten Jahren noch erwartet.« Er nahm seine Lesebrille ab und legte sie auf seinen Spiralblock, unter dem ein hölzernes Lineal hervorschaute.

»Ist das Ausmaß der Sparmaßnahmen denn schon öffentlich bekannt?«, fragte Ben.

»Nein, nicht offiziell. Wir haben bislang nur mitgeteilt, dass schmerzhafte Maßnahmen bevorstehen. Bekannt ist, dass verschiedene Kirchengemeinden zu Pfarrverbänden zusammengeschlossen werden müssen. Aber das ist eher durch den Priestermangel bedingt als durch die Sparpläne. In anderen Teilen Deutschlands ist die Lage noch viel drastischer. Relativ betrachtet, gibt es in Bayern noch vergleichsweise viele Priester.«

»Warum wollte der Kardinal denn nun mit Ihnen über den Etat reden?« Ben wurde etwas ungeduldig.

»Auch wenn wir nichts offiziell verlautbart haben, so sickerten doch die einen oder anderen Details an die Presse durch. Es muss irgendwo hier im Haus eine undichte Stelle geben. Jedenfalls hat ein Reporter der *Abendzeitung* mehrfach über die drohende Schließung von katholischen Einrichtungen in München, unter anderem einer Caritas-Sozialstation und eines Behindertenheimes, berichtet. Natürlich hat das Boulevardblatt alles sehr reißerisch und übertrieben dargestellt und geschrieben, die Kirche würde Behinderte auf die Straße setzen. Was selbstverständlich grober Unfug ist!«

»Aber wenn Sie ein Heim schließen …«

»Es ist im Gespräch – aber ich bitte Sie, das für sich zu behalten –, die betroffenen Einrichtungen, die uns enorme Verluste einbringen, an private Träger abzugeben. Die könnten dasselbe Angebot wesentlich profitabler betreiben, weil sie nicht den Zwängen unterliegen …«

»Sie meinen Tarifverträge für die Angestellten?«, unterbrach Ben.

Engels seufzte. »Die Kirche ist keine Firma, die mit Dumpinglöhnen ihre eigenen Mitarbeiter ausbeuten kann und will.«

»Aber sie kann ihre kirchlichen Einrichtungen an andere abtreten, die bei der Ausbeutung weniger Skrupel haben?«, empörte sich Ben, was ihm einen bösen Blick von Berrit einbrachte.

»Ähnlich wie Sie haben sich auch viele Zeitungsleser echauffiert und nicht nur böse Leserbriefe geschrieben, sondern sich auch direkt an den Herrn Kardinal gewandt. Und weil der die Sorgen seiner Schäfchen sehr ernst nahm, hat er mit mir das Gespräch gesucht.«

»Und wie ist das Gespräch gestern verlaufen?«, fragte Berrit.

»Der Kardinal war ein kluger Mann. Wenn wir Wasser in Wein verwandeln könnten oder die wunderbare Brotvermehrung beherrschen würden, dann könnten wir die Menschen mit grenzenlosen Wohltaten beglücken. Aber der Herr hat seiner Kirche nur ganz irdische Instrumente an die Hand gegeben. Das setzt uns Grenzen. Und das hat auch der Herr Kardinal einsehen müssen.«

Ben fiel auf, dass Engels weitgehend vermied, seine Gesprächspartner anzuschauen und stattdessen mit seinen Augen immer wieder an seinen Zahlenreihen hängen blieb.

»Und es hat absolut keinen Streit gegeben?«

Engels zögerte einen Moment und schnäuzte sich die Nase ausgiebig und geräuschvoll, bevor er antwortete. »Nein. Von Streit kann keine Rede sein.«

»Sondern?«

»Der Kardinal hat mich natürlich gefragt, ob wir das Geld nicht an anderer Stelle einsparen können, etwa bei den Verwaltungskosten.«

»Und?«

»Ich bin nicht der Meinung, dass wir hier großes Einsparpotenzial haben. Aber ich musste dem Kardinal zusagen, dass ich die Verwaltungsausgaben des Generalvikariats noch mal komplett auf den Prüfstand stelle.« Er deutete mit der Hand auf die Tabellen und Papiere. »Und das ist es, was ich gerade hier tue.«

»Aber der Kardinal ist tot«, sagte Ben, »für wen legen Sie jetzt noch Rechenschaft ab?«

Engels stutzte einen Augenblick und schien zu überlegen, was Ben damit sagen wollte. »Sie meinen doch nicht etwa, dass ich den Kardinal getötet habe, um mein Budget zu verteidigen? Ich muss doch sehr bitten!« Engels stieg das Blut ins Gesicht.

»Natürlich nicht, Herr Generalvikar«, beschwichtigte ihn Berrit. »Herr Dillinger wollte sagen …«

»Wer kontrolliert eigentlich den Etat des Erzbistums?«, fragte Ben. »Der Papst oder der Heilige Geist?«

»Herr Kommissar, ich weiß nicht, was Sie hier unterstellen wollen.« Engels wurde immer kurzatmiger. »Die erzbischöfliche Finanzkammer sorgt für die sachgemäße Verwaltung der Kirchensteuereinnahmen. Über den Haushalt entscheidet der demokratisch gewählte Diözesansteuerausschuss.«

»Wer ist der Vorsitzende dieses Ausschusses?«

»Der Erzbischof von München und Freising.«

»Der ist tot, Herr Doktor Engels.«

»Aber ich kann Ihnen versichern, dass es in den vierzehn Jahren, in denen ich den erzbischöflichen Etat verantworte, noch niemals irgendwelche Unstimmigkeiten gegeben hat. Im Übrigen habe ich noch zu tun. Darf ich Sie höflichst bitten, mich jetzt meine Arbeit machen zu lassen!«

Ben wollte gerade ansetzen, eine aus seiner Sicht passende Antwort zu erwidern, als Berrit sagte: »Wir haben Sie tatsächlich lange genug gestört, Herr Doktor Engels. Wir finden raus. Vielen Dank.«

* * *

Wie ein vor Anker liegendes Kreuzfahrtschiff bohrte sich das moderne Gebäude mit der Adresse Wilhelmstraße 141 im Stadtteil Kreuzberg zwischen die Wohnhäuser. Die rote Fahne stand auf dem Dach, die aufgehende Herbstsonne spiegelte sich in der verglasten Fassade. Julius Scharfenstein ging an dem Reisebüro vorbei, das im Erdgeschoss des Willy-Brandt-Hauses untergebracht war. Er betrat die Parteizentrale durch den Haupteingang, mit einem bemüht freundlichen Blick den Pförtner grüßend und den *Berliner Kurier* unter dem Arm.

Scharfenstein: Affäre mit CSU-Gattin? stand in großen Lettern auf der Titelseite. Und ausgerechnet Bodo Rauch! Warum musste ihm sein früherer Mitschüler dies antun? So kurz vor der Wahl? Was hatte er ihm getan?

Als er Irene Krüll auf dem Sommerfest eines Münchner Fernsehsenders kennengelernt hatte, wusste er nicht, dass sie mit einem CSU-Kommunalpolitiker verheiratet war. Auch wenn er den Ehering an ihrem Finger natürlich gesehen hatte. Der Name Bartholomäus Krüll, Fraktionschef im Münchner Rathaus, hätte ihm auch damals rein gar nichts gesagt. Hätte er es gewusst, wäre er vielleicht vorsichtiger gewesen und hätte sich nicht auf die weiteren Treffen eingelassen, aus denen schon bald eine lupenreine Affäre geworden war. Er nahm sie mit auf Auslandstermine, was sie angesichts ihrer Tätigkeit als Reisejournalistin nicht in Erklärungsnöte brachte. Auf Reisen lebten und liebten sie bald wie ein Paar. Und sie wurden unvorsichtig. Küssten sich nicht mehr nur im Hotelzimmer. Er hätte wissen müssen, dass es früher oder später Fotos geben würde. Schließlich hatte jeder Tourist mit Smartphone die Möglichkeit, sich mit einem Schnappschuss ein paar hundert Euro bei der Boulevardpresse zu verdienen. Aber das war heute einfach gesagt. Denn wer denkt schon vernünftig, wenn er verliebt ist?

Wenn er kein Politiker wäre, würde sich niemand für sein Liebesleben interessieren. Er fragte sich in letzter Zeit häufiger, warum er sich das alles antat. Er war in seiner Jugend nie sonderlich politisch engagiert gewesen. Natürlich war er, wie alle in seinem Alter, FDJ-Mitglied gewesen. Aber in die Honecker-Partei war er nie eingetreten, was ihm beinahe sein Maschinenbaustudium unmöglich gemacht hätte. Er war dabei gewesen, als 1989 die Menschen bei den Montagsdemos auf die Straße gingen und schließlich das Regime zu Fall brachten. Nach der Wende trat er in die SDP ein, die sich später mit der SPD vereinte. Und dann war alles sehr schnell gegangen. Als auf einer Mitgliederversammlung die Kandidaten für die erste freie Volkskammerwahl aufgestellt wurden, landete er mehr aus Zufall, weil er nicht Nein sagen konnte, auf der Liste und wurde schließlich ins Parlament gewählt. Zunächst arbeitete er weiter als wissenschaftlicher Assistent an der Uni, die Politik war sein Nebenjob. Er setzte sich in den Parlamentsausschüssen erfolgreich für bessere Bedingungen an den Hochschulen ein. Dieses Engagement blieb auch dem damaligen brandenburgischen Wissenschaftsminister nicht verborgen, der Scharfenstein als Staatssekretär nach Potsdam holte. Als zwei Jahre später der Minister wegen eines Bestechungsskandals zurücktreten musste, wurde Scharfenstein über Nacht zum neuen Minister für Forschung und Wissenschaft und zum engen Vertrauten des Ministerpräsidenten, der ihn in den folgenden Jahren langsam zum Kronprinzen aufbaute. Aufgrund seiner volksnahen Art wurde er der beliebteste Politiker in Brandenburg. Als der Ministerpräsident, immerhin schon vierundsiebzig Jahre alt, einem lang geheim gehaltenen Krebsleiden erlag, übernahm Scharfenstein zunächst kommissarisch die Regierungsgeschäfte und wurde dann bei der nächsten Wahl mit großer Mehrheit im Amt bestätigt. Seine unkonventionelle Politik, seine einfache Sprache, sein direkter Draht zum sprichwörtlichen kleinen Mann auf der Straße ließen ihn auch rasch zum Hoffnungsträger in der Partei aufsteigen. Und so war es für die meisten politischen Beobachter keine Überraschung, dass die SPD Julius Scharfenstein vor einem halben Jahr ohne lange Personaldebatten zum Kanzlerkandidaten kürte. Im Gegensatz zur politischen Stimmung im Land lag er in den persönlichen Sympathiewerten dem Amtsinhaber Martin Staudinger um Längen voraus. Daher versuchte die Regierungspartei alles, um den Herausforderer zu demontieren und seine Glaubwürdigkeit zu erschüttern. Scharfenstein schloss nicht aus, dass seine Gegner auch hinter den Bikini-Fotos steckten.

»Kopf hoch, Scharfi«, sagte Sandro Ohl, der ebenfalls eine Zeitung in der Hand hatte und Scharfenstein auf dem von Neonröhren erleuchteten Gang entgegenkam. »Wir haben schon alle notwendigen Schritte in die Wege geleitet.« In wenigen Sätzen erläuterte der Wahlkampfmanager, dass die Rechtsabteilung eine Unterlassungsklage und eine einstweilige Verfügung vorbereite. »Die müssen schon in wenigen Tagen in genauso großen Buchstaben auf der ersten Seite eine Entschuldigung drucken.«

Doch Scharfenstein hörte gar nicht richtig zu. Ihm gingen immer noch die Sätze aus dem Artikel durch den Kopf.

»Wir bringen das alles in Ordnung«, sagte Ohl in einem beruhigenden Tonfall. Nach kurzer Pause fragte er aber: »Du bringst das doch in Ordnung, oder? Ich meine … du verstehst schon …«

»Was meinst du?«

»Na ja«, stammelte Ohl, »ich habe natürlich nicht den geringsten Zweifel an deiner Integrität, aber …«

»Aber?«

»Ich meine, wenn da irgendetwas ist, das ich wissen sollte … ich meine … wir können doch hundertprozentig ehrlich zueinander sein …«

Scharfenstein, der inzwischen vor seiner Bürotür angekommen war, wurde wütend und schrie laut über den Gang: »Wisst ihr, was ihr mich alle mal könnt?« Scharfensteins Wutausbrüche kamen manchmal von einer Sekunde auf die andere. Er betrat wortlos sein Büro und knallte die Tür vor Ohls Nase wieder zu.

5. Kapitel

Ich möchte, dass du dich ein bisschen mehr zurücknimmst bei Vernehmungen und nicht jeden Zeugen wie einen Hauptverdächtigen behandelst.«

Ben verkniff sich das obligatorische »Ja, Mama«, denn in diesem Fall konnte er nicht einmal leugnen, dass Berrit recht hatte. Es war wohl seine Antipathie gegen kirchliche Würdenträger im Allgemeinen und katholische Priester im Besonderen. Der kleine Ben war in einer protestantischen Familie aufgewachsen, in der der liebe Gott keine Rolle spielte. In der Volksschulklasse waren außer ihm nur noch zwei andere Nicht-Katholiken gewesen. Und so musste er damals – als Gast ohne Zensuren – am katholischen Religionsunterricht teilnehmen, den ein fast hundertjähriger Benediktinerpater erteilte. So alt wirkte Pater Ignatius jedenfalls auf die Schüler, die bei vergessenen Schulaufgaben oder einem nicht korrekt aufgesagten Psalm vor die Wahl gestellt wurden, einen Rosenkranz zu beten oder eine schallende Ohrfeige zu kassieren. Während der gesamten Unterrichtsstunde hatte Pater Ignatius immer ein Holzlineal in der Hand, das schon mal wie aus heiterem Himmel einem Fallbeil gleich auf die Finger schwatzender Schüler niederging. Und das alles in den Achtziger- und nicht etwa in den Fünfzigerjahren. Viele Jahre hatte es gedauert, bis Ben mit den Begriffen »Kirche«, »Priester« und »katholisch« etwas anderes verband als auswendig gelernte Psalmen und das hölzerne Straflineal. Als seine Eltern beide bei einem Autounfall ums Leben kamen, grübelte er eine Weile über die Fragen, die man sich in solchen Situationen üblicherweise stellt. Und plötzlich konnte er durchaus verstehen, dass Menschen Trost in dem Gedanken finden, dass es nach dem Tod noch irgendwo irgendwie weitergeht. Die Vorurteile gegen die Amtskirche mit ihren scheinheiligen Würdenträgern jedoch waren geblieben.

»Ich bin der Meinung, wir sollten die Bücher und Bilanzen von diesem Doktor Engels mal ganz genau unter die Lupe nehmen lassen«, sagte Ben. »Er wäre nicht der erste Finanzchef, der in die ihm anvertraute Kasse gegriffen hat. Und die Kirche ist ein großer Konzern mit vielen Mitarbeitern, und es fließt eine Menge Geld.«

Sie gingen die Karmeliterstraße entlang zur Löwengrube. Der Himmel hatte sich in kurzer Zeit aufgeklart. Die tief stehende Spätherbstsonne strahlte von einem jetzt fast wolkenlosen Himmel. Die Menschen, die ihnen entgegenkamen, waren fröhlich und gut gelaunt. Fast so, als hätten sie Frühlingsgefühle. Sie wussten noch nicht, dass ein schreckliches Verbrechen in der Stadt geschehen war. Erst in knapp drei Stunden würden die Journalisten auf der Pressekonferenz von der Ermordung des beliebten Kardinals erfahren und sofort die gewaltige Medien-Maschinerie mit Eilmeldungen, Breaking-News und Sondersendungen in Gang setzen. Nicht nur in Deutschland würde die Meldung einschlagen wie ein Blitz. Doch noch lachte über München die Sonne.

»Ich kann mir das nicht vorstellen, Ben. Dieser alte Mann wirkt auf mich nicht wie ein Betrüger. Im Gegenteil, er strahlt Gewissenhaftigkeit und Ehrlichkeit aus.«

»Du lässt dich schon wieder von seinem Priesterkragen blenden. Dieser Kirchenbürokrat verwaltet dreihundertachtzig Millionen Euro. Ist da die Versuchung nicht groß, zwischendurch mal einen Tausender auf ein falsches Konto umzubuchen? Fällt doch niemanden auf! Und der Vorsitzende des Kontrollgremiums interessiert sich erklärtermaßen nicht für Finanzen. Bis er eines Tages auftaucht und die Ausgaben erklärt haben will. Und ein paar Stunden später ist er tot. Erschlagen. Berrit, mach mal die Augen auf!«

»Angenommen, es wäre so. Warum hat Engels uns dann überhaupt vom Anliegen des Kardinals erzählt und uns nicht irgendeinen Bären aufgebunden? Schließlich können wir Dresler nicht mehr nach dem Inhalt des Gesprächs befragen.«

»Ist doch logisch: Weil Engels wusste, dass der Kardinal auch noch einen Termin beim Caritas-Chef hatte, vermutlich aus dem gleichen Anlass. Außerdem kann es ja sein, dass Dresler seinem schönen Assi vorher erzählt hat, was er von Engels wollte. Das Risiko, dass eine Lüge auffliegt, war Engels sicher zu groß.«

»Also, ich weiß wirklich nicht«, murmelte Berrit. »Wenn du da mal nicht auf dem falschen Dampfer bist.«

»Hat Jensen nicht gesagt, dass auf der Tatwaffe Fingerabdrücke waren? Wir müssen sie nur mit denen von Doktor Engels vergleichen. Dann wissen wir's.«

»Dazu müssen wir ihm erst mal die Fingerabdrücke abnehmen und den erzbischöflichen Generalvikar wie einen Kriminellen erkennungsdienstlich behandeln. Ob Kleuser da mitmacht … Aber jetzt machen wir einen kleinen Ausflug zum Ammersee. Ich hoffe, du hältst diesen Professor Brüggemann nicht auch sofort für den Mörder, nur weil er Theologe ist.«

Ben schaute auf die Werbe-Uhr über dem Schaufenster eines Juweliers. Dann fragte er, vorsichtig säuselnd: »Du Berrit, meinst du, du kannst allein nach Herrsching fahren?« Und bevor sie nachfragen konnte, fügte er hinzu: »Ich hab noch eine Kleinigkeit zu erledigen. Was Privates. Dauert nicht lange. Und zur Pressekonferenz bin ich pünktlich wieder im Präsidium. Versprochen! Danke dir, du bist echt ein Schatz. Hast was gut bei mir!« Er schmatzte auf seine Handinnenfläche und pustete seiner überrumpelten Kollegin einen Kuss zu. Berrit schmunzelte und rief ihm laut »Spinner« hinterher, als er schon fast nicht mehr in Hörweite war.

* * *

Zwanzig Minuten später fuhr Berrit über die Lindauer Autobahn Richtung Herrsching. Den CD-Player hatte sie voll aufgedreht: *Rheingold.* Bei Wagner konnte sie abschalten und bekam einen freien Kopf. Sie liebte das Gewaltige und Pompöse an seiner Musik, weshalb sie auch schon seit acht Jahren auf der Warteliste für die Bayreuther Festspiele stand. Sie beherrschte sich, damit die Tachonadel nicht signifikant die erlaubten hundertzwanzig Stundenkilometer überschritt. Die Autobahn war frei, sie musste sich nicht besonders auf den Verkehr konzentrieren und ließ ihren Gedanken freien Lauf.

Zuerst dachte sie an den Mord und an die möglichen Motive: Hass? Habgier? Rache? Sie konnte sich keinen Reim darauf machen, aus welchem Grund man einen Kardinal erschlagen sollte. Die ersten Ermittlungen in einem Mordfall führten immer ins familiäre Umfeld. In vielen Fällen kam der Ehepartner als Täter infrage, viele scheinbar glückliche Beziehungen entpuppten sich während der Untersuchungen als Hölle auf Erden, wo Streit, Zorn, Eifersucht und Gewalt an der Tagesordnung waren. Berrit hatte schon viele geständige Ehefrauen gesehen, die sich aus dem Martyrium ihrer Ehe nur noch mit Hilfe eines Küchenmessers zu befreien wussten. Wie oft hatte sie sogar Mitleid und Verständnis für diese Frauen empfunden und mit einer entsprechenden Aussage vor Gericht zu einer milden Strafe beigetragen. Von »Tyrannenmord« sprach sie dann gerne hinter vorgehaltener Hand.

Wenn sie von solchen Fällen zu Hause berichtete, spielte Heinz immer den Furchtsamen und behauptete, dass er früher oder später auch einem Tyrannenmord zum Opfer fallen würde. Motive lieferte Berrits Gatte seit Jahren ausreichend. Den ersten Seitensprung hatte er ihr kurz nach der Geburt ihrer ersten Tochter Simone gebeichtet. Vermutlich war die Reue sogar ehrlich gemeint gewesen, doch die Rückfallrate war seitdem hoch. Heinz war Busfahrer und oft lange mit Reisegruppen in sonnigen Urlaubsgebieten unterwegs. Das Ferienfieber, das Reisende so anfällig für Liebesabenteuer macht, war bei ihm im Job inbegriffen. Gestanden hatte er seine Affären nie wieder, doch Berrit hatte längst einen Blick dafür entwickelt, wann es mal wieder passiert war. Seit fast zwei Jahren hatte Heinz jedoch ein festes Verhältnis. Sie sprachen nicht darüber, trotzdem war es kein großes Geheimnis zwischen ihnen. Und Details wollte Berrit gar nicht wissen. Sie duldete den Zustand, solange Heinz sich an gewisse Grundregeln hielt und nicht auswärts übernachtete. Dafür stellte Berrit keine Fragen, wenn er sich mal wieder ein neues Aftershave kaufte. Vielleicht hätte sie Heinz längst verlassen, wenn sie ihre Erfüllung nicht in ihrem Beruf gefunden hätte und die Genugtuung genießen würde, schon lange mehr zu verdienen als er. Manchmal glaubte sie, dass sie durch ihre Hingabe an ihren Beruf ihm mindestens genauso untreu war wie er ihr. Und dass auch er nicht an Scheidung dachte, zeigte doch, dass sie auch nach fast fünfundzwanzig Jahren Ehe trotz allem noch etwas füreinander empfanden. Vielleicht war es aber auch eine gehörige Portion Bequemlichkeit, die sie davon abhielt, einen Schlussstrich unter dieses nur noch lauwarme

Lebensbündnis zu ziehen. Und hatten sie nicht vor dem Traualtar geschworen, auch in schlechten Zeiten zueinander zu halten?

Berrit drosselte das Tempo, betätigte den Blinker und verließ die A96 bei der Abfahrt Herrsching/Ammersee. Die Adresse des Professors lautete Rudolf-Hanauer-Straße 5. Sie parkte direkt vor der kleinen Villa, deren Fassade fast völlig von Kletterpflanzen bedeckt war. Eine zwei Meter hohe Hecke schützte das Gebäude vor neugierigen Blicken. Sie betätigte einen Klingelknopf aus Messing, an dem kein Name stand. Kurz darauf ertönte ein Summen und sie öffnete unter einem schmiedeeisernen Bogen das Tor, hinter dem ein Kiesweg zu einem verglasten Foyer führte. Sie hätte sich nicht gewundert, wenn dort ein Butler oder eine Haushälterin gewartet hätte. Der Mann, der ihr die Tür öffnete, sah nicht aus wie ein Professor. Er erinnerte sie vielmehr an eine etwas zu alt geratene Ausgabe von Reinhold Messner und einer Figur aus den Bilderbüchern ihrer Töchter über den biblischen Abraham. Eine Kirchturmuhr schlug in der Nähe.

»Gestatten, Professor Doktor Brüggemann«, sagte der Mann, dessen weißer Rauschebart jeden Weihnachtsmann vor Neid hätte erblassen lassen. Er trug einen zeitlosen grauen Anzug, der aber nicht abgenutzt oder alt aussah. »Sie sind die Kommissarin, deren Besuch mir angekündigt wurde? Kommen Sie rein, gnädige Frau.«

Berrit schluckte. »Gnädige Frau« hatte schon lange niemand mehr zu ihr gesagt. Der Professor wirkte nicht gebrechlich. Seine Augen signalisierten Aufmerksamkeit und Wachsamkeit. Sein Gesicht – oder besser die Teile des Gesichts, die der Bart nicht verdeckte – hatte nur wenige Falten und war sonnengebräunt. Er war einen Kopf größer als Berrit, seine Figur war verhältnismäßig kräftig und durchtrainiert. Sie hätte ihn auf höchstens Anfang bis Mitte sechzig geschätzt, wenn sie nicht gewusst hätte, dass Professor Heinz-Lothar Brüggemann fast achtzig sein musste.

Er bot ihr einen Platz in einer Sitzgruppe sowie etwas zu trinken an. Sie setzte sich und lehnte das Getränk freundlich ab. Dann fragte er, ob sie etwas dagegen hätte, dass er sich eine Zigarre anzünde. Berrit schüttelte stumm den Kopf. Vor wenigen Augenblicken hätte sie noch geschworen, dass dieser Mann wie ein Asket lebte und ihm jegliche Laster fremd waren. Professor Brüggemann schien ein Mann voller Widersprüche zu sein.

Er zündete die Zigarre an und verursachte eine große Qualmwolke um seinen Kopf herum. Sie mochte diesen Geruch.

»Ich muss gestehen, Frau Kommissarin«, sagte er, während er das Streichholz ausblies, »dass ich sehr neugierig bin. Was führt Sie zu mir? Stimmt es, dass Sie von der Mordkommission sind?«

»Richtig, Herr Professor.« Die fragenden Blicke und sein Tonfall erinnerten sie an Prüfungen in der Schule, als dem Lehrer die Freude daran anzumerken war, gleich einen unwissenden Schüler an der Tafel vorzuführen. Berrit wich seinen Blicken aus, holte ihren Notizblock hervor und starrte auf die leeren, liniierten Blätter.

»Kardinal Johannes Dresler ist tot.« Jetzt schaute sie ihn an, neugierig auf seine Reaktion.

Er nahm die Zigarre aus dem Mund und atmete den Rauch aus. »Requiescat in pace«, sagte er. »Das ewige Licht leuchte ihm.« In seinem Gesicht war keine Gefühlsregung zu erkennen, weder Überraschung noch Trauer.

»Ist das alles, was Sie dazu zu sagen haben? Der Kardinal wurde ermordet!«

»So? Ermordet? Haben Sie schon einen Täter? Und vor allem: Warum kommen Sie zu mir?«

»Sie haben dem Kardinal Briefe geschrieben.« Sie blickte wieder auf ihren Block. »Drohbriefe.«

Der Professor lachte laut auf. »Drohbriefe? Wer sagt das?«

Berrit antwortete nicht. Sie fühlte sich unwohl. Der Professor strahlte eine unangenehme Überlegenheit aus.

»Sehen Sie dort diesen Computer stehen?« Professor Brüggemann deutete auf einen Schreibtisch, der in einer dunklen Ecke des Salons stand. Auf ihm stand ein hochmodernes Notebook mit einem angeschlossenen Flatscreen-Monitor. »Auf diesem Computer sind etwa zehntausend Briefe gespeichert, die ich in den vergangenen Jahren geschrieben habe.«

Berrit glaubte, sich verhört zu haben. »Zehntausend? Was für Briefe sollen das sein?«

»Die meisten sind Leserbriefe. An fast alle Zeitungen, die es in Deutschland gibt. Die wenigsten sind veröffentlicht worden. Es gibt Redaktionen, die meine Briefe längst ungeöffnet in den Papierkorb werfen. Aber das hält mich nicht davon ab, mit meinen Briefen auf die Sünde in der Welt hinzuweisen. Ich bin davon überzeugt, dass die Wiederkunft des Herrn bevorsteht. Adveniat regnum tuum.«

Er schwieg einen Moment und schien Berrits Reaktion abzuwarten. Als sie nichts sagte, weil sie sich ihre mangelhaften Lateinkenntnisse nicht anmerken lassen wollte, fuhr er fort: »Schauen Sie mal in die Offenbarung des Johannes, dort können Sie alles nachlesen. Oder auch im Lukas-Evangelium.« Er zitierte auswendig: »Es werden Zeichen an Sonne, Mond und Sternen erscheinen, und auf der Erde werden die Völker voll Angst und Bestürzung sein über das Brausen und Toben des Meeres.«

Berrit glaubte, sich zu erinnern, dass diese Bibelstelle in der Kirche immer im Advent vorgelesen wurde. Jetzt fiel es ihr auch wieder ein: Adveniat regnum tuum war eine Stelle aus dem lateinischen Vaterunser: Dein Reich komme.

»Brausen und Toben des Meeres! Tsunamis, Erdbeben, Wirbelstürme, schreckliche Klimakatastrophen«, sagte er mit einem düsteren Tonfall. »Alles, was wir heute erleben, hat der Evangelist schon vor zweitausend Jahren aufgeschrieben. Und die Menschen erkennen die Zeichen nicht, mit denen Gott uns auf das Ende der Zeiten hinweisen will. Die vielen Kriege, der Terror, den die Muselmanen über das christliche Abendland bringen! Das alles sind unmissverständliche Hinweise, dass wir die Wiederkunft Christi erwarten müssen. Denn der Herr kommt wie ein Dieb in der Nacht. Und glauben Sie bitte nicht, der Allmächtige bräuchte die Atomwaffen der Menschheit, um das Ende der Welt herbeizuführen …«

»Wie bitte?« Berrit fühlte sich überrumpelt von den apokalyptischen Ausführungen des Theologen.

»Auch die Wissenschaft sieht das Ende der Menschheit bevorstehen. Unter dem Yellowstone-Nationalpark im US-Staat Wyoming befindet sich eine unvorstellbar große Magmakammer, eine Art unterirdischer Supervulkan. Er ist in der Vergangenheit im Abstand von sechshunderttausend Jahren ausgebrochen. Und wissen Sie was? Die letzte Eruption ist bereits sechshundertvierzigtausend Jahre her. Jeden Tag kann es passieren.« Seine Stimme klang bedrohlich.

»Ja und? Was wollen Sie damit sagen, Herr Professor?«

»Die Folgen werden verheerend sein. Es wird Feuer vom Himmel regnen, der Feuersturm verbrennt Wälder und Städte. Die Sonne verschwindet hinter Staubwolken, ein kalter Winter wird sich über die Erde legen, und alles Leben wird sterben. Jeden Tag kann es soweit sein. Jede Stunde. Jede Minute.« Dann zitierte der Professor wieder die Schrift: »Jesus sprach: Die Menschen werden vor Angst vergehen in der Erwartung der Dinge, die über die Erde kommen sollen; denn die Mächte des Himmels werden erschüttert werden. Nehmt euch in Acht, dass Rausch, Trunkenheit und die Sorgen des Alltags euch nicht verwirren und dass jener Tag euch nicht plötzlich trifft wie eine Falle; denn er wird ohne Ausnahme über alle Bewohner der Erde hereinbrechen.«

Berrit wusste nicht, wie sie reagieren und wie sie diesen Mann einschätzen sollte. War er wahnsinnig und vielleicht sogar gefährlich? Würde er im religiösen Eifer die Kontrolle über sich verlieren? Je länger der Professor sprach, desto gepresster klang seine Stimme. Seine Augen blitzten, und die Hand mit der Zigarre zitterte. Das war nicht mehr der vitale Senior von vor wenigen Minuten. Das war ein Wahnsinniger, dachte Berrit. Sie hätte den Professor nicht allein aufsuchen dürfen, sondern sich an die Vorschrift halten, wonach sie bei Ermittlungen immer mindestens zu zweit sein sollten.

Mit einem Mal wurde der Professor aber wieder ruhig und sachlich: »Auf dies alles weise ich die Menschen hin mit meinen Briefen. Das ist meine Mission, meine Lebensaufgabe. Meine letzte Aufgabe.«

»Und Sie haben auch Briefe an den Kardinal geschickt?«

»Nicht nur an den Kardinal. Dank der modernen Computertechnik ist es heute ja möglich, ein und denselben Brief zigmal auszudrucken. Bald werde ich ganz auf die elektrische Post setzen. E-Mail und Internet. Ich schreibe auch an die Politiker, an Manager oder auch an die Bischöfe. An die Leute, deren Aufgabe es wäre, das zu tun, was ich mache: die Menschen wachzurütteln und darauf hinzuweisen, dass sie auf dem falschen Weg sind, auf dem Weg der Sünde, der in das ewige Verderben führt. Doch leider gibt es zu viele Politiker und auch Priester, die die Menschen ins Verderben schicken, anstatt sie zu retten. Daher habe ich vor der Bundestagswahl auch den Kandidaten aller Parteien einen Brief geschrieben. Zuallererst dem Kanzlerkandidaten, den ich für einen gefährlichen Demagogen halte. Aber lassen wir das. Sie sind nicht hier, um mit mir über Politik zu diskutieren.«

»In der Tat. War Kardinal Dresler auch jemand, der die Menschen ins Verderben schickte? Und haben Sie ihn deshalb mit dem Tod bedroht?«

Von einem Moment auf den anderen war der Professor wie ausgewechselt. Kühl antwortete er: »Ich habe den Kardinal nicht mit dem Tod bedroht. Ich habe in meinen Briefen lediglich die Heilige Schrift zitiert, das Wort Gottes verkündet. Zugegeben, die Schriftstellen sind in ihrer Klarheit und Eindeutigkeit nicht zu übertreffen. Aber nicht ich drohe irgendjemandem mit der ewigen Verdammnis. Es ist die Warnung des Allmächtigen, die wir alle ernst nehmen sollten. Verdammt ernst – im buchstäblichen Sinne.«

»Sie sind katholischer Theologe …«

»Wenn Sie mit katholisch die Neo-Modernisten in Rom meinen, dann irren Sie«, fiel er ihr ins Wort. »Ich habe schon vor vielen Jahren erkannt, dass die vermeintlich katholische Kirche seit V2 auf dem …«

»V2?«

»… seit dem Zweiten Vatikanischen Konzil auf dem Irrweg ist. Es wurde und wird versucht, den wahren Glauben zu revolutionieren und eine neue Religion daraus zu machen. Ich bete, dass Rom sich endlich bekehrt.«

Berrit wusste nicht, was sie antworten sollte. Sie wusste auch nicht mehr, was sie eigentlich fragen wollte. Dieser Professor mit seinen wirren Thesen brachte sie völlig aus dem Konzept. »Wo waren Sie gestern zwischen achtzehn und einundzwanzig Uhr?«

»Ich gehe jeden Abend um achtzehn Uhr eine Stunde lang am See spazieren, bei jedem Wetter. Die übrige Zeit war ich hier im Haus.«

»Und Gott ist Ihr Zeuge, nehme ich an?«, sagte Berrit leicht spöttisch.

»Brauche ich einen Zeugen?«

»Es könnte jedenfalls nichts schaden. Wären Sie bereit, sich Ihre Fingerabdrücke nehmen zu lassen? Rein freiwillig?«

»Bin ich verdächtig?«

»Bitte antworten Sie nicht immer mit einer Gegenfrage, Herr Professor.« Berrit wurde wütend. »Es kann sein, dass Sie noch einmal von uns hören. Guten Tag. Ich finde allein raus, bemühen Sie sich nicht.«

Als sie wieder im Auto saß, überlegte sie, ob es ein Fehler war, die Vernehmung abzubrechen. Aber sie hatte das Gefühl, dem alten Mann und seiner Art zwischen Wissenschaft und Wahnsinn nicht gewachsen zu sein. Ben hätte sich vermutlich nicht so einschüchtern lassen. Wahrscheinlich hätte er den Professor sofort vorläufig festgenommen. Sie schaltete den CD-Player ein: Alberich verflucht den Ring.

Und wieder schlug die Kirchturmuhr, anscheinend jede Viertelstunde. Das würde mich auch in den Wahnsinn treiben, dachte sie. Es war skurril, dass der katholische Fundamentalist ausgerechnet gegenüber dem evangelisch-lutherischen Pfarrhaus wohnte. Das Gespräch mit Professor Brüggemann hatte viel kürzer gedauert, als es den Anschein gehabt hatte. Die Straßen waren immer noch frei, sie hatte bis zur Pressekonferenz noch Zeit genug, im Antiquitätenladen ihrer Freundin Petra Böker vorbeizuschauen und sich dort ein wenig zu beruhigen.

* * *

Sie begrüßten sich mit Bussis auf die Wangen. Eigentlich mochte Berrit dieses Schickimicki-Getue nicht, und ihre Freundin Petra war die einzige, bei der sie beim Busserln keinen Widerstand leistete. Sie stammten beide aus Berchtesgaden, hatten sich aber erst kennengelernt, als sie beide schon mehrere Jahre in München lebten. Petra war einundvierzig, also dreizehn Jahre jünger als Berrit, daher hatten sie bis auf den Dorfpfarrer wenig gemeinsame Bekannte oder Bezugspersonen aus der Heimat. Gemeinsam war ihnen aber ihre Vorliebe für alte Möbel und Kunstwerke, ein Faible, das Petra zum Beruf gemacht hatte. Zwischen den vielen alten Gegenständen in dem dunklen, etwas nach Museum riechenden Ladenlokal wirkte sie mit ihren rot gefärbten Zuckerwattenhaaren, dem grellen Lippenstift und den künstlichen Glitzerfingernägeln wie ein Fremdkörper, während Berrit sich immer sehr bieder fühlte und wie ein unverkäufliches Ausstellungsstück vorkam.

»Schön, dich zu sehen. Bist du wieder im Kaufrausch? Oder magst du nur ein bisschen stöbern? Tasse Kaffee?«

»Mach dir keine Mühe, Petra. Ich habe nicht viel Zeit. War gerade in der Nähe und wollte nur mal kurz vorbeischauen. Hey, schönes Sofa!«

Das Sitzmöbel, das Berrit sofort ins Auge gesprungen war, hatte dunkelrote, edel aussehende Bezüge. Die Beine und die Armlehnen waren aus Mahagoniholz.

»Kompliment«, sprach Petra in anerkennendem Tonfall. »Mit geübtem Blick hast du natürlich gleich wieder mein Prunkstück entdeckt. Habe es vor Kurzem ersteigert. Es war jahrzehntelang im Keller von Schloss Nymphenburg versteckt, zusammen mit einer Kiste dieser alten Heiligen-Statuen, die dort im Regal stehen.«

Berrit blickte in das Regal und glaubte, die Heilige Katharina zu erkennen, die immer mit einem Rad, einem Buch und einer Krone dargestellt wurde. Die vierzehn Nothelfer und ihre Attribute hatte sie damals im Katechismusunterricht auswendig lernen müssen.

»Die Schlösserverwaltung brauchte den Keller als Lagerraum und wollte daher das Sofa schnell loswerden«, fuhr Petra fort, »wenn du es haben willst … Ich mache dir einen Sonderpreis!«

Berrit schwieg eine Sekunde zu lange, sodass Petra eine Summe nannte, um dann einen Augenblick später fünfhundert Euro abzuziehen mit den Worten: »Weil du es bist.«

Immer noch ein halbes Monatsgehalt, dachte Berrit. Aber bald gab es ja Weihnachtsgeld, fiel ihr ein. Und Heinz und sie hatten schon lange beschlossen, dass sie sich zu Weihnachten keine nutzlosen Geschenke wie Krawatten oder Haushaltsgeräte mehr machen wollten. Nach der Abwägung aller Argumente und dem Niederschlagen sämtlicher Bedenken entschied sie in wenigen Sekunden, sich selbst in diesem Jahr ein neues Sofa zu schenken.

»Ich nehm es! Brauchst du eine Anzahlung? Kannst du es mir nach Hause liefern?«

Petra war perplex. Mit einem so schnellen Entschluss hatte sie wohl nicht gerechnet. »Lass uns auf dieses Geschäft anstoßen! Ein Gläschen Schampus muss jetzt sein. Das bist du mir schuldig, Berrit.«

Berrit wusste, dass sie mit dem Spruch »Kein Alkohol im Dienst« bei Petra nicht kommen durfte. Also seufzte sie einmal tief und sagte dann: »Na gut, aber wirklich nur ein Schlückchen. Und ich kriege ein Jahr Garantie auf das gute Stück.«

»Ist doch Ehrensache«, sagte Petra und eilte in einen Nebenraum, um Sektgläser zu holen.

6. Kapitel

Im Augustinersaal des Polizeipräsidiums warteten zwei Dutzend Journalisten auf den Beginn der Pressekonferenz. Mehrere Kamerateams hatten ihre Gerätschaften aufgebaut und sogar Scheinwerfer installiert. Die Reporter konnten nicht wissen, was sie erwartete, aber dass dies kein Routinetermin werden sollte, war allen klar. Eine gemeinsame, nicht angekündigte PK von Polizeipräsidium, Staatsanwaltschaft und Erzbischöflichem Ordinariat roch nach Sensation.

Ben Dillinger stand an der Längsseite des Raumes an eine Fensterbank gelehnt und betrachtete die unruhig wartenden Männer auf dem Podium. Hinter den Mikrofonen des *Bayerischen Rundfunks* und der zahlreichen Privatstationen saßen Martin Brendel, der Leiter der Pressestelle des Polizeipräsidiums, Kriminaloberrat Hans Kleuser, Oberstaatsanwalt Dr. Ottmar Petzold und der Sprecher des Ordinariats, Prälat Severin Spelsberg. Zwischen Spelsberg und Petzold war ein Stuhl leer geblieben. Und dieser leere Stuhl war auch der Grund für die ungeduldige Unruhe auf dem Podium.

»Herr Dillinger«, flüsterte Brendel, »haben Sie noch mal versucht, Ihre Kollegin zu erreichen?«

»Mailbox«, antwortete Ben. »Ich probier's gleich noch mal.«

Während Ben in der Innentasche seines Anzug-Jacketts nach seinem Mobiltelefon angelte, ließ er seinen Blick über die Reihen der Journalisten schweifen und versuchte, das eine oder andere bekannte Gesicht zu erkennen. Vorne in der ersten Reihe saß Franz Löber von der *Abendzeitung*, direkt neben ihm Tanja Koller vom Nachrichtenmagazin *Focus*. Er entdeckte auch den Polizeireporter des *BR*. Ein paar weitere Redakteure kannte Ben vom Gesicht her, ohne sie jedoch einem Namen oder einem Medium zuordnen zu können. Nur eine Gestalt in der hintersten Reihe kam ihm völlig fremd vor. Irgendetwas ließ den Mann deplatziert wirken. Noch bevor Ben weiter darüber nachdenken konnte, piepste das Telefon in seiner Hand. *Berrit mobil*, zeigte das Display an.

»Sie ist's«, rief er zu Brendel, drückte dann die grüne Taste und sprach leise: »Berrit, wo steckst du? Hier warten alle auf dich!«

»Ich stecke fest«, antwortete die Kommissarin. »Die Ludwigsbrücke ist nach einem Unfall gesperrt, ich komme nicht vor und nicht zurück. Selbst mit Blaulicht …«

»Wieso Ludwigsbrücke?«, fragte Ben. »Ich denke, du warst am Ammersee.«

»War ich ja auch. Aber ich war so zeitig fertig, dass ich auch noch etwas Privates in der Lothringer erledigt habe. Aber jetzt schaffe ich es auf keinen Fall in den nächsten …«, sie schien auf eine Uhr zu schauen, »… drei Minuten. Du musst für mich einspringen.«

»Ich soll was?«

»Hilft ja nichts. Du musst nichts sagen, dich nur neben Kleusi setzen und freundlich in die Kamera lächeln. Wenn du morgen mit Foto in der Zeitung stehst, kriegst du sicher viele Briefe von weiblichen Fans.«

»Blöde Kuh«, zischte Ben und bekam einen hochroten Kopf, als er bemerkte, dass Brendel, Kleuser, Petzold und Spelsberg ihn erwartungsvoll anstarrten.

»Ich beeil mich auch«, hörte er Berrit noch durchs Handy sagen, dann war die Leitung unterbrochen.

»Berrit … äh … Frau Hauptkommissarin Blombach ist noch verhindert. Sie meint, ich soll …«

»Kommen Sie her, Dillinger, und setzen Sie sich«, fiel ihm Brendel ins Wort. »Wir müssen anfangen, *n-tv* will live auf Sendung gehen.« Dann räusperte er sich laut, um die nervös murmelnden Medienvertreter zur Ruhe zu bringen. »Sehr geehrte Damen und Herren, ich danke Ihnen herzlich, dass Sie diesen kurzfristig angesetzten Termin wahrnehmen konnten, und begrüße Sie auch im Namen von …« Er nannte ausführlich die Namen, Titel und Funktionen der Männer auf dem Podium. »Wir haben heute die traurige Pflicht, die Öffentlichkeit über ein schreckliches Verbrechen zu informieren, das sich in der Nacht zu gestern in dieser Stadt ereignet hat. Der Erzbischof von München und Freising, Johannes Maria Kardinal Dresler, ist tot. Er wurde in seinen Privatgemächern von einem unbekannten Täter erschlagen. Die Details erläutert Ihnen …«

Brendels weitere Worte gingen im Klicken der Fotoapparate und der plötzlich einsetzenden Hektik der Reporter unter. Ben beobachtete, wie einige aufsprangen, um den Saal zu verlassen und die ersten Eil-Meldungen an ihre Redaktionen durchzugeben. Eine Radioreporterin stolperte in der Aufregung über ein Kabel und wurde von einem *SZ*-Redakteur aufgefangen. Im krassen Gegensatz dazu standen die Ruhe und Gelassenheit des Mannes, der immer noch regungslos in der hintersten Reihe saß. Jetzt wusste Ben auch, was ihm an dieser Person mit dem südländischen Teint und der schwarzen Kleidung so seltsam vorkam. Der Mann war der einzige im Zuhörerraum, der weder einen Notizblock noch ein Tonbandgerät oder auch nur einen Kugelschreiber bei sich hatte.

* * *

Julius Scharfenstein saß über den Notizen, die ihm Ohl für den bevorstehenden Auftritt bei *Thiemes Talk* zusammengestellt hatte. Beate Thieme galt als die härteste Talkmasterin im deutschen Fernsehen. Ihre wöchentliche Sendung war für die Politikszene längst zum inoffiziellen Sprachrohr geworden. Für die Kabinettsmitglieder waren die Auftritte in der Sendung wichtiger als die Regierungs-Pressekonferenz. Wer eine gute Nachricht unters Volk bringen wollte, bemühte sich um einen Termin im Studio von Beate Thieme. Und wer in Bedrängnis geriet, der musste vor laufender Kamera Rede und Antwort stehen. Was abends in der Show verkündet wurde, beherrschte am nächsten Tag die politische Agenda. Normalerweise wurden pro Sendung mindestens vier bis fünf Top-Politiker eingeladen, die kontrovers miteinander diskutieren sollten. Doch jetzt, kurz vor der Wahl, bekamen der Bundeskanzler und der Herausforderer jeweils eine ganze Sendung für sich allein. Amtsinhaber Staudinger hatte sich vor einer Woche gut geschlagen und die verbalen Attacken der Moderatorin wacker pariert. Auch als es um das heikle Thema seiner angeblich kriselnden Ehe ging, konnte er punkten, indem er seiner Frau eine öffentliche Liebeserklärung machte – mit einer Träne im Augenwinkel. Wenn das geschauspielert war, dann war es gut gemacht, war die einhellige Meinung im Willy-Brandt-Haus. Umso intensiver liefen die Vorbereitungen für Scharfensteins Interview. Er musste sich darauf gefasst machen, dass die Bikini-Affäre groß und breit erörtert werden würde. Ohl und sein Team hatten neunundsiebzig mögliche Fragen aufgeschrieben und die bestmöglichen und publikumswirksamsten Antworten formuliert. Scharfenstein sollte witzig und schlagfertig wirken. Und so lernte er nun politische Floskeln auswendig, so wie früher Vokabeln in der Schule.

Er griff zu einer Tasse Kaffee, als seine Bürotür ohne Anklopfen geöffnet wurde und Ohl mit ein paar bedruckten Papierbögen hektisch den Raum betrat.

»Scharfi, das musst du lesen!«

Jetzt sah Scharfenstein, dass es sich um Ausdrucke von Agenturmeldungen handelte. In der Pressestelle der Parteizentrale wurden die Ticker der Nachrichtenagenturen, die natürlich längst keine tickenden Fernschreiber mehr waren, sondern elektronisch in den Computer einliefen, den ganzen Tag beobachtet, um gegebenenfalls sofort mit eigenen Pressemitteilungen auf Äußerungen des Gegners reagieren zu können.

»Was gibt's? Neue Bikini-Fotos?« Er lachte gequält. »Oder wieder eine Horror-Umfrage?«

»Kam gerade als Blitz-Meldung von *dpa*, zwei Minuten später über *Reuters*: Kardinal Dresler ermordet.«

»Ermordet? Der Münchner Kardinal? Das gibt's doch nicht! Weiß man schon, wer es war?«

»Keine Ahnung, mach mal die Glotze an. *n-tv* ist live drauf. Die machen gerade eine PK in München.«

Scharfenstein schaltete das Fernsehgerät ein, mit dem er üblicherweise nur die Nachrichten schaute oder Übertragungen von Parteiveranstaltungen verfolgte. Das TV-Bild zeigte einen dunkelhaarigen Mann mit Schnauzbart, der sich offenkundig bemühte, seinen bairischen Dialekt zu verbergen und hochdeutsch zu sprechen. *Kriminaloberrat Hans Kleuser, Kriminalpolizei München* war in weißen Buchstaben über seiner farblich nicht zum Anzug passenden Krawatte eingeblendet.

»… daher können wir Ihnen heute leider keinen Tatverdächtigen präsentieren, sondern Ihnen nur versichern, dass wir in alle Richtungen ermitteln und Sie weiterhin auf dem Laufenden halten.«

Dann schwenkte die Kamera auf die Journalisten, einer von ihnen stellte eine Frage, die der Fernsehzuschauer jedoch mangels Mikrofon nicht verstehen konnte.

Kleuser antwortete: »Bei der Tatwaffe handelt es sich um eine Bronzefigur, die den heiligen Josef darstellt. Die Statue stand in der Wohnung des Kardinals. Wir halten es daher für unwahrscheinlich, dass es sich um einen geplanten Anschlag handelt, der in Zusammenhang mit den aktuellen weltkirchlichen Ereignissen stehen könnte.«

Die nächste Frage einer attraktiven schwarzhaarigen Reporterin in der ersten Reihe lautete offenbar, ob Fingerabdrücke auf der Tatwaffe gefunden wurden. Denn Kleuser antwortete: »Ja, wir haben Fingerspuren sichergestellt, die jedoch nach einem Afis-Abgleich keiner registrierten Person zugeordnet werden konnten.«

Scharfenstein schaltete den Fernseher wieder aus. »Schrecklich! Und ich dachte, so was passiert nur in Chicago, Kolumbien oder im Kongo. Und nicht im friedlichen Bayern.«

»Das wird dem Staudinger gar nicht gefallen, dass in seiner Heimat Kardinäle erschlagen werden.«

Der bayerische CSU-Politiker Staudinger hatte die Wahl vor vier Jahren vor allem mit dem Verweis darauf gewonnen, dass sein Freistaat nicht nur wirtschaftlich an der Spitze stand, sondern dass auch Polizei und Justiz mit einer strengen Law-and-Order-Politik für Recht und Ordnung sorgten.

»Aus dem Fototermin mit dem Kardinal wird jetzt wohl nichts mehr«, bedauerte Ohl und fügte sofort hinzu: »Aber wir müssen zusehen, dass du bei der Trauerfeier dabei bist. Ich ruf sofort die Genossen in München an, dass sie für dich eine Einladung organisieren. Wir haben eh in den nächsten Tagen wieder ein paar Wahlkampftermine in Bayern. Das trifft sich gut. Ich kümmer mich drum. Wir brauchen auch ein Beileidstelegramm an die Katholiken in München. Den Text geben wir parallel an die Agenturen.«

Schon war Ohl wieder draußen, und Scharfenstein prägte sich weiter seine spontanen Interview-Antworten ein.

* * *

Franz Löber von der *Abendzeitung* stellte die nächste Frage: »Können Sie denn ausschließen, dass der Täter nur den Eindruck erwecken wollte, dass der Mord im Affekt geschah und dass es sich doch um ein geplantes politisches Attentat handelt?«

Die Frage war geschickt gestellt. Jeder Journalist, der bei einem Polizisten eine schlagzeilentaugliche Antwort provozieren wollte, leitete seine Frage mit den Worten ein, ob er dieses oder jenes ausschließen könne. Denn solange nicht das eine eindeutig bewiesen war, konnte das andere nicht mit letzter Sicherheit ausgeschlossen werden. Ben war froh, dass die Frage nicht an ihn gerichtet war. Denn in der Zeitung würde es am nächsten Tag heißen: Die Polizei schließt einen Zusammenhang zwischen der Ermordung des Kardinals und der bevorstehenden Papstwahl nicht aus. Und der Zeitungsleser würde dies übersetzen mit: Die Polizei glaubt, dass ein Killer die Wahl von Kardinal Dresler zum Papst verhindern wollte.

Offenbar war auch Kleuser diese Frage zu heikel. Mit einer Handbewegung deutete er auf den Oberstaatsanwalt, der daraufhin versuchte, sich mit vielen Worten um eine eindeutige Antwort herumzulavieren: »Nach Lage der Indizien gehen wir davon aus, dass die Wahrscheinlichkeit einer Affekt-Tat hinreichend erscheint, um diese Hypothese zur Grundlage der weiteren Ermittlungen zu machen, ohne jedoch andere potenzielle oder theoretische Möglichkeiten außer Acht zu lassen. Wir haben daher eine Sonderkommission gebildet, die jeder kleinsten Spur nachgehen wird.«

Den Gesichtern der Journalisten war die Unzufriedenheit über diese Antwort anzusehen. Nur den schwarz gekleideten Mann in der letzten Reihe schien die Antwort völlig unberührt zu lassen. Der Schwarzhaarige, der seinen langen dunklen Mantel nicht ausgezogen hatte, starrte regungslos mit ernster Miene nach vorne. Er hatte sein Kinn auf die rechte Hand gestützt, an der ein klobiger Ring glänzte. Ben fragte sich, was diese merkwürdige Figur auf der Pressekonferenz verloren hatte. Ein Journalist war er offenbar nicht.

Tanja Koller vom *Focus* ergriff jetzt das Wort: »Herr Prälat Spelsberg, hat das Ordinariat eine Vermutung über die Hintergründe der Tat? Und wie schnell wird es einen Nachfolger für Kardinal Dresler geben?«

Der Ordinariatssprecher räusperte sich, bevor er antwortete: »Ohne den polizeilichen Ermittlungen vorgreifen zu wollen, gehen wir davon aus, dass der Täter ein Einbrecher war, den der Herr Kardinal auf frischer Tat ertappt hat. Ein anderes Motiv für diesen schrecklichen Mord können wir uns nicht denken, weil der Tod des Kardinals niemandem in irgendeiner Form nützen könnte. Und wenn Sie auf die vermeintlichen Chancen von Kardinal Dresler in einem Konklave ansprechen, so will ich dazu nur sagen: Diese Gerüchte haben Sie in die Welt gesetzt, nicht wir.«

»Die Nachfolge?«, erinnerte die Journalistin an ihre zweite Frage.

»Allein der Heilige Vater entscheidet, bei einer im Konkordat geregelten Mitwirkung des bayerischen Episkopats, über die Nachfolge auf dem Münchner Bischofsstuhl. Das Domkapitel, die Nachbarbischöfe und andere Instanzen machen Vorschläge, dann holt der Apostolische Nuntius Informationen über die Kandidaten ein. Und letztlich ernennt der Papst einen Nachfolger. Es liegt auf der Hand, dass es in dieser Frage keine Entscheidung gibt, solange wir in Rom eine Sedisvakanz haben. Kommissarisch wird das Erzbistum während der Sedisvakanz von Weihbischof Karsten Burghardt geleitet.«

Noch eine ganze Weile ging das Frage-Antwort-Spiel weiter. Nur einmal musste Ben antworten, als der Mitarbeiter der *Bild*-Zeitung wissen wollte, welche Kleidung der Kardinal während seiner Ermordung trug. Als niemand mehr etwas fragen wollte und Brendel mit der Verabschiedung begann, sah Ben Berrit hinten in der Tür stehen. Er wusste nicht, wie lange sie dort schon stand. Sie lächelte ihm zu, als wollte sie sagen: Gut gemacht!

Dann beobachtete Ben, wie die Journalisten ihre Sachen zusammenpackten, die Rundfunkleute ihre Apparate abbauten und nach und nach durch die Tür nach draußen verschwanden. Er suchte den geheimnisvollen schwarzen Mann. Doch er konnte ihn nirgends sehen.

* * *

Zwanzig Minuten später saß die *Soko Kardinal* an den hufeisenförmig aufgestellten Tischen im Besprechungsraum. Die aus den anderen Kommissariaten hinzugezogenen Mitarbeiter stellten sich kurz vor. Alle schalteten ihre Handys stumm und legten sie vor sich auf die Tische. Der Saal war inzwischen mit mehreren Flipcharts, einem Overheadprojektor und einer Magnettafel ausgestattet. An der Wand hingen die vergrößerten Tatortfotos.

»Hans«, sagte Ben. »Deine Antwort auf die Frage nach den Fingerabdrücken war nur teilweise korrekt, oder?«

Kleuser schaute zuerst streng, dann war der Anflug eines Grinsens um seinen Mund herum zu erkennen. »Sie war insofern korrekt, als dass wir die nicht identifizierten Fingerabdrücke einer unbekannten Person gefunden haben.«

»Aber was ist mit den Abdrücken des Sekretärs Heuser?«

»Richtig, Ben. Aber hätte ich einen unbescholtenen Zeugen der versammelten Presse ausliefern und zum Fraß vorwerfen sollen? Du kannst dir die Überschriften vorstellen, die Löber und seine Kollegen in ihre Blutblätter schreiben würden.«

»Warum gehen eigentlich alle davon aus, dass Heuser ein Unschuldsengel ist? Wir wissen hier doch alle, dass es sich bei den meisten Tötungsdelikten um Beziehungstaten handelt …«

»Was willst du damit sagen?«, fragte Kleuser.

»Du glaubst, der Kardinal und sein Sekretär waren ein Homo-Pärchen?«, fragte Ole Jensen. »Eine Schwulen-WG im Bischofshaus?«

Allgemeines Gelächter.

Ein bisschen schwul wirkt dieser Heuser schon, dachte Ben und sagte: »Nein, was ich meine, ist: Der Sekretär war offenbar die nächste Bezugsperson des Toten. Sofern ich jetzt mal unterstelle, dass der Kardinal keine heimliche Geliebte hatte.«

»Also wirklich!«, warf Berrit ein.

»Lassen Sie ihn, Frau Blombach, hier kann jeder offen seine Meinung äußern«, griff der Dezernatschef ein.

»Wenn es irgendein zwischenmenschliches Motiv gibt, dann steht Heuser ganz oben auf der Verdächtigenliste.«

»Ich stimme Ben zu«, sagte Ingrid Hechler, die mit einem Kugelschreiber lauter Strichmännchen auf ihren Notizblock malte. »Es ist ja offensichtlich, dass Manfred Heuser ein sehr inniges Verhältnis zu seinem Boss hatte.«

»Aber ist das nicht normal, wenn man so viele Jahre mit jemandem zusammenarbeitet und fast den ganzen Tag miteinander verbringt?«, gab Berrit zu bedenken.

»Und wenn ich das Protokoll richtig gelesen habe, dann kannten sie sich auch schon vor der Zeit im Ordinariat«, sagte Jensen.

»So ist es«, bestätigte Berrit, die das inzwischen abgeschriebene Vernehmungsprotokoll vor sich liegen hatte. »Dresler war Regens des Augsburger Priesterseminars …«

»Regens? Was heißt das?«, fragte Jensen.

»Eine Art Chef, würde ich sagen. Also er leitete das Seminar zu der Zeit, als Heuser Priesteramtskandidat war. Seit der Zeit kennen sie sich, und der Kontakt riss nie ab.«

»Kannst du vielleicht mal deine alberne Mütze abnehmen?«, rügte Kleuser plötzlich Kommissar Hakan Özdemir, der tatsächlich eine Mütze auf seinen Kopf gezogen hatte.

»Ist saukalt hier, Chef«, sagte der türkischstämmige Ermittler. »Vielleicht kann mal jemand die Heizung höher drehen.«

Die Klimaanlage im Konferenzraum glich tatsächlich in ihrer Bedienung – das hatte sie mit dem Kaffeeautomaten in der Kantine gemein – einem Glücksspielautomaten, weshalb sie meistens ganz ausgeschaltet wurde.

»Dann lass halt deine komische Mütze auf, bis es warm wird«, seufzte Kleuser. »Frau Blombach, welchen Eindruck hatten Sie in der Vernehmung von Heuser?«

»Er war emotional sehr aufgewühlt und völlig durcheinander. Er hat keinen Hehl daraus gemacht, dass der Kardinal ihm sehr viel bedeutet hat. Ich glaube, seine Trauer war echt. Und wenn er der Täter war, hätte er die Fingerabdrücke von der Statue abgewischt.«

»Und wenn er sich gedacht hat, dass wir genau dies denken werden?«, warf Ben ein. In diesem Moment leuchtete sein Handy-Display gelb auf. Aus dem Augenwinkel sah er, dass der Eingang einer Kurzmitteilung angezeigt wurde. Möglichst unauffällig schob er ein Blatt Papier über das Mobiltelefon.

»Siehst du bei Heuser ein mögliches Motiv, Ben?«

»Im Moment noch nicht. Dazu müssten wir die Vergangenheit der beiden noch genauer durchleuchten. Wie sieht's eigentlich mit seinem Alibi aus, Herr Jensen?«

»Die Autowerkstatt, der Stadtpfarrer und die gespeicherten Daten vom Kontoauszugsdrucker am Marienplatz bestätigen seine Aussage«, antwortete Jensen. »Auch der Kassenzettel der Buchhandlung und die Quittung aus dem Wirtshaus stimmen mit Heusers Angaben überein. Für seinen abendlichen Spaziergang haben wir aber bis jetzt noch keine Zeugen gefunden.«

»Und was haben Ihre Gespräche mit dem Generalvikar und dem Herrschinger Theologieprofessor ergeben, Frau Blombach?«, fragte Kleuser.

Berrit fasste in knappen Worten ihre Ergebnisse zusammen. Dann erzählte Ingrid, dass Dresler auch den Caritas-Direktor wegen der Sparmaßnahmen aufgesucht hatte. Bachmann habe den Kardinal, den er schon seit vielen Jahren kenne, als gutmütigen Bischof beschrieben, dem immer das Wohl der Menschen am Herzen gelegen habe.

»Viel haben wir ja bislang nicht in der Hand«, konstatierte Kleuser. »Ich denke, wir sind uns alle einig, dass wir keinen Undercover-Ermittler ins Konklave einschmuggeln müssen.« Alle lachten. »Auch wenn die Zeitungen morgen sicherlich einen anderen Eindruck erwecken werden.«

»What a pity!«, meinte Ingrid. »Ich war schon seit meiner Hochzeitsreise nicht mehr in der Ewigen Stadt. Dabei habe ich doch damals eine Münze in den Trevi-Brunnen geworfen …«

»Als Alternative schlage ich vor, dass wir Paolo kommen lassen«, sagte Kleuser und knüpfte damit an die bewährte Tradition an, zum Abschluss eines Ermittlungstages einer Sonderkommission *Paolos Pizza-Blitz* ins Präsidium zu bestellen. Tradition war es ebenfalls, dass am ersten Tag der Soko-Chef die übrigen Kollegen einlud. Kleuser nahm die Bestellungen entgegen.

7. Kapitel

Er hatte schon oft in der *Kugel* gesessen. Das Studio mit der kugelförmigen Architektur lag an der Budapester Straße unweit des Bahnhofs Zoo. Wie alle Fernsehstudios war es viel kleiner, als der Zuschauer am Bildschirm glaubte. Rund hundert Gäste saßen im Publikum und schauten auf Julius Scharfenstein, der im dunkelblauen Anzug mit hellblauem Hemd und signalroter Krawatte auf einem unbequemen Stuhl vor der Fototapete saß, die den Reichstag zeigte. Beate Thieme stand einige Meter weiter an einem Pult und schaute in die Kamera, hinter der der Regieassistent mit zwei ausgestreckten Fingern signalisierte, dass es in zwei Minuten losging.

»Achtung, Ruhe bitte«, ertönte es über den Studiolautsprecher. Scharfenstein rückte noch einmal seine Krawatte zurecht. Kurz darauf ertönte die flotte Erkennungsfanfare der Sendung.

»Guten Abend, meine Damen und Herren, willkommen bei einer Sonderausgabe von *Thiemes Talk*. Live aus Berlin. Ich bin Beate Thieme. Und mein Gast heute ist der Kanzlerkandidat der SPD, Julius Scharfenstein.«

Der Regieassistent klatschte laut mit den Händen über seinem Kopf und gab so für die Zuschauer im Studio das Startsignal für einen donnernden Applaus.

»Deutschland steht vor der Wahl. Sie haben die Wahl, liebe Zuschauer«, begann die Moderatorin, ihren von einem Redakteur formulierten Einleitungsmonolog vom Teleprompter in der Kamera abzulesen.

Scharfenstein hörte nicht zu. Er spürte eine leichte Nervosität. Dieser Abend konnte für die Wahl die Entscheidung bringen. Sein Blick blieb bei Sandro Ohl hängen, der in der ersten Zuschauerreihe saß und ihm aufmunternd zunickte, als wollte er sagen: Du schaffst das, Scharfi!

Beate Thieme hatte ihren Aufsager zu Ende gesprochen und schritt wie ein Model auf dem Laufsteg zu ihrem Stuhl. Sie war Mitte dreißig, und das seit über zehn Jahren. Aus der Nähe konnte man sehen, dass viel Schminke notwendig war, um die natürlichen Alterserscheinungen zu verdecken.

Sie kam mit ihrer ersten Frage direkt zur Sache: »Herr Scharfenstein, ganz Deutschland spricht über die in einer Berliner Boulevardzeitung veröffentlichten Fotos. Nur einer schweigt dazu, das sind Sie. Sie fordern in Ihren Wahlkampfreden immer wieder Ehrlichkeit in der Politik. Sie haben jetzt die Möglichkeit, mit einer eindeutigen Aussage für Klarheit zu sorgen. Wollen Sie heute reden?«

Natürlich war er auf die Frage vorbereitet gewesen, er hatte seine Antwort auswendig gelernt. Doch jetzt war sein Kopf leer. Vielleicht waren es nur zwei Sekunden, in denen er stumm seinen Wahlkampfmanager im Publikum anstarrte, doch sie kamen ihm wie Stunden vor. Erst dann löste sich der Knoten in seiner Zunge, und er brachte gepresst ein »Ja!« hervor.

Jetzt fiel ihm wieder ein, was Ohl ihm zu dieser Frage aufgeschrieben hatte. Doch er beschloss, eine andere Antwort zu geben.

* * *

Am ersten Tag einer Mordermittlung war es schwierig, Feierabend zu machen. Jeder Polizist lernte schon ganz zu Beginn seiner Ausbildung, dass die ersten Stunden nach einem Verbrechen die wichtigsten waren. Ein Fehler oder das Übersehen einer Spur konnte später womöglich nicht mehr wettgemacht werden. Aber übermüdete und ausgepowerte Fahnder konnten die Ermittlung mehr behindern als dass sie hilfreich waren. Daher hatte Kleuser kurz vor zweiundzwanzig Uhr die Hälfte der Soko nach Hause geschickt. Der Rest der Mannschaft würde die Nacht durchmachen und sich dafür am nächsten Tag erholen.

Ben hatte einen Parkplatz in der Feilitschstraße gefunden. Er beschloss, nicht gleich zu seiner Wohnung zu gehen, sondern in die entgegengesetzte Richtung zum Englischen Garten. Bis zum Kleinhesseloher See waren es nur wenige hundert Meter. Ein kleiner Spaziergang würde ihm guttun und helfen, den Kopf freizukriegen für eine ruhige und entspannte Nacht.

Die Hände tief in seinen Jackentaschen vergraben, betrat

er den Englischen Garten und näherte sich dem See. Es war kalt und dunkel, und außer ihm war hier keine Menschenseele mehr unterwegs. Ab und zu hörte er ein Rascheln im Gebüsch. Irgendwelche Tiere, dachte er und grübelte über den Fall. War er zu voreilig mit seinen Verdächtigungen gegen Manfred Heuser? Und warum musste ein Mann, der Gefühle und Tränen zeigte, gleich schwul sein?

Ben fragte sich, wann er selbst zuletzt geweint hatte. Als Karin ihn verlassen hatte, das war jetzt schon zehn Jahre her, hatte er fast vier Tage lang pausenlos Rotz und Wasser geheult. Wenn er es sich genau überlegte, war sie die einzige Frau in seinem Leben, für die er bislang Tränen vergossen hatte. Es war eine leidenschaftliche Beziehung während ihres gemeinsamen Jurastudiums gewesen. Und auch wenn er auf seinen Freiraum und die eigene Wohnung bestanden hatte, wäre sie die Frau gewesen, mit der sich eine gemeinsame Zukunft hätte vorstellen können. Doch so plötzlich wie er nach dem dritten Semester sein Studium geschmissen und sich bei der Polizeischule angemeldet hatte, so schnell hatte sie ihn verlassen. Für sie war es ein unverzeihbarer Vertrauensbruch gewesen, dass er ihr nicht vom plötzlichen Tod seines Vaters erzählt hatte und dass er deshalb seiner Mutter nicht länger auf der Tasche liegen und schnell Geld verdienen wollte. Warum er sich geschämt hatte, dies alles Karin zu erzählen, wusste er heute nicht mehr genau. Heute lebte Karin, als Hausfrau mit zwei Kindern, Reihenhaus und Staatsexamen, in Stuttgart mit ihrem Ehemann. Einen lockeren Kontakt hatte er noch zu ihr. Sie waren die sprichwörtlichen guten Freunde geworden. Eine feste Freundin hatte er seitdem nicht mehr gehabt. Weil er nicht mehr an die Liebe fürs Leben glaubte und davon überzeugt war, dass jede Beziehung eine Verbindung auf Zeit war, wollte er keiner Frau, für die er etwas empfand, irgendwann den Schmerz zumuten, den er selbst nach der Trennung von Karin empfunden hatte. Vielleicht waren dies aber auch nur Rechtfertigungsversuche, um seine Beziehungsunfähigkeit zu erklären. In diesem Moment fiel ihm die Kurzmitteilung wieder ein, die sein Handy während der Sitzung empfangen hatte und die er sich noch gar nicht angeschaut hatte. Er holte das Telefon aus der Innentasche seiner Jacke und las: »War schön, dich gestern wiedergesehen zu haben. Wollen wir uns mal wieder treffen? Heute Abend bei dir? Lydia.«

War der Abend mit dem Fliegen-Fritzen doch nicht so romantisch gewesen, dass sie sich nun an alte Zeiten erinnerte? In diesem Augenblick hörte er Schritte hinter sich. Ben blickte sich instinktiv um. Nichts. Sicher war es nur ein Tier im Gebüsch, ein Eichhörnchen oder eine Ratte. Er hatte erst vor Kurzem gelesen, dass in einer Großstadt auf jeden Einwohner eine Ratte kam. Das würde bedeuten, dass in der Münchner Kanalisation weit über eine Million Ratten hausten. Eine widerwärtige Vorstellung. Er ging weiter durch die Dunkelheit und überlegte, wie Lydia das Ausbleiben seiner SMS-Antwort deuten würde. Vielleicht hatte sie sein Auto gesehen und war ihm gefolgt – und wollte ihn jetzt hier im dunklen Park erschrecken. Ben beschleunigte seinen Schritt. Ein kalter Wind ließ ihn frieren, er wollte jetzt nur noch ins Bett. Und er hoffte, dass ihn vor seiner Haustür jetzt keine blonde Studentin erwartete, die selbiges mit ihm teilen wollte.

Als er den Englischen Garten verlassen hatte und die Biedersteiner Straße entlangging, wähnte er wieder jemanden hinter sich. Aber das war ja hier nichts Ungewöhnliches mehr. Er vermied es, sich neugierig umzublicken. Die Person hinter ihm wurde schneller und verringerte so den Abstand. Als auch Ben das Tempo beschleunigte, tat sein Verfolger es ihm gleich.

Ich sehe Gespenster, dachte Ben. Was ist dabei, wenn jemand bei Eiseskälte hinter mir rasch über den Bürgersteig geht? Sicher war er jetzt jedenfalls, nicht von einer leichtfüßigen Blondine mit Stöckelschuhen verfolgt zu werden. Die Schritte klangen nach einem erwachsenen Mann. Dennoch wollte er sich immer noch nicht die Blöße geben und sich umdrehen. Es waren zudem nur noch wenige Meter bis zu seiner Haustür.

Seine Finger suchten in der Jackentasche bereits den Schlüssel. Ben blieb stehen und steckte vor dem Mietshaus in der Ursulastraße den Schlüssel ins Türschloss. Die Person kam näher, er konnte den Schatten sehen. Er drehte den Schlüssel um, der Mann würde jetzt hinter seinem Rücken an ihm vorbeigehen, und dann würde Ben vermutlich sehen, dass es sich um einen Obdachlosen handelte, der auf dem Weg zum warmen U-Bahnhof an der Münchner Freiheit war. Das Türschloss schnappte auf, aber der Schatten ging nicht vorbei. In dem Moment, als der Unbekannte direkt hinter ihm war, spürte Ben plötzlich den festen Griff einer kräftigen Hand mit Lederhandschuhen auf seiner Schulter. Reflexartig griff Ben unter seine Schulter, um seine Dienstwaffe zu ziehen.

* * *

»Ja, es gibt eine neue Frau in meinem Leben. Nein, ich möchte nicht darüber reden. Sie hat ein Recht darauf, dass die Medien und die Öffentlichkeit ihre Privatsphäre respektieren.«

»Ist es richtig, dass die Dame verheiratet ist?«, hakte Beate Thieme nach.

»Wie gesagt, ich möchte darauf nicht antworten.«

»Stimmt es, dass sie mit einem Politiker der Regierungsparteien verheiratet ist?«

»Ich habe diese Berichte zur Kenntnis genommen und kommentiere sie nicht«, antwortete der Mann, dessen Gesicht den ganzen Fernsehbildschirm ausfüllte.

»Schalt um, Mama«, sagte Carola. Berrits achtzehnjährige Tochter saß neben ihrer Mutter auf der Wohnzimmercouch und griff in die Schale mit den Erdnussflips. »Auf dieses Polit-Gequatsche hab ich wirklich keinen Bock.«

»Du könntest dich schon ein bisschen für Politik interessieren. Schließlich darfst du zum ersten Mal wählen gehen«, sagte Berrit und bereute es sofort. Sie wusste, dass sie bei ihrer Tochter mit mütterlichen Ratschlägen meist das Gegenteil bewirkte. Da war Carola kaum anders als Ben. Die Kamera zeigte jetzt wieder die Totale mit Scharfenstein und der Moderatorin.

»Wenn du dieses Gelaber unbedingt sehen willst, dann schau ich lieber, was es Neues auf Facebook gibt.« Sie stand auf und verließ das Wohnzimmer.

»Aber sei leise«, rief ihr Berrit hinterher, »Papa schläft schon.« Heinz war nach der *Tagesschau* ins Bett gegangen, nachdem er am späten Nachmittag erst von einer vierzehntägigen Schülerreise nach Süditalien zurückgekehrt war. Berrit legte die Fernbedienung zur Seite.

Beate Thieme schien zu resignieren und wechselte enttäuscht das

Thema. »Also gut, Herr Scharfenstein. Wir respektieren, dass Sie heute mit uns hierüber nicht reden wollen. Erlauben Sie mir, eine andere Frage zu stellen, mit der wir mehr über den Menschen Julius Scharfenstein erfahren wollen. Wer hat Sie politisch geprägt?«, fragte die Talkmasterin.

Er zögerte kurz, dann antwortete er: »Mein Vater. Ja, er hat mich geprägt, wenn auch nicht nur im positiven Sinn.«

»Wie meinen Sie das, Herr Scharfenstein?«

»Ich habe meinen Vater als sehr strengen Mann in Erinnerung. Er starb, als ich fünfzehn war. Er pflegte eine Erziehung der eisernen Hand, und daher …«

»Heißt das, er hat Sie geschlagen?«, hakte die Moderatorin ein.

Scharfenstein schwieg einen Moment, bevor er antwortete: »Ja. Er hat immer gesagt, dass sowohl im Staat als auch in den eigenen vier Wänden Zucht und Ordnung zu herrschen hätten. Seine Erziehung hat jedoch bewirkt, dass ich sehr früh begonnen habe, den Staat und das System zu verabscheuen.«

»Haben Sie schon früh angefangen, ein politisch denkender Mensch zu sein?«

»Ja, ich wollte wissen, was das für ein Staat war, dem mein Vater – er arbeitete für die Regierung – so hingebungsvoll diente. Ich malte mir aus, mit welchen Mitteln der Staat bei seinem Volk Zucht und Ordnung herstellte. Ich beschäftigte mich mit dem politischen System und fragte mich, was hinter den Parolen von Leninismus und Marxismus steckte, die uns von klein auf eingetrichtert wurden. Ich merkte, dass der einzelne Mensch in diesem System nichts zählte. Der Arbeiter- und Bauernstaat war alles, das Individuum war nichts. Auch wenn ich viele Ideen des Marxismus für sehr plausibel gehalten habe. Der Sozialismus ist später oft zu Unrecht verteufelt worden.«

»Sie haben sich aber von der offiziellen Parteilinie in der DDR früh abgewandt. Haben Sie Ihre ideologische Heimat woanders gesucht?«

»Ja, ich habe mich viel mit den alten Philosophen beschäftigt: Platon, Sokrates, Aristoteles. Später auch Kant, Descartes, Thomas von Aquin – und Jesus Christus. Ich habe mich sehr intensiv mit Religion und dem Christentum befasst. Dabei habe ich viele Übereinstimmungen zwischen der christlichen Lehre und dem Sozialismus erkannt: Alle Menschen sind gleich. Die Reichen sollen den Armen geben. Und ehe ein Reicher in das Himmelreich kommt, gelangt ein Kamel durch ein Nadelöhr. Die Reichen, das sind Kapitalisten. Diese Erkenntnisse haben tatsächlich schon früh mein Denken geprägt.«

»Sind Sie ein Herz-Jesu-Marxist?«

Der Kanzlerkandidat lächelte. »Wenn Sie damit jemanden meinen, der aus dem Sozialismus und der christlichen Soziallehre seine persönlichen Konsequenzen gezogen hat: Ja, dann bin ich ein Herz-Jesu-Marxist.«

»Noch ein anderes Thema, Herr Scharfenstein. Sie sind ja nicht nur ein Vollblutpolitiker, sondern haben auch künstlerisches Blut in den Adern, wie ich den Archiven entnehmen konnte: Es ist in der Öffentlichkeit kaum bekannt, dass Ihr Großvater Lorenz Falckenbergk Anfang des vergangenen Jahrhunderts ein bekannter Geigenvirtuose war.«

»Das ist richtig. Aber ich weiß darüber nicht viel. Ich kenne meinen Großvater nur von Erzählungen, denn er ist im Krieg gestorben.« Es fiel Scharfenstein offenbar schwer, darüber zu sprechen. Auf dem Bildschirm wurde ein altes Veranstaltungsplakat gezeigt, auf dem ein Auftritt des Geigers mit einem Foto angekündigt wurde. Auch wenn die Ähnlichkeit zum Kanzlerkandidaten nicht sehr groß war, Lorenz Falckenbergk hatte die gleichen Augen wie Julius Scharfenstein.

»War er Soldat?«

»Nein. Er wurde von SS-Männern bei einem Fluchtversuch aus Buchenwald erschossen. Ein halbes Jahr vor Kriegsende. Er war ins Lager gekommen, weil er in zweiter Ehe eine Jüdin geheiratet hatte. Außerdem war er mit seiner Geige in jüdischen Lokalen aufgetreten.«

Jetzt war auch Beate Thieme sichtlich betroffen. »Das alles haben wir nicht gewusst, Herr Scharfenstein.« Mehr konnte sie dazu nicht sagen.

»Wechseln wir das Thema, Herr Scharfenstein. Wie Sie wissen, konfrontieren wir in meiner Sendung jeden Gast mit Weggefährten aus vergangenen Zeiten. Wir haben ein paar Einspielungen vorbereitet. MAZ ab!«

Der Fernsehschirm zeigte jetzt einen alten Mann mit weißem

Haarkranz, faltigem Gesicht und einer altmodischen Brille.

Er sprach mit krächzender Stimme: »An Julius Scharfenstein kann ich mich sehr gut erinnern. Auch wenn er nie einer der besten Schüler war. Er war immer einer der Originellsten.« Jetzt wurde der Name von Friedrich Wurzer, Volksschullehrer von 1957 bis 1988 eingeblendet. »Die Aufsätze vom kleinen Julius waren immer besonders originell. Aber Schwierigkeiten bereitete ihm schon eh und je das Kopfrechnen. Ich wünsche ihm, dass er als Bundeskanzler einen Finanzminister haben wird, der alle Grundrechenarten beherrscht.«

Das Studiumpublikum applaudierte, und auch Scharfenstein lächelte. Der fragende Blick der Moderatorin forderte ihn auf, etwas zu den Worten seines früheren Lehrers zu sagen.

»Ich freue mich, dass Herr Wurzer noch lebt, und wünsche ihm alles Gute. Und er hat recht, das Kopfrechnen war nie meine Stärke gewesen. Besonders das Einmaleins bereitete mir Höllenqualen. Zum Abschluss der Volksschule hat Herr Wurzer sich für jeden seiner Schüler einen Vers ausgedacht. Ich weiß noch genau, dass er für mich geschrieben hat: ›Bei der Rechnung sieben mal acht, hebt sich Julius' Finger nur ganz sacht.‹«

»Die nächste Einspielung«, sagte Beate Thieme, »MAZ ab!«

Zu sehen war jetzt ein Mann Anfang sechzig, der an einem Schreibtisch vor einem Computer saß. Er hatte ein kantiges, verbrauchtes Gesicht mit einem Fünf-Tage-Bart.

»Julius und ich hatten oft gemeinsame Pläne. Als Kinder malten wir uns aus, Kosmonauten zu werden und gemeinsam mit einer Rakete zum Mond zu fliegen. Die Schülerzeitung, für die wir beide geschrieben haben, hieß *Das Manifest*.« Der Name des Journalisten Bodo Rauch wurde eingeblendet. »Heute macht der Julius große Politik und ich schreibe drüber.«

»Haben Sie noch Kontakt zu Ihrem Schulfreund Bodo Rauch?«, fragte Beate Thieme.

»Ja. Wir schreiben uns gelegentlich. Leider ist der Kontakt sehr locker geworden. Bodo hat schon damals nebenbei als rasender Reporter für die Zeitung gearbeitet und meistens über Unfälle und Brände berichtet. Schon damals sagten wir: Wo Rauch ist, da ist auch Feuer.«

»Wir haben noch eine Einspielung.«

Berrit hatte genug, schaltete um und zappte weiter durch die Kanäle. Sie blieb bei einem Nachrichtensender hängen, der gerade noch einmal Bilder von der Polizei-Pressekonferenz am Nachmittag zeigte.

Ben ist sehr telegen, urteilte sie über ihren Kollegen, der soeben kurz im Bild zu sehen war. Er sollte öfter ins Fernsehen gehen.

* * *

In Rom schien die Sonne über den vatikanischen Gärten. Es war trotzdem empfindlich kalt. Die *Giardini Vaticani* erstreckten sich etwa über ein Drittel des vatikanischen Territoriums und waren von den Vatikanmauern umschlossen. Sie boten dem Betrachter ein einzigartiges Schauspiel von Pflanzen und Blumen. Die Kardinäle Manuel Hidalgo, Patrick Donnelly und Antonio d'Alessandro trugen lange schwarze Mäntel über ihren Soutanen und Hüte auf dem Kopf. Donnelly rauchte eine Zigarette, was er nur tat, wenn er sich unbeobachtet fühlte. Denn rauchende Kardinäle gab es in der Öffentlichkeit nicht. Der bisherige Präfekt der Glaubenskongregation, der Nachfolgebehörde der Heiligen Inquisition, wurde eher mit rauchenden Scheiterhaufen in Verbindung gebracht. Äußerlich war ihnen nicht anzusehen, dass sie zu den wichtigsten Männern der katholischen Kirche zählten und dass ihre Einflussnahme die Wahl des nächsten Papstes maßgeblich entscheiden konnte.

»Der Herr ist ein gütiger Gott und ein strafender Gott zugleich«, sagte Hidalgo, während sie zwischen Pinien und Steineichen, Olivenbäumen und Magnolien spazierten. »Was geschehen ist, können wir als Fügung Gottes betrachten.«

»Zumindest beweist uns dieser Vorfall, dass wir gut daran tun, unser Schicksal vertrauensvoll in Gottes Hand zu legen«, meinte d'Alessandro, der Generalsekretär des Vatikanstaats.

»Sie glauben, Gott bedient sich der Hand eines Verbrechers?«, fragte Donnelly, als sie an der *Chinesischen Glocke* entlangschritten. Von dieser Stelle aus hatte man eine eindrucksvolle Sicht auf die Kuppel von St. Peter.

»Gottes Handeln lässt sich mit dem menschlichen Verstand

nicht umfassen«, referierte Hidalgo aus dem Katechismus. »Das Problem des Luciano-Papstes hat der Allmächtige damals nach dreiunddreißig Tagen schließlich auch auf wunderbare Weise gelöst.«

»Ich bin noch im Zweifel, ob sich die Situation für die Heilige Kirche durch den Tod von Kardinal Dresler wirklich zum Guten gewendet hat«, gab Donnelly zu bedenken.

»Was wollen Sie damit sagen?«, fragte Hidalgo. Eine dunkle Wolke schob sich vor die Sonne, als hätte jemand mit einem Schalter das Licht abgedunkelt.

»Nun, wenn ich die Stimmung im Kardinalskollegium richtig einschätze, dann hatten wir bislang drei Favoriten für das Konklave: auf der einen Seite jemanden, der die Kirche auf den Weg des wahren Glaubens zurückführen würde«, d'Alessandros Blick ließ keinen Zweifel daran, dass er mit seinen Worten Kardinal Hidalgo meinte, »auf der anderen Seite zwei liberale, progressive Hirten …«

»… einer aus Deutschland und einer aus Namibia …«

»… die sich jedoch bei der Wahl gegenseitig blockieren würden, sodass der richtige Kandidat als Sieger aus dem Konklave hervorgegangen wäre. Jetzt könnte die Wahl auf ein Patt hinauslaufen. Und wozu das führen kann, ist uns allen bewusst.«

»Oder die Anhänger Dreslers solidarisieren sich mit Batongo und wählen einen Schwarzen zum Papst«, zeigte Hidalgo sein Entsetzen.

»Das haben wir zu verhindern«, stimmte Donnelly ein.

»Es ist kalt geworden«, stellte Hidalgo fest.

8. Kapitel

Lassen Sie mich sofort los, ich bin Polizist!«, schrie Ben Dillinger den Unbekannten an und drückte ihm die Mündung seiner Heckler & Koch gegen den langen schwarzen Mantel.

Der Mann lockerte sofort seinen Griff und murmelte etwas in einer fremden Sprache, die Ben nicht verstand. Es klang wie Spanisch oder Italienisch.

»Wer sind Sie und was wollen Sie?«, fragte Ben. Im Schein einer Lampe über der Haustür, die durch einen Bewegungsmelder aktiviert worden war, erkannte er jetzt die Person wieder, die ihm am Nachmittag auf der Pressekonferenz aufgefallen war.

»Bitte stecken Sie die Waffe wieder weg«, flüsterte der Mann mit starkem Akzent. »Mein Name ist Padre Salvatore. Ich komme aus Rom. Besser gesagt, aus dem Vatikan. Ich bin ein Abgesandter des Heiligen Stuhls und hierher gekommen, um Sie bei den Ermittlungen im Mordfall Kardinal Dresler zu unterstützen.«

Ben betrachtete seinen Verfolger ungläubig und sah, dass er unter dem schwarzen Mantel eine ebenso schwarze Soutane mit einem weißen Priesterkragen trug. Die Symmetrie seines gepflegten Gesichts wurde durch eine auffallende, stecknadelgroße Warze auf der rechten Wange gestört.

Noch immer skeptisch öffnete er die Tür und bat Padre Salvatore in den Hausflur, die Waffe steckte er in sein Halfter zurück. Dann betätigte er den Lichtschalter im Treppenhaus. Sein Misstrauen war noch nicht ausgeräumt. »Der Vatikan hat Sie hergeschickt, um der Münchner Polizei zu helfen? Und warum lauern Sie mir dann hier nachts auf? Und warum weiß mein Chef nichts davon?«

»Meine Mission ist«, er räusperte sich, »inoffiziell, verstehen Sie? Die deutschen Behörden wissen bis jetzt nichts davon. Wir möchten nicht, dass bekannt wird, dass der Heilige Stuhl sich für diese Angelegenheit interessiert. Offiziell gehen wir von einem schrecklichen Tötungsdelikt aus, dem durch einen tragischen Zufall ein kirchlicher Würdenträger zum Opfer gefallen ist.«

»Und inoffiziell?«

»Wir haben in Kürze ein Konklave. Und Kardinal Dresler wäre ein Mitglied dieses Konklaves gewesen. Muss ich mehr sagen?«

»Ich bitte darum«, sagte Ben forsch. »Wenn Sie mich hier nachts beinahe überfallen, sind Sie mir schon eine Erklärung schuldig.«

»Ich wollte Sie nicht erschrecken. Ich hatte den Namen einer Frau Berrit Blombach, die ich nach der Pressekonferenz kontaktieren wollte. Aber sie war nicht dort. Dann sah ich Sie, Commissario, auf dem Podium sitzen. Und ich beschloss, Sie anzusprechen. Aber diskret, nicht im Präsidium.«

»Also gut.« Die Ausführungen des Padres klangen zwar etwas mysteriös. Aber sie bestätigten Bens Vorurteile gegen die geheimnisumwitterten Strukturen des Vatikans. Und das machte sie wiederum glaubwürdig. »Was kann ich für Sie tun, Padre Salvatore?«

»Sie müssen die Frage andersherum stellen, Commissario.«

Ben schaute ihn fragend an.

»Die Frage muss lauten, was ich für Sie tun kann.«

»Und?« Ben fühlte sich langsam genervt. »Was können Sie für mich tun, außer mir die Nachtruhe zu stehlen?«

»Ich habe möglicherweise wichtige Informationen für Sie. Informationen, die für Sie im Zusammenhang mit der Aufklärung des Mordes an Kardinal Johannes Maria Dresler von Interesse sein könnten.«

»Was für Informationen sollen das sein?« Ben war jetzt doch neugierig. Denn ihm war klar, dass der Vatikan niemanden in inoffizieller Mission nach München schickte, wenn es sich um Lappalien handeln würde.

»Bitte nicht hier im Treppenhaus«, flüsterte der Padre. »Können wir uns vielleicht ungestört in Ihrer Wohnung unterhalten?«

»Meinetwegen«, brummte Ben. Einen Priester hatte er noch nie in seinen vier Wänden empfangen. »Es ist aber nicht aufgeräumt.«

* * *

Es hatte nicht länger als eine Viertelstunde gedauert, bis der mysteriöse Padre ihm alles erzählt hatte und wieder verschwunden war. Nun saß Ben auf seinem Sofa und ließ sich die Einzelheiten noch einmal durch den Kopf gehen. Ich muss Berrit anrufen, dachte er und schaute auf die Uhrzeitanzeige seines Videorekorders. Kurz vor Mitternacht. Sollte er seine Kollegin wirklich jetzt noch informieren? Sie könnten eh in der Nacht nichts mehr unternehmen.

Als er gerade beschlossen hatte, sie doch anzurufen, erschreckte ihn ein sanftes Klopfen an seiner Wohnungstür. Reflexartig schnellte seine rechte Hand an das Pistolenhalfter, das er noch unter der linken Schulter trug. Dann schlich er sich leise zur Tür. War Padre Salvatore noch einmal zurückgekommen? Oder hatte sich noch ein Verfolger an seine Fersen geheftet? Und warum benutzte er nicht die Türklingel?

»Wer ist da?«

»Ich bin's.« Eine Frauenstimme. »Lydia.«

Ben atmete erleichtert auf. Von der attraktiven Studentin ging keine unmittelbare Gefahr für Leib und Leben aus.

»Mit dir habe ich jetzt wirklich nicht gerechnet«, sagte er, während er die Tür öffnete. »Was machst du hier?«

Als sie antwortete: »Ich möchte dir ein Zeitschriftenabo verkaufen«, bemerkte er, wie unsinnig seine Frage gewesen war. Sofort war die Atmosphäre locker. Sie lachten beide, er trat zur Seite und ließ sie durch. Sie trug einen Jeansrock und kniehohe Stiefel. Als sie ihre Lederjacke ablegte, verschlug es ihm beinahe die Sprache. Das grünglitzernde Oberteil war nur mit Spaghettiträgern an ihrem Hals befestigt und am bloßen Rücken mit dünnen Schnürchen zugebunden. Der Fummel bedeckte ihre wohlgeformten Brüste nur notdürftig und hing so locker an ihr herunter, dass er bei jedem Schritt tief blicken ließ.

»Äh, gut schaust du aus«, war alles, was er herausbrachte.

»Du möchtest also keine Zeitschrift abonnieren? Die Kirchenzeitung vielleicht?«

Er schaute sie verständnislos an.

»Ich wusste noch gar nicht, dass du so fromm geworden bist, dass dein Beichtvater jetzt Hausbesuche bei dir macht. So viele Sünden?«, sagte sie mit gespielter Anteilnahme.

»Ach so, der Pater, äh … ja. Das war dienstlich. Hast du ihn gehen sehen?«

Sie gingen ins Wohnzimmer, wo Ben sein Jackett von einem Sessel wegräumte, zeitgleich seine gelben Turnschuhe hinter der Tür verschwinden ließ und sich schnell umblickte, ob er sonst noch mit einem Handgriff irgendwelche Unordnungsfaktoren beseitigen konnte.

»Ich saß schon über eine Stunde hier auf der Treppe. Ich habe dir doch auf den AB gesprochen, dass ich dich gerne wiedersehen würde. Hättest mir ja antworten können, dass du erst so spät heimkommst. Als ich dich mit dem Priester die Treppe hochkommen sah, dachte ich, ich bringe dich lieber nicht in Verlegenheit …«

»… und hast gewartet, bis die Beichte beendet ist. Verstehe.«

»Wobei …«, sie lächelte, »vielleicht wäre es besser gewesen, dein Beichtvater wäre erst nach mir gekommen …«

Sie ließ keinen Zweifel daran, was sie im Schilde führte. Und mit jeder Sekunde zweifelte er mehr, ob er ihr widerstehen konnte.

»Magst du was trinken?«

»Rotwein«, antwortete sie sofort. »Aber erst legst du deine Knarre ab!«

»Entschuldige, ich spüre das Ding schon gar nicht mehr unterm Arm.« Er schnallte das Halfter ab und schloss es samt seiner Dienstwaffe in der Schublade einer Kommode ein.

Einen Augenblick später stand sie vor ihm, schlang ihre Arme um ihn und sagte: »Habe dich noch gar nicht richtig begrüßt.« Sie streichelte mit ihrer Hand durch seine kurzen Haare, wie sie es immer so gerne getan hatte. Er wusste nicht, wohin mit seinen Händen, und als sie sich mit ihrem Oberkörper an ihn drückte, konnte er nicht anders, als seine Hände um ihre schlanken Hüften zu legen. Und ehe er sich versah, hatte sie ihre Lippen auf seinen Mund gedrückt. Der süßliche Geruch ihres Parfüms, das die Erinnerungen an ihre gemeinsamen Nächte wieder greifbar machte, ließ ihn endgültig kapitulieren.

Als er wieder aufwachte, zeigte die rote Anzeige seines Radioweckers sechs Uhr zwölf. Lydia schlief friedlich neben ihm. Er betrachtete ihren Rücken mit dem Muttermal auf dem Schulterblatt und fragte sich, ob es ein Fehler gewesen war. Er hatte damals nach der kurzen, aber heftigen Affäre einen Schlussstrich gezogen, als er bemerkt hatte, dass sie zu klammern begann. Als sie schon nach wenigen Wochen anfing, über eine gemeinsame Wohnung zu reden und bei einem Schaufensterbummel auffällig lange vor einem Brautmodengeschäft stehen blieb, hatten bei ihm die Alarm- und nicht die Hochzeitsglocken geläutet. Er verlängerte unauffällig die Zeitabstände zwischen ihren Treffen, schob Überstunden wegen eines komplizierten Falles vor und meldete sich irgendwann überhaupt nicht mehr. Zwar hatte er rasch angefangen, den Sex mit ihr zu vermissen. Doch dann hatte er Elena im Teeladen kennengelernt, die ihm willkommene Ablenkung bot.

Um halb acht wollte Ben im Präsidium sein. Für ein romantisches Frühstück zu zweit blieb da keine Zeit mehr. Das war vielleicht auch besser so. Er hatte sich mit Genuss von Lydia verführen lassen. Aber eine Beziehungskiste kam für ihn nach wie vor nicht infrage, das musste auch ihr klar sein. Und weil er über dieses Thema jetzt auch nicht diskutieren wollte, beschloss er, sie schlafen zu lassen.

Er duschte, zog sich an, schaltete die Kaffeemaschine ein und hinterließ ihr einen Zettel: *Die Nacht war wieder wundervoll mit dir. Doch jetzt hat der Tag uns wieder. Muss zum Dienst. Zieh die Tür hinter dir zu. Kuss, Ben.*

* * *

Berrit saß schon hinter ihrem Schreibtisch, als Ben mit zwei Pappbechern *Coffee to go* ihr gemeinsames Büro betrat. Sie hatte die Münchner Tageszeitungen vor sich ausgebreitet.

»Und was schreiben die Schmierfinken?«, fragte er und stellte den Kaffeebecher auf eine winzige freie Stelle auf ihrem Schreibtisch.

Sie bedankte sich. »Wie erwartet.« Berrit zog die *Bild*-Zeitung hervor und zitierte: »*Der Teufels-Killer von München*«. Sie reichte ihm den Artikel, in dem überraschend viele Details genannt waren, von denen auf der Pressekonferenz nicht die Rede gewesen war. Man nahm schon seit Langem an, dass das Blatt einen Informanten im Präsidium haben musste.

»Alle Blätter stellen eine Verbindung zur Papstwahl her«, sagte Berrit.

»Was zu erwarten war. Ein mysteriöser Vatikan-Killer macht sich in den Schlagzeilen ja auch viel besser als ein Raubmörder, der zufällig einen Bischof erwischt.« Dann fügte Ben mit wissendem Blick hinzu: »Oder einen Kardinalssekretär, der seinen Chef erschlägt, weil er eine Enthüllung über seine dunkle Vergangenheit verhindern will.«

»Wie bitte?« Mit einer ungeschickten Handbewegung stieß Berrit ihren Kaffeebecher um. Die braune Flüssigkeit wurde innerhalb von Sekunden vom Zeitungspapier aufgesogen.

Ben sprang auf und griff zu einem Küchentuch, das neben dem Handwaschbecken an einem Haken hing.

»Zum Glück ist nichts auf die Hose getropft«, stellte Berrit erleichtert fest. »Was redest du da von Enthüllungen über einen Kardinalssekretär? Hast du heute Nacht zu viel phantasiert?«

Über die Nacht wollte er jetzt nicht gerade reden, wohl aber über den abendlichen Besuch von Padre Salvatore. Er hoffte, dass Berrit nicht nachfragen würde, warum er sich nicht bereits gestern Abend bei ihr gemeldet hatte. Er schilderte zuerst, wie ihm jemand bis zur Haustür gefolgt war und dass sich der Mann dann als Vatikan-Mitarbeiter vorgestellt hatte. Und dass er in ihm die seltsame Gestalt von der Polizei-Pressekonferenz wiedererkannt hatte.

»Hat er dir einen Ausweis gezeigt?«, fragte Berrit.

»Einen Ausweis? Nein.« Jetzt erst kam ihm der eigentlich naheliegende Gedanke, dass Padre Salvatore – oder wie auch immer der Italiener wirklich heißen mochte – ein Schwindler sein konnte. »Ich hatte keinen Zweifel … und die Priesterkleidung! Ich muss wohl unbewusst gedacht haben, dass ein Mann in Priesterkleidung nicht die Unwahrheit sagen wird.«

Berrit lachte laut. »Sieh an, sieh an. Unser ausgetretener Kirchensteuersparer lässt sich von einem Priesterkragen beeindrucken. Aber jetzt sag endlich, was dieser Padre so Wichtiges mitzuteilen hatte!«

»Über Manfred Heuser gibt es eine Akte im Vatikan!«

»Was für eine Akte?«

»Seitdem in verschiedenen Ländern immer wieder Fälle von Kindesmissbrauch durch katholische Priester bekannt geworden sind, hat die Kleruskongregation im Vatikan eine zentrale Stelle eingerichtet, in der weltweit jeder Verdachtsfall registriert wird. Wenn sich irgendwo Vorfälle häufen, wird der Ortsbischof angewiesen, entsprechende Maßnahmen zu ergreifen. Jedenfalls gibt es dort auch eine Akte über Manfred Heuser, und zwar aus seiner Zeit als Kaplan in einer Pfarrgemeinde im Allgäu.«

»Sagt Padre Salvatore.«

»Sagt Padre Salvatore, exakt.«

»Und hat er dir die Akte ausgehändigt?«

»Natürlich nicht. Alles geheim und unter Verschluss.«

»Und warum gibt er dir dann diesen Hinweis?«, hakte Berrit nach.

»Weil der Vatikan keine Möglichkeiten hat, auf deutschem Territorium zu ermitteln und einen Mörder zu überführen. Ist doch klar, oder? Es gibt zwar eine Polizeitruppe im Vatikan, Vigilanza genannt, aber du kannst dir denken, dass die nicht nach München reist, um einen Mordfall zu lösen. Außerdem will der Heilige Stuhl nicht offiziell und öffentlich in dieser Sache in Erscheinung treten. Sagt Padre Salvatore.«

»Soso, und was genau soll Heuser getan haben?«

»Es geht um Missbrauch von Schutzbefohlenen, in den achtziger und neunziger Jahren. Heuser war Kaplan in Türkheim und hat sich angeblich an einen Jugendlichen aus der Gemeinde herangemacht.«

»Das kann ich mir wirklich nicht vorstellen«, meinte Berrit. »Und was ist dann mit Heuser passiert?«

»Es hat keinen großen Skandal gegeben. Kaplan Heuser wurde sehr plötzlich und für seine Gemeinde überraschend in die Krankenhausseelsorge versetzt. Und jetzt wird's interessant.«

»Jetzt erst? Was kommt denn noch?«

»Der damalige Augsburger Bischof, in dessen Sprengel diese Allgäuer Gemeinde liegt, hat seine schützende Hand über den sündigen Kaplan gehalten und verhindert, dass die Sache öffentlich bekannt wurde. Und jetzt rate mal, wie damals der Bischof von Augsburg hieß!«

»Etwa …«

»Richtig. Johannes Maria Dresler. Jetzt bist du platt, was? Wollen wir gleich einen Haftbefehl beantragen?«

Berrit schluckte. »Wir werden Heuser mit diesen Vorwürfen konfrontieren. Aber denk dran, dass wir nichts weiter in der Hand haben als die Erzählungen eines Südländers, der sich Padre Salvatore nennt. Ist der eigentlich jetzt wieder nach Rom zurück oder was?«

»Er ist im *Hilton* abgestiegen, hat er gesagt. Da können wir ihn heute noch erreichen.«

Die energischen Schritte des Dezernatsleiters ertönten in diesem Moment auf dem Gang. Mit einem ebenso energischen Klopfen öffnete er im nächsten Augenblick die Bürotür. »Grüß Gott allerseits. Wir treffen uns in fünf Minuten oben zur Morgenlage. Ich hoffe, Sie können uns über neue Erkenntnisse berichten.«

»Guten Morgen, Herr Kriminaloberrat«, sagte Berrit und ging an Kleuser vorbei durch die Bürotür. »Wenn Sie uns bitte entschuldigen würden. Wir müssen sofort los. Vielleicht haben wir eine Spur.«

»Vielleicht sogar einen Verdächtigen«, ergänzte Ben, der ebenfalls das Zimmer verließ und den völlig verdutzten Dezernatschef zurückließ.

»Aber Moment … wir müssen doch … die Staatsanwaltschaft … und die Presse …«

Doch Berrit und Ben waren schon hinter der Glastür im Treppenhaus des Neubauflügels verschwunden.

* * *

Der Fraktionsvorsitzende Brack empfing den Wahlkampfmanager Ohl in seinem Büro im Reichstag. Wenn Scharfenstein der beliebteste Politiker in der Partei war, dann war Wilfried Brack der mächtigste Mann in der SPD. Durch seinen Verzicht auf die Kanzlerkandidatur – offiziell aus Altersgründen – hatte er den Weg freigemacht für Scharfenstein. Brack hatte rasch eingesehen, dass der smarte brandenburgische Ministerpräsident beim Wähler bessere Karten hatte als er selbst mit seiner manchmal polternden und nicht immer sehr diplomatischen Art. Brack, der seine eher kleine Körperstatur mit einer besonders kräftigen Stimme kompensierte, betrachtete sich als ein Politiker der alten Schule. Zur nächsten Wahl in vier Jahren wollte er nicht wieder für den Bundestag kandidieren, dann wäre er zweiundsiebzig. Schon in diesem Jahr sollte mit dem erhofften Wahlsieg Scharfensteins der Generationswechsel in der Partei eingeläutet werden. Doch als er jetzt die Zeitungsschlagzeilen las, kamen ihm Zweifel, ob sein Verzicht auf die Kanzlerkandidatur zum krönenden Abschluss seiner politischen Karriere die richtige Entscheidung gewesen war.

»Genosse Ohl, ich will, dass du das in Ordnung bringst!«

»Jawohl«, sagte Sandro Ohl kleinlaut, als wäre die Bikini-Affäre auf seinem Mist gewachsen.

»Ich will, dass dieses Thema bis Ende der Woche aus den Schlagzeilen verschwunden ist. Sonst kriegen wir ein Problem. Oder besser gesagt: Dann kriegst du ein Problem, Sandro Ohl.«

Jeder in der Partei wusste, dass viele politische Karrieren in der SPD vom Wohlwollen des mächtigen Fraktionschefs abhingen. Sein Einfluss konnte ein Nachwuchstalent bis in höchste Ämter katapultieren. Genauso schnell konnte aber auch eine Laufbahn wieder zu Ende sein, wenn Brack seinen Daumen über einen Delinquenten senkte.

»Hindert diesen Schreiberling, diesen … Bodo Rauch daran, weiter kübelweise Unrat über die Sozialdemokratie auszuschütten. Wie ihr das macht, ist mir egal. Bietet ihm einen lukrativen Beratervertrag, diskreditiert seine Glaubwürdigkeit, meinetwegen sperrt ihn auch bis zur Wahl in den Keller ein. Und jetzt geh an die Arbeit, Ohl!«

9. Kapitel

Berrit und Ben trafen Manfred Heuser in seiner Wohnung im Bischofshaus an. Er öffnete ihnen nicht in Priesterkleidung, sondern in Jeans und einem schwarzen T-Shirt. Jetzt erst sah Berrit seine muskulösen Oberarme. Er sah aus wie der attraktive Junggeselle aus dem Werbespot für Kaffeemaschinen. Doch sein Gesicht drückte Trauer und Verzweiflung aus.

»Ich hoffe, wir stören nicht«, sagte Berrit freundlich.

»Nein, nein. Bitte kommen Sie rein. Ich packe gerade meine Sachen. Sie werden verstehen, dass ich nicht länger hierbleiben kann. Ich werde mir eine neue Aufgabe suchen müssen.«

»Sie könnten ja wieder in die Krankenhausseelsorge gehen, Herr Heuser«, sagte Ben.

Heuser verschlug es die Sprache. Dann sagte er: »Wie kommen Sie auf Krankenhausseelsorge? Woher wissen Sie …?«

Sie betraten die Wohnung, in der mehrere halb leere Umzugskartons herumstanden. Auf dem Fußboden waren zahllose Bücher zu unterschiedlich hohen Türmen gestapelt. Eine Reihe von Kleidungsstücken lag durcheinander auf einem Haufen. Es sah tatsächlich so aus, als wenn jemand in eine Wohnung ein- oder auszöge.

»Ich glaube, jetzt haben wir einige Fragen zu stellen und Sie antworten.«

Berrit schlug einen sanfteren Ton an als ihr Kollege: »Es geht darum, Herr Heuser, dass wir noch einige Punkte klären müssen. Und zwar geht es um Ihre Vergangenheit.«

»Meine Vergangenheit?«

Ben kam direkt zur Sache: »Sie waren Kaplan in Türkheim im Allgäu und haben sich an einem Jungen vergangen. Danach sind Sie in die Krankenhausseelsorge versetzt worden. Und der damalige Augsburger Bischof Dresler hat's gewusst und Sie gedeckt. Und da passt es doch hervorragend ins Bild, dass wir auf der Tatwaffe Ihre Fingerabdrücke gefunden haben. So, und jetzt überlegen Sie genau, was Sie sagen. Sie stehen unter Mordverdacht.«

»Oh Gott, oh Gott«, war alles, was Heuser herausbrachte. Er nahm seine Brille ab und hielt die rechte Hand vor seine Augen. Schweiß trat ihm auf die Stirn. »Allmächtiger Gott, steh mir bei!«, flüsterte er und sackte zusammen.

Berrit sprang ihm zur Seite und stützte ihn, damit er nicht zu Boden fiel. »Alles in Ordnung, Herr Heuser? Brauchen Sie ein Glas Wasser?«

Sie führte ihn ins Wohnzimmer, wo er sich in einen Polstersessel fallen ließ. Auch in diesem Raum sah es nach Aufbruch aus. Anders als die Wohnung des Kardinals waren Heusers Zimmer sehr modern eingerichtet. Helle und sanfte Farbtöne herrschten vor. An den Wänden hingen Reproduktionen impressionistischer Künstler. Trinkende Menschen in einem Biergarten. Berrit glaubte, Max Liebermann zu erkennen. *Gartenlokal an der Havel* oder *Münchner Biergarten*. Vermutlich eher Letzteres – in einem Münchner Bischofshaus.

»Danke, es geht schon wieder«, flüsterte Heuser. »Ich habe den Kardinal nicht getötet. Das müssen Sie mir glauben! Warum hätte ich das tun sollen?«

»Ein denkbares Motiv wäre«, antwortete Berrit vorsichtig, »dass Kardinal Dresler etwas aus Ihrer Vergangenheit wusste und er mit diesem Wissen für Sie hätte gefährlich werden können.«

»Das Geheimnis des Kardinals hätte Ihre weitere kirchliche Karriere gefährden können«, ergänzte Ben. »Und dann haben Sie ihn zum Schweigen gebracht. War es so?«

»Nein, wirklich nicht.« Heuser klang verzweifelt. »Es gab kein Geheimnis, mit dem der Kardinal mir hätte gefährlich werden können. Er war ein so gutmütiger Mensch. Niemals hätte er etwas gesagt oder getan, was einem anderen schaden könnte.«

»Stimmt es nicht, dass Sie damals von der Allgäuer Pfarrei ins Krankenhaus versetzt wurden?«, hakte Berrit nach.

»Doch, ich ging nach Immenstadt ins Krankenhaus. Es hatte in Türkheim tatsächlich Gerüchte gegeben. Aber da war nichts dran. Sie müssen mir glauben. Ich habe dann selbst vorgeschlagen, die Gemeinde zu verlassen, um niemanden in Schwierigkeiten zu bringen. Die Zeit in der Klinikseelsorge war für mich sehr wertvoll, der Dienst an den Kranken hat mich weitergebracht. Ich möchte diese Zeit nicht missen.«

Berrit blickte zu Ben, der vor einem der Bilder stand. »Und die Fingerabdrücke?«, fragte sie dann.

»Natürlich habe ich die Josefsfigur in der Hand gehabt. Ich habe oft in der Wohnung Staub gewischt.« Nach einem kurzen Moment des Schweigens fügte er mit selbstbewusster Stimme hinzu: »Und wenn ich der Täter wäre, dann hätte ich die Fingerabdrücke abgewischt. Das sieht man doch in jedem Fernsehkrimi.«

»Dazu hätten Sie in der Tat Zeit genug gehabt«, räumte Ben ein. »Allerdings lässt Ihr Alibi sehr zu wünschen übrig.«

»Wie ich Ihnen bereits sagte, war ich im Englischen Garten spazieren. Ich habe dort niemanden getroffen. Aber daraus können Sie mir doch keinen Strick …«

»Wir arbeiten nicht mit dem Strick«, unterbrach ihn Ben. »Für Mord gibt es lebenslange Haft. Das wissen Sie sicher auch aus den Fernsehkrimis.«

Es klang wie ein Stoßgebet, als er sagte: »Aber ich bin unschuldig!«

»Wenn Sie wirklich unschuldig sind«, sagte Berrit, »dann haben Sie nichts zu befürchten. Wir werden den Täter überführen. Wenn Sie uns die Wahrheit sagen.«

Als Heuser, der sich wieder gefangen hatte, sie zur Tür geleitete, fragte Berrit leise: »Das Bild … Max Liebermann, oder?«

»Nein. Renoir. Es heißt *Le moulin de la Galette.*«

»Aha«, sagte sie. Selten hatte sie einen Mann kennengelernt, der sich mit Kunst auskannte. Sie ertappte sich dabei, dass sie hoffte, Manfred Heuser wäre nicht der Täter.

* * *

Eine knappe halbe Stunde später saßen Ben und Berrit wieder in ihrem Büro.

»Wir haben nichts in der Hand. Keinen einzigen Beweis«, stellte Berrit fest und zündete sich eine Zigarette an. »Dass er kein Alibi hat, muss überhaupt nichts bedeuten. Und seine Erklärung für die Fingerabdrücke auf der Statue klingen auch einleuchtend.«

Ben legte die Füße auf seinen Schreibtisch und knetete einen

Radiergummi zwischen Daumen und Zeigefinger. »Ist es normal, dass der Sekretär des Kardinals mit dem Staublappen hantiert? Und wenn er uns anlügt? Wenn er doch ein mieser Kinderschänder ist? Er wäre nicht der einzige dieser Art in der katholischen Kirche. Das steht jedenfalls in dem *Focus*-Artikel, den ich dir gegeben habe.«

»Wenn wir ihn festnehmen wollen, brauchen wir etwas Handfestes. Wir bräuchten diese Akte aus dem Vatikan. Oder wenigstens eine Kopie.« Sie pustete eine Rauchwolke über ihren Schreibtisch. Zwar herrschte in den Büroräumen offiziell Rauchverbot. Doch bei geschlossener Bürotür zeigte sich Ben tolerant.

In diesem Moment klopfte es an der Bürotür, und Kleuser betrat den Raum. Er hustete demonstrativ.

Berrit drückte die Zigarette im Aschenbecher aus.

»Wie sieht es aus mit Ihrem Verdächtigen? Waren Sie erfolgreich?«

Berrit schilderte kurz, was sie erfahren hatten. Sie beschloss jedoch, den mysteriösen Informanten aus Rom zunächst nicht zu erwähnen. Während sie redete, fiel ihr auf, dass Kleuser einen neuen Anzug trug – offenbar maßgeschneidert. Eine der Geschichten, die man im Präsidium über den Chef erzählte, war die, dass er nach seiner Beförderung zum Dezernatsleiter zum ersten Mal seit seiner Konfirmation einen Anzug getragen hat, und zwar widerwillig. Vermutlich wollte er sich jetzt auf die erhoffte politische Karriere vorbereiten und sich besser in Schale werfen.

»Wir machen um zwölf eine kleine Lage oben im Konferenzsaal. Das Amt will übrigens wissen, ob wir Verstärkung brauchen. Wenn wir nicht bald erste Ergebnisse vorlegen, werden wir diese Frage nicht mehr lange glaubhaft verneinen können.« Kleuser drehte sich wieder um und sagte hustend beim Hinausgehen: »Sie sollten mal wieder das Büro lüften!«

»Zwölf Uhr?«, bemerkte Ben, »da hätte ich ja noch Zeit, um … Was dagegen, wenn ich heute eine vorgezogene Mittagspause mache? Ich bin auch zeitig wieder hier. Versprochen!«

Berrit seufzte übertrieben laut und zündete sich ihre Zigarette wieder an. »Hau schon ab«, rief sie ihm hinterher und versuchte, ein Lächeln zu unterdrücken.

* * *

Eine Weile starrte Berrit aus ihrem Fenster hinaus und ließ die Zigarette in ihrer Hand verglimmen. Dunkle Wolken und stellenweise blauer Himmel mit Sonnenschein boten ein wechselhaftes Bild. Sie fragte sich selbst, ob sie den Tatverdächtigen Heuser mit der gebotenen Objektivität betrachtete oder ob sie sich wirklich, wie Ben ihr vorwarf, von seiner zweifellos vorhandenen Attraktivität blenden ließ. Warum entschied sich ein Mann wie Heuser, dem die Frauen zu Füßen liegen könnten, für das zölibatäre Priesterleben? Und er schien in seiner Berufung nicht unglücklich zu sein. Lebte er vielleicht gar nicht so keusch, wie es die Kirche von ihm verlangte? Vielleicht hatte er eine heimliche Freundin. Und der Kardinal hatte es herausgefunden und wurde deshalb erschlagen. Nein, das ergab auch keinen Sinn. Die entscheidende Frage lautete: Was steht wirklich in der angeblich geheimen Akte dieses Padre Salvatore? Sie musste diese Akte bekommen. Eine offizielle Anfrage beim Vatikan dürfte sinnlos sein. Sie zweifelte daran, dass der Kirchenstaat am Datennetzwerk von Interpol angeschlossen war. Der einzige Weg führte über diesen mysteriösen Pater. Sie versuchte, sich an die Gestalt auf der Pressekonferenz zu erinnern. Sie hatte den Mann nur kurz gesehen. Etwas an ihm war ihr aufgefallen. Sie dachte scharf nach. Es war nichts in seinem Gesicht, es war auch kein Kleidungsstück. Er hatte etwas in der Hand. Nein, nicht in der Hand, sondern an der Hand. Ja, jetzt sah sie seine ineinandergefalteten Hände wieder vor sich. An seiner rechten Hand hatte er einen sehr auffälligen Ring aus Gold getragen. Was hatte es mit diesem Ring auf sich? Es war kein gewöhnlicher Ring, wie ihn Eheleute am Finger tragen, eher ein klobiges Teil, eine Art Siegelring. Vielleicht ein Symbol für einen Geheimbund? War nicht immer wieder die Rede von irgendwelchen geheimen Bruderschaften, die auch die katholische Kirche unterwanderten? War Padre Salvatore vielleicht gar kein Vatikan-Gesandter?

Alles Unsinn, Berrit, du spinnst, sagte sie zu sich selbst und beschloss, sich lieber an die Fakten zu halten. Sie schlug die Akte auf und sah sich die Tatortfotos noch einmal genau an. Bei dem

Bild der Josefsstatue, die als Waffe gedient hatte, stutzte sie. Es konnte kein Zufall sein und musste nichts bedeuten. Aber dieser Heilige Josef passte genau zu der Figur der Heiligen Katharina, die sie im Laden von Petra Böker im Regal hatte stehen sehen. Wenn sie sich nicht täuschte, dann mussten beide Figuren aus der Hand desselben Künstlers stammen.

Berrit griff zum Telefonhörer. Petras Nummer kannte sie auswendig. Es klingelte zweimal, dann meldete sich ihre Freundin.

Ohne lange Erklärungen fragte sie direkt: »Hast du diese Heiligenfiguren noch, die du mir gestern gezeigt hast?«

»Klar«, antwortete Petra. »Wenn du sie alle nimmst, kriegst du einen Sonderpreis.«

»Danke, aber ich will sie nicht kaufen. Nur mal anschauen. Ich schicke dir meinen Kollegen Jensen vorbei.«

»Ist die Polizei jetzt schon so ratlos, dass sie zu den Heiligen um Erleuchtung beten muss?«

Petra lachte, aber Berrit ging nicht auf ihren Scherz ein. Sie sagte nur trocken: »Ach ja, Ole trinkt nichts im Dienst.«

Berrit legte den Hörer wieder auf. Der Gedanke an den Padre ließ sie nicht los. Sie musste wissen, ob er ein Schwindler war oder ob seine Aussagen über Heusers Vergangenheit korrekt waren. Solange Ben unterwegs war, könnte sie ja mal versuchen, etwas herauszufinden. Warum nicht den direkten Weg gehen? Der führte sie in diesem Fall zunächst ins Nachbarbüro, wo Ingrid Hechler an ihrem Schreibtisch saß. Berrit wusste, dass ihre Kollegin in erster Ehe mal mit einem Sizilianer verheiratet gewesen war und deshalb ganz passabel italienisch sprach. Über die Auskunft erfragten sie eine zentrale Rufnummer des Vatikans, und zahlreiche Warteschleifen und mehrmalige Weiterverbindungen von Pontius nach Pilatus später hatte Ingrid auch einen kompetenten Ansprechpartner im Staatssekretariat gefunden.

Doch der hatte offenbar seine Zweifel, dass der Anruf wirklich aus dem Polizeipräsidium in »Monaco di Bavaria« kam.

»Er möchte mit Ispettore Derrick verbunden werden«, flüsterte Ingrid zu Berrit und verdrehte die Augen dabei. »Er glaubt wohl, ich will ihn auf den Arm nehmen.«

»Gib ihm die Nummer der Telefonzentrale und sag ihm,

er soll dort anrufen und sich mit der Mordkommission 1 verbinden lassen. Und sag ihm, es handelt sich um eine offizielle Anfrage.«

Ingrid redete mit vielen italienischen Worten auf ihren Gesprächspartner am Ende der anderen Leitung ein und legte schließlich auf. »Jetzt können wir nur noch hoffen, dass er mir wirklich geglaubt hat.«

Sie warteten etwa fünf Minuten, bis das Telefon vor Ingrid surrte. Berrit nahm den Hörer selbst ab.

Es meldete sich der Beamte aus der Telefonzentrale: »Frau Hauptkommissarin, entschuldigen Sie die Störung, aber da ist ein Anrufer aus Italien, der kaum deutsch spricht. Ich glaube, das ist ein Scherzanruf. Er sagt, er ruft aus dem Vatikan an. Soll ich ihn abwimmeln?«

»Um Gottes willen, stellen Sie durch!« Berrit reichte den Hörer wieder an Ingrid, die die wortreiche Entschuldigung des Anrufers entgegennahm. Berrit soufflierte, was sie wissen wollte, nämlich ob es im Vatikan einen Padre Salvatore gab, der nach München entsandt worden war.

Ingrid übersetzte die eindeutige Antwort: »Nein, es gibt hier keinen Padre Salvatore.«

Berrit bedankte sich für die Dolmetscherdienste und fragte sich, was diese Information für sie bedeuten würde. Auf dem Weg in ihr Büro wählte sie mit ihrem Handy Bens Mobilnummer, unterbrach die Verbindung jedoch wieder, als sich nur seine Mailbox meldete. Sie schaute auf die Uhr, die über der Bürotür montiert war. Noch Zeit genug bis zur Lagebesprechung. Sie beschloss, diesen angeblichen Padre Salvatore im *Hilton* aufzusuchen.

* * *

»Sorry, Berrit, es hat ein paar Minuten länger gedauert«, rief Ben, während er die Bürotür aufriss. »Aber ich bin ja noch früh gen…« Er hielt inne, als er sah, dass Berrits Platz leer war. »Berrit?«, rief er.

»Sie ist out of office«, ertönte die Stimme von Ingrid Hechler aus dem Nebenbüro.

»Unterwegs? Wo denn? Wir haben doch gleich kleine Lage.«

Ingrid berichtete von ihrer Telefonrecherche im Vatikan und dass dort kein Padre Salvatore bekannt sei.

»Berrit ist dann sofort ins *Hilton* gefahren, um diesem Padre auf den Zahn zu fühlen.«

»Allein?«, fragte Ben entsetzt.

»Sie hat noch versucht, dich auf dem Handy anzurufen, aber du warst mal wieder temporarily not available.«

»Verdammt«, fluchte Ben, zückte sein Mobiltelefon aus der Innentasche seines Sakkos und drückte die Kurzwahltaste für Berrits Nummer. Doch jetzt hörte er nur die Mailboxansage. »Wozu gibt es eigentlich Handys, wenn man absolut nie jemanden erreicht?«, fragte er, ohne eine Antwort zu erwarten. »Wie lange ist sie schon unterwegs?«

»Eine Stunde, roundabout«, schätzte Ingrid.

»Und sie hat sich seitdem nicht gemeldet?«

Die Kollegin schüttelte den Kopf. Ben wurde nervös. »Sie hätte nicht allein fahren dürfen. Was ist, wenn dieser Salvatore gar kein Priester ist, sondern ein …« Er sprach nicht weiter und wollte sich die denkbaren Szenarien gar nicht ausmalen. Er hätte gleich bei seiner Begegnung mit dem angeblichen Padre Verdacht schöpfen müssen. Warum hatte er sich keinen Ausweis zeigen lassen? Warum hatte er sich von einer Priesterkleidung blenden lassen, die man in jedem Kostümverleih bekommen kann? Ben schüttelte über sich selbst den Kopf, dann trat die Sorge um Berrit wieder in den Vordergrund. »Ich fahr ins *Hilton*.«

»Ich komme mit«, sagte Ingrid.

»Kommt nicht infrage. Du bleibst hier, falls Berrit sich meldet. Wir bleiben in Verbindung.« Ben verschwand aus dem Zimmer.

Mit Blaulicht und Sirene auf dem Dach war er wenige Minuten später in der Rosenheimer Straße beim *City-Hilton*, wo er direkt vor dem überdachten Eingang parkte und im Laufschritt die Lobby betrat. Die Architekten des Gebäudes aus roten Backsteinen und viel Glas hatten augenscheinlich mehr Wert auf Zweckmäßigkeit als auf Schönheit gelegt. Auch im Foyer herrschte ein in beige-braunen Tönen gehaltener Siebzigerjahre-Charme.

Dem Portier hinter dem Schalter mit dem Schild *Check-in-*

Desk, der gerade einem älteren Ehepaar beim Ausfüllen der Formulare half, fiel er, die Dienstmarke zeigend, ins Wort: »Dillinger, Kripo München. Ich suche meine Kollegin, Hauptkommissarin Berrit Blombach.«

»Soll die Dame hier wohnen? Da muss ich nachschauen«, antwortete der sichtlich eingeschüchterte Portier.

»Nein, nein. Sie wohnt nicht hier. Sie hat sich vermutlich an der Rezeption nach einem Padre Salvatore erkundigt. Vielleicht auch bei einem Ihrer Kollegen …«

»Mein Dienst hat erst vor zehn Minuten begonnen, und die Kollegin von der Frühschicht ist bereits heimgegangen. Wie bitteschön war der Name des Herrn? Peter Salvatore?«

»Padre. Oder Pater. Ein Priester jedenfalls. Italiener, aus Rom. Mitte fünfzig, Brille und eine auffallende Warze auf der rechten Wange. Wohnt dieser Mann bei Ihnen?« Ben wurde ungeduldig und schaute sich in der Hotellobby um, ob er zwischen den zahllosen wichtig dreinschauenden Anzug- und Aktenkofferträgern irgendwo Berrit oder den Padre erkannte. Der Portier sagte, er müsse das im Computer nachsehen, und dazu brauche er seine Brille. Das ältere Ehepaar schien nicht so recht zu begreifen, was geschah, und zu glauben, Ben sei ein unverschämter Hotelgast, der sich vordrängelte. Ihre verärgerten Gesichter ließen darauf schließen, dass sie erwogen, sich ein anderes Hotel zu suchen.

Nach einer Minute, die Ben wie eine Ewigkeit erschien, kam der Portier aus einem Nebenraum mit seiner Brille auf der Nase zurück und tippte mit dem Zeigefinger Buchstabe für Buchstabe den Namen Salvatore ein, so als bediene er zum ersten Mal in seinem Leben eine Computertastatur.

»Tut mir leid, es hat kein Gast mit diesem Namen hier eingecheckt.«

Ben war sich natürlich im Klaren darüber, dass ein Mafiakiller mit einem Dutzend Identitäten jonglierte. Aber Salvatore, oder wie auch immer er heißen mochte, hatte doch ausdrücklich gesagt, wo er unter welchem Namen erreichbar war. Das passte alles nicht zusammen. Ben erwog, eine Fahndung nach seiner Kollegin rauszugeben. Er versuchte, seine Gedanken zu ordnen, atmete tief durch und schloss die Augen.

»Kann ich Ihnen noch behilflich sein, Herr Kommissar?«,

fragte der Portier, der sich wieder dem Ehepaar zuwenden wollte.

Ben schüttelte wortlos den Kopf. Er verließ die Lobby und trat vor das Hotel, wo Taxis stoppten, Hotelgäste ein- und aussteigen ließen und weiterfuhren. Ben blickte sich um, ging jeweils einige Meter in Richtung Gasteig und in Richtung Ostbahnhof. Aber seine Kollegin war nirgends zu sehen. Er beschloss, noch einmal Berrits Nummer zu wählen, in diesem Moment piepste sein Handy. *Berrit Mobil* lautete die erlösende Anzeige im Display. Er drückte sofort die grüne Taste. »Berrit! Wo steckst du? Alles in Ordnung?«

»Ich bin im *Hilton*.«

»Da bin ich auch«, sagte Ben überrascht und schaute sich noch mal um.

»Aber ich bin im *Park-Hilton* am Tucherpark. Ich habe zuerst denselben Fehler gemacht wie du.« Sie lachte. Es schien ihr also nichts passiert zu sein.

»Und?«, fragte er und machte drei Schritte zur Seite, als er bemerkte, wie der Hotel-Portier die Ohren spitzte. »Hast du Padre Salvatore gefunden?«

»Das nicht«, antwortete Berrit. »Aber ich habe etwas anderes Interessantes herausgefunden. Am besten kommst du sofort her.«

10. Kapitel

Sandro Ohl lehnte den Kaffee aus Bodo Rauchs Thermoskanne dankend ab. »Ich will nicht lange drum herumreden, Herr Rauch«, sagte der Wahlkampfmanager. Er blieb vor der Tür stehen, weil es in dem kleinen Zimmer keinen Besucherstuhl gab.

Rauch rätselte immer noch, was Ohl von ihm wollte. Gerne hätte er sich jetzt eine Zigarette angezündet. Doch sein Arzt hatte ihm das Rauchen wegen einer chronischen Bronchitis, die ihn in den letzten zwei Jahren mehrfach wochenlang ans Bett gefesselt hatte, streng verboten.

»Herr Rauch, es wird Sie nicht überraschen, dass wir nicht über all Ihre Veröffentlichungen der vergangenen Wochen glücklich sind«, sprach Ohl, beide Hände in den Taschen seines senffarbenen Trenchcoats. »Aber Sie wissen auch, dass unsere Partei die freie Presse und die Meinungsfreiheit als ein hohes Gut der freiheitlich-demokratischen Grundordnung achtet. Wir wissen Ihr Engagement als kritischer Journalist daher …«, Ohl hüstelte, »… sehr zu schätzen.«

Was zum Teufel will der von mir, fragte sich Rauch.

»Wir haben uns etwas über Sie informiert, weil uns interessiert hat, was Sie früher geschrieben haben. Ich meine, vor der Wende. Sie wissen schon. Wir haben einige sehr interessante Arbeitsproben aus Ihrer Redakteurszeit beim *Neuen Deutschland* gefunden. Diese Texte haben uns von Ihrer journalistischen Qualität sehr überzeugt …«

Was wird hier gespielt?, dachte Rauch. Er wusste selbst zu genau, was für Texte er für das SED-Parteiblatt geschrieben hatte, schreiben musste. Es waren Jubelarien auf das Regime und Hetzartikel gegen den kapitalistischen Westen. Schon damals hatten seine Chefs ihn oft genug gezwungen, gegen seine Überzeugung zu schreiben, und seine Artikel entsprechend umformuliert. Und schon damals hatte er kein Rückgrat besessen und seinen Autorennamen brav über die Hetzparolen gesetzt. Damals wie heute hätte er vielleicht seinen Job verloren, wenn er Widerstand geleistet hätte. Er schämte sich für seine Charakterlosigkeit. Aber immer noch war ihm völlig schleierhaft, was der SPD-Wahlkämpfer von ihm wollte. Doch sicher nicht ihm einen Orden für seine Verdienste um den Marxismus-Leninismus verleihen. Wollte er ihn gar erpressen und so zum Schweigen bringen?

»Um Ihren für die Demokratie notwendigen kritischen Journalismus zu fördern, möchten wir Ihnen gerne einen Beratervertrag anbieten. Sind Sie mit zehntausend Euro monatlich einverstanden?«

Rauch fiel die Kinnlade herunter. Hatte er richtig gehört? Diese Summe übertraf seine Honorare als freier Lohnschreiber um ein Mehrfaches. »Und was muss ich dafür tun?«, fragte er.

»Sie stellen uns Ihre Kompetenzen und Fähigkeiten zur Verfügung. Exklusiv versteht sich. Der Vertrag ist auf sechs Monate befristet. Nach Ablauf des Vertrags bekommen Sie noch einmal vierzigtausend Euro zur Überbrückung. In dieser Zeit werden Sie selbstverständlich nicht für andere Medien tätig.«

Rauch rechnete aus, dass er für ein halbes Jahr hunderttausend Euro bekommen sollte. Davon konnte er mehrere Jahre relativ sorgenfrei leben.

»Nicht, dass Sie das irgendwie falsch verstehen«, sagte Ohl salbungsvoll. »Es geht alles mit rechten Dingen zu. Sie bekommen einen lupenreinen Beratervertrag. Mit Mehrwertsteuer und völlig legal.«

Rauch schwirrte der Kopf angesichts der Summe, um die es ging. Ihm war völlig klar, dass ihm nichts anderes als Schweigegeld angeboten wurde. »Und wenn ich Nein sage?«

Ohl lächelte. »Es ist Ihre freie Entscheidung, Herr Rauch. Da fällt mir ein: Kennen Ihre derzeitigen Arbeitgeber eigentlich Ihre hervorragenden journalistischen Werke, ich denke da zum Beispiel an die Berichte über die Vierzigjahrfeiern der Deutschen Demokratischen Republik? Wirklich brillant geschrieben. Wir können Ihrem Verleger gerne einige Arbeitsproben zur Verfügung stellen, falls Sie sie selbst nicht archiviert haben.« Ohl öffnete die Bürotür und sagte beim Hinausgehen: »Denken Sie drüber nach, Herr Rauch. Ich denke, wir verstehen uns.«

* * *

Das *Hilton Munich Park Hotel* lag etwas abseits der Innenstadt am Tucherpark. An der Rezeption wartete Berrit Blombach schon eine Viertelstunde auf ihren Kollegen, als er durch den Haupteingang in die Hotelhalle gelaufen kam.

»Du hast mir einen gehörigen Schrecken eingejagt«, sagte er mit tadelndem Blick.

»Das ist Herr Obermeier«, sagte sie und deutete auf den freundlichen jungen Herrn im dunklen Anzug hinter dem Tresen. »Herr Obermeier hat ein paar Suchabfragen im Hotelcomputer gemacht und …«

»Ich möchte noch mal darauf hinweisen, dass ich das eigentlich gar nicht darf. Ich bitte Sie dringend, einen richterlichen Beschluss …«

»Machen wir, keine Sorge«, unterbrach ihn die Kommissarin. »Wichtig ist das Ergebnis.«

»Und?« Ben versuchte, auf den Monitor zu gucken, doch das Licht spiegelte sich auf dem Bildschirm, sodass er nichts lesen konnte.

»Es ist ein Gast mit dem Namen Monsignore Salvatore Santos verzeichnet. Und laut Herrn Obermeier passt die Beschreibung auf unseren Padre«, sagte Berrit triumphierend. »Er ist allerdings bereits wieder abgereist.«

»Moment. Monsignore? Padre? Ich kenn mich da nicht aus …«

»Monsignore ist ein kirchlicher Ehrentitel«, erläuterte Berrit. »Ich halte es aber für gut möglich, dass dieser Salvatore gar kein Monsignore ist. Denn vermutlich ist auch sein Nachname erfunden.«

»Santos? Heilig? Der Heilige?«, rätselte Ben.

»Richtig. Das klingt schon alles sehr merkwürdig. Zumal Salvatore auf Deutsch Erlöser heißt.«

»Der Heilige Erlöser. Sehr komisch.« Und an den Portier gewandt fragte Ben: »Hat dieser Monsignore Santos denn einen Ausweis vorgelegt?«

»Also, nicht direkt«, stammelte Herr Obermeier. »Das heißt, hier im Computer ist ein Vermerk, dass der Gast bei der Anreise seinen Ausweis im Koffer verstaut hatte und ihn später nachreichen wollte. Da er aber im Voraus mit Kreditkarte bezahlt hat, hat später wohl niemand mehr nach seinem Ausweis gefragt. Ich weiß, das ist nicht korrekt. Ich versichere Ihnen auch, dass …«

»Kreditkarte?«, fragte Berrit. »Dann haben Sie sicher auch seine Kreditkartennummer irgendwo gespeichert, oder?«

»Selbstverständlich«, antwortete Obermeier. »Einen Augenblick.« Er diktierte eine Ziffernfolge, die Ben auf der Rückseite eines Kärtchens mit den Öffnungszeiten des Swimmingpools notierte, das auf dem Tresen lag.

»Interessant ist übrigens auch, wann Monsignore Santos angereist ist«, sagte Berrit und schaute in ihr Notizbüchlein. »Eingecheckt hat er nämlich bereits zwei Tage vor dem Mord an Kardinal Dresler.«

»Was?«, staunte Ben. »Das hieße ja, es kann nicht stimmen, dass er nach München gekommen ist, um uns bei der Aufklärung des Falles zu helfen!«

»Richtig. Der fromme Salvatore hat uns angelogen. Ich habe bereits die Spurensicherung angefordert. Die sollen das Hotelzimmer genau unter die Lupe nehmen, in dem unser Freund gewohnt hat.«

»Und ich checke inzwischen diese Kreditkartennummer. Ich ruf mal die Kollegen vom Dezernat 24 an, die müssten das ja im Handumdrehen rauskriegen.« Ben ging ein paar Schritte zur Seite und telefonierte.

Berrit bedankte sich ausführlich bei Herrn Obermeier und versicherte ihm, dass er alles korrekt gemacht habe und nichts befürchten müsse. Er nickte dankbar.

Nach zwei Minuten kam Ben wieder zu Berrit.

»Und? Was rausgekriegt beim Wirtschaftsdezernat?«, fragte sie ihren jungen Kollegen.

»Ja. Die Kreditkarte ist in Rom zugelassen. Und zwar auf irgendeine Firma oder Ähnliches. Die Kollegen haben auf die Schnelle nur eine Abkürzung gefunden: IOR. Sagt dir das etwas?«

»IOR? Nein, nie gehört. Klingt wie eine Versicherung oder so was. Aber das wird ja herauszufinden sein. Ich denke, wir sollten hier jetzt das Feld dem Erkennungsdienst überlassen und zusehen, dass wir schnell ins Präsidium kommen. Es wäre besser, Kleusi heute nicht ein zweites Mal warten zu lassen.«

»Du hast recht«, stimmte Ben zu.

* * *

Als Berrit und Ben den völlig überheizten Konferenzraum im Präsidium betraten, wurden sie schon von den übrigen Mitgliedern der *Soko Kardinal* erwartet.

»Da sind Sie ja«, sagte Kleuser. »Ich weiß zwar nicht, wo Sie sich herumgetrieben haben und was für Rechercheaufträge Sie den Finanzfahndern von unterwegs aus gegeben haben. Aber die Kollegen haben hier eine Nachricht für Sie hinterlassen.« Kleuser winkte mit einem gelben Post-it-Zettel, auf dem er sich offenbar eine Nachricht notiert hatte.

Berrit nahm den Zettel und las Ben leise vor: *»IOR = Istituto per le Opere di Religione = Institut für religiöse Werke = die Bankiers Gottes.«*

Sie schauten sich beide für einen Augenblick sprachlos an.

Dann sagte Kleuser: »Können Sie uns jetzt bitteschön aufklären, was es mit dieser Botschaft auf sich hat?«

Berrit und Ben setzten sich auf ihre freien Plätze, und Berrit berichtete von ihren neu gewonnenen Erkenntnissen über den angeblichen Padre Salvatore, der erwiesenermaßen mit einer Kreditkarte der Vatikanbank unterwegs war.

»Lieber Gott«, seufzte Kleuser leise, was Jensen zu der Bemerkung veranlasste: »Vielleicht ist der liebe Gott der Drahtzieher in diesem Fall.«

»Also für mich ist der Fall klar«, warf Ben ein, lehnte sich in seinem Stuhl weit zurück und verschränkte die Arme vor seinem Bauch. »Nach dem Tod von Papst Hadrian fürchten irgendwelche dunklen Mächte im Vatikan, dass der deutsche Kardinal Dresler, der als liberal und progressiv gilt, zum Nachfolger gewählt wird. Weil sie dies verhindern wollen, beauftragen sie einen Killer und schicken ihn nach München.«

»Im Namen Gottes«, fügte Jensen hinzu.

»Also bitte, meine Herren«, fuhr Kleuser dazwischen. »Ich möchte doch sehr bitten, mit solchen Äußerungen außerhalb dieser vier Wände äußerst vorsichtig zu sein. Ich hoffe, Sie wissen, welche ungeheuren Anschuldigen Sie da gegen die katholische Kirche erheben.«

»Ich finde, das klingt alles gar nicht so unglaubwürdig«, sagte Hakan Özdemir. »Der Mordauftrag muss ja nicht von offizieller Stelle kommen. Man liest doch immer wieder von irgendwelchen Geheimbünden hinter den Mauern des Vatikans ...«

»Wenn Sie diese Thriller meinen, die man jetzt überall kaufen kann«, widersprach Kleuser, »dann halte ich das, ehrlich gesagt, für Phantastereien von Schriftstellern. Für Spannungsliteratur ist das ja legitim, aber wir haben es hier mit einem realen Mordfall mitten in München zu tun. Und ich glaube nicht, dass wir den Täter bei den Freimaurern oder den Illuminaten suchen müssen.«

»Was ist mit der Mafia?«, warf Ingrid ein. »Könnte doch sein, dass unser Kardinal in irgendwelche dunklen Geschäfte verstrickt war. Und bevor er auspacken konnte, wurde er beseitigt.«

»Erschlagen im eigenen Wohnzimmer?«, entgegnete Berrit.

»Zur Tarnung, damit es wie ein Einbruch aussieht.«

»Und die Kreditkarte aus dem Vatikan?«, fragte Ben.

»Gefälscht. Warum sollte die Mafia keine Kreditkarten kopieren können, um uns auf eine falsche Fährte zu schicken?«

»Ich glaube, wir sollten mal schön bei den Fakten bleiben«, stoppte Kleuser die weiteren Überlegungen in dieser Richtung.

»Das sehe ich auch so«, stimmte Berrit zu und wandte sich an Jensen: »Was hat deine Recherche bezüglich der Josefsfigur in dem Antiquitätenladen ergeben?«

»Wie wir schon wissen«, antwortete Jensen, »hat der Kardinal die im Karton eingepackte Figur in dem Antiquitätengeschäft von Frau Petra Böker gekauft. Die Josefsfigur muss er schon länger besessen haben. Dresler war wohl ein Liebhaber von Kunst solcher Art und kaufte regelmäßig in dem Laden ein. Frau Böker hatte die Figur zusammen mit drei weiteren Statuen und verschiedenen alten Möbeln auf einer Auktion ersteigert. Die Figuren sind alle von einem polnischen Künstler namens«, Jensen schaute auf seine Notizen, »Ischariot Pasadelski. Es handelt sich im Einzelnen neben Josef und Maria, um die Heiligen Pantaleon, Barbara, Margareta und Katharina. Jedenfalls hat bei der Versteigerung im Auktionshaus *Christiansen & Co* nur noch ein weiterer Mann mitgeboten, der jedoch irgendwann ausgestiegen ist.«

»Ich glaube nicht, dass diese ganze Sache für uns von Bedeutung ist«, sagte Kleuser skeptisch. »Wenn in dem Regal zufällig ein Nudelholz oder ein Wagenheber gelegen hätte, wäre der arme Kardinal eben damit erschlagen worden.« Und mit Seitenblick auf Berrit fügte er hinzu: »Die Zeit für diese Recherche hätten wir uns wohl wirklich sparen können.«

Berrit schluckte eine Bemerkung hinunter, und Kleuser fuhr mit feierlichem Gesichtsausdruck fort: »Ich habe im Übrigen Nachricht bekommen von der SPD-Zentrale in Berlin.«

Alle starrten den Dezernatsleiter gespannt an.

»Ich habe die Anfrage sozusagen über den kleinen Dienstweg gestellt.«

»Genossen-Geschacher«, flüsterte Ingrid fast unhörbar.

Kleuser ging darüber hinweg. »Julius Scharfenstein ist nach Angaben seines Parteimanagers bereit, an der Aufklärung des Falles mitzuwirken, sofern der Vorgang diskret verläuft. Scharfenstein steht morgen am Rande einer Wahlkampfkundgebung in München für eine kurze Befragung in dieser Angelegenheit zur Verfügung. Es dürfte klar sein, dass der Kanzlerkandidat so kurz vor der Wahl nicht mit einem Mordfall in Verbindung gebracht werden will.« Und leiser fügte Kleuser hinzu: »Als ob er nicht auch so schon genug Probleme am Hals hätte.«

»Ich nehme an, dass Sie selbst die Befragung durchführen wollen?«, mutmaßte Ingrid.

»Ich bin geladener Gast bei der Veranstaltung. Da kann ich unmöglich zwischendurch aufstehen und den Hauptredner im Nebenzimmer vernehmen. Ich hoffe, Sie verstehen …«

»Wir verstehen«, sagte Berrit und hörte, wie Ingrid flüsterte: »Wir verstehen vor allem, dass Sie um Ihre Scheißkarriere fürchten.«

* * *

Das Hofbräuhaus war nur selten Schauplatz politischer Kundgebungen. Und wenn doch, dann hatte die CSU im wohl berühmtesten Wirtshaus der Welt Heimrecht. Doch der

Münchner SPD-Oberbürgermeister Bernd Höller hatte sich für die Schlussphase des Wahlkampfes mit seiner Partei in die Höhle des Löwen gewagt und den großen Veranstaltungssaal im ersten Stock des Hofbräuhauses reserviert. Eine Blaskapelle sorgte bereits seit einer Stunde für angemessene Stimmung. Parteifreunde aus ganz Bayern waren gekommen, um den ersten großen Wahlkampfauftritt des Kanzlerkandidaten im Freistaat mitzuerleben. Mehrere Fernsehkameras waren auf das Rednerpult gerichtet, in den ersten Reihen saßen zwei Dutzend Reporter. Unter donnerndem Applaus trat Julius Scharfenstein auf das Podest, in der Hand hielt er das Manuskript seiner Standardrede, das Sandro Ohl für diesen Auftritt noch einmal überarbeitet und den bayerischen Gegebenheiten angepasst hatte. Hier durfte es eine Spur rustikaler zugehen, hier wurden deftige Worte gesprochen.

»Liebe Genossinnen und Genossen«, begann er, als der Beifall sich langsam legte, und dann begrüßte er alle Ehrengäste. Anschließend ging er, abweichend vom Manuskript, gleich zu Beginn auf die aktuellen Umfragewerte ein: »Wir lassen uns von der Stimmungsmache unserer Gegner nicht entmutigen. Denn wir wollen keine Umfragen gewinnen, wir wollen die Wahl gewinnen. Und wenn die Bürger an der Wahlurne stehen, dann können sie entscheiden, ob dieses Land weiter von einem Kanzler regiert werden soll, dessen Parteifreunde wegen Wahlfälschungen und Spendenaffären vor Gericht stehen, oder ob eine neue Politik der Ehrlichkeit, Offenheit und Fairness in dieses Land Einzug halten soll.«

Die Zuhörer applaudierten begeistert.

»Ich schäme mich, liebe Genossinnen und Genossen, wenn ich in Umfragen lese, wie weit unten auf der Vertrauensskala der Beruf des Politikers angesiedelt ist. Nur Sie in der ersten Reihe«, er deutete auf die Journalistenbank, »stehen noch schlechter da!«

Die Leute lachten, einige hoben ihre Bierkrüge und prosteten sich zu. Die erste Pointe hatte gesessen.

»Ich frage mich dann manchmal, warum ich den Beruf des Politikers ergriffen und dafür eine vielleicht vielversprechende Karriere in der Wissenschaft aufgegeben habe. Ich will Ihnen die Antwort geben, die ich für mich selbst gefunden habe: Ich will die Politik wieder zu einem sauberen Geschäft machen. Ich will, dass der kleine Mann auf der Straße einem Politiker auch wieder einen Gebrauchtwagen abkaufen würde. Ich will, dass die Bürgerinnen und Bürger dem Wort aus dem Mund eines Politikers zunächst mal glauben und der Politik ein Grundvertrauen entgegenbringen. Dafür trete ich an, dafür kämpfe ich! Und dafür bitte ich um Ihre Unterstützung und Ihre Stimme!«

Die weitere Rede dauerte noch eine knappe Stunde. Scharfenstein streifte fast jedes politische Thema und legte seine Grundsatzpositionen dar. Am Ende standen ihm die Schweißtropfen auf der Stirn, sein weißes Hemd war durchgeschwitzt, zumal die Luft im Saal, voller Qualm und alkoholgeschwängert, immer stickiger wurde.

Er endete mit den Worten: »Kämpfen wir nicht nur für einen Personalwechsel im Kanzleramt, kämpfen wir nicht nur für einen notwendigen Regierungswechsel, kämpfen wir für einen Politikwechsel. Führen wir mit einer ehrlichen Politik Deutschland in eine sichere Zukunft!«

Minutenlang tobte der Applaus, und Scharfenstein streckte die Faust immer wieder siegesgewiss in die Höhe.

Berrit und Ben hatten die Rede in einem Nebenraum verfolgt, in dem sie Scharfenstein jetzt erwarteten.

»Phrasendrescher«, meinte Ben despektierlich. »Ich bin sicher, er ist auch nicht besser als die anderen.«

»Du redest genauso wie die Leute, von denen Scharfenstein gesprochen hat«, erwiderte Berrit. »Ich finde, er hat ein Stück weit recht mit dem fehlenden Grundvertrauen in die Politik. Wenn auch ich zugebe, dass viele Politiker ihr Vertrauen längst verspielt haben.«

»Soll ich ihm im Verhör auch ein Grundvertrauen entgegenbringen?«, fragte Ben schnippisch. Aber Berrit kam nicht mehr zu einer Antwort, weil in diesem Moment die schwere Holztür geöffnet wurde und Scharfenstein eintrat, begleitet von einem jungen Mann, der sich als Sandro Ohl vorstellte.

»Wir haben ja bereits mit Herrn Kleuser besprochen, dass wir um äußerste Diskretion bitten«, sagte Ohl, und die Kommissare nickten wortlos. »Herr Scharfenstein ist sehr betroffen von dem schrecklichen Verbrechen und verurteilt aufs Schärfste jede Form von …«

»Das kann uns Herr Scharfenstein gewiss alles selbst erzählen«, fiel ihm Ben ins Wort. »Wenn Sie uns dann bitte allein lassen würden?«

»Ja, natürlich«, sagte Ohl und verließ den Raum.

Scharfenstein setzte sich auf eine Holzbank an einem Biertisch, Ben und Berrit gegenüber. Berrit stellte sich und ihren Kollegen vor und bat um Erlaubnis, ein Aufnahmegerät mitlaufen zu lassen. Der Politiker hatte keine Einwände, unter der Voraussetzung, dass der Mitschnitt nur für polizeiliche Ermittlungen verwendet wurde. Dies sagte Berrit ihm selbstverständlich zu und fragte ihn zugleich, ob sie rauchen dürfe. Die Wirtshausatmosphäre machte ihr Lust auf eine Zigarette. Scharfenstein nickte, und Berrit zündete sich eine Zigarette an.

Ben stand von der Holzbank auf und begann die Vernehmung: »Herr Scharfenstein, Sie wissen, warum wir mit Ihnen reden möchten. Es geht um die letzten Stunden im Leben von Kardinal Johannes Dresler, der in seinem Kalender einen Termin mit Ihnen notiert hatte. Hat dieses Gespräch stattgefunden und worum ging es?«

Scharfenstein saß vorgebeugt, die Hände auf der Tischplatte, er fingerte an einem Bierdeckel herum. Er wirkte erschöpft, sein schütteres dunkles Haar lag durcheinander, seine dunkle Brille hatte er abgenommen.

»Ich gehe davon aus, dass ich nicht als Beschuldigter, sondern als Zeuge vernommen werde.«

Die juristischen Feinheiten waren ihm offenbar bekannt. In der Tat galt Scharfenstein als Zeuge, denn ansonsten hätte seine Immunität als Abgeordneter durch das Parlament aufgehoben werden müssen.

»Ja, ich hatte ein privates Gespräch mit Kardinal Dresler«, antwortete er dann leise. »Glauben Sie, dass ich der Letzte war, der ihn lebend gesehen hat?«

»Das ist möglich«, sagte Berrit. »Daher ist uns Ihre Aussage so wichtig. Und natürlich wollen wir Sie nicht so kurz vor der Wahl in einen Mordfall verwickeln. Die Öffentlichkeit wird von dieser Unterredung freilich nichts erfahren.«

Sie wollte Scharfenstein Sicherheit geben und ihn so zu einer ehrlichen Aussage bewegen. Denn er konnte als Zeuge wirklich wichtig sein. Berrit war selbst überrascht, dass sie vor dem wichtigen Politiker weder Ehrfurcht noch Respekt verspürte. Er saß vor ihr wie jeder der Hunderten von Zeugen, die sie in den letzten Jahren befragt hatte. Durch die geschlossene Tür ertönte dumpf die Blasmusik aus der Schwemme.

»Also, worum ging es?«, hakte Ben nach, der hinter Scharfensteins Rücken an eine Holzwand gelehnt stand.

»Wie Sie vielleicht in der Zeitung gelesen haben, sind meine Umfragewerte derzeit nicht die besten. Und in der heißen Phase des Wahlkampfes zieht man alle Register. Ich wollte in einem Vier-Augen-Gespräch die Möglichkeit ausloten, ob der Kardinal zu einem gemeinsamen Medienauftritt bereit wäre.«

»Und?«, fragte Berrit und blies den Zigarettenrauch zur Seite. »Wie hat er reagiert?«

»Er lehnte ab.« Scharfenstein atmete tief durch. »Was ich mir natürlich von vornherein gedacht hatte. Er wollte sich nicht für den Wahlkampf instrumentalisieren lassen, egal von welcher Seite. Ich hatte mit keiner anderen Antwort gerechnet, wollte es aber auf jeden Fall versucht haben.«

»Was hätten Sie sich vom Kardinal versprochen?«, fragte Ben, »eine Heiligsprechung von der Kanzel herab?«

Scharfenstein ignorierte die letzte bissige Bemerkung und schaute Berrit an, als er antwortete: »Eine gemeinsame Pressekonferenz hätte mir sicher viele Punkte gebracht. Der künftige Kanzler und der künftige Papst …« Er lachte kurz, dann kam ihm seine Bemerkung wohl etwas geschmacklos vor, und er wurde wieder ernst. »Im Nachhinein ist mir natürlich völlig klar, wie naiv diese Vorstellung war. Ich habe mich vielleicht auch ein wenig von meinem Wahlkampfleiter, Herrn Ohl, überreden lassen.«

»Wo fand das Gespräch mit dem Kardinal statt und wie lange hat es gedauert?«

»Er hat mich in seinem Salon empfangen, und wir haben vielleicht zwanzig oder dreißig Minuten geredet. Ich hatte noch einen dringenden Anschlusstermin.«

»Ist Ihnen irgendetwas aufgefallen?«, fragte Berrit. »Machte der Kardinal vielleicht einen nervösen oder beunruhigten Eindruck? Erwartete er noch Besuch? Jede Kleinigkeit könnte wichtig sein. Überlegen Sie bitte genau!«

Scharfenstein dachte einen Moment nach. »Nein, mir ist nichts aufgefallen. Da ich dem Kardinal aber vorher nie persönlich begegnet bin, kann ich auch nicht sagen, ob sein Verhalten ungewöhnlich war. Obwohl … wenn ich so nachdenke, ich glaube, er war teilweise mit seinen Gedanken woanders, er wirkte gelegentlich abwesend, als ginge ihm irgendetwas anderes durch den Kopf. Ich vermute, dass ihn das bevorstehende Konklave sehr beschäftigte. Was ja auch kein Wunder ist.«

»Können Sie genau sagen, um welche Uhrzeit Sie das Bischofshaus verlassen haben?«

»Tut mir leid, das weiß ich nicht mehr. Ich hatte auch keinen Fahrer dabei. Da ich im *Bayerischen Hof* wohnte, bin ich die wenigen Meter zu Fuß gegangen. Dort warteten auch meine Sicherheitsleute auf mich. Wenn ich jetzt daran denke, dass ich vielleicht beinahe einem Gewalttäter hätte begegnen können, war dies wohl etwas leichtsinnig von mir … Aber wissen Sie, ich mag es nicht, ständig Bodyguards um mich herum zu haben. Wenn einer jemanden umbringen will, dann schafft er es auch …«

»Vielen Dank, Herr Scharfenstein«, sagte Berrit. »Das wär's für den Moment. Es wäre schön, wenn wir Sie bei weiteren Fragen irgendwie erreichen könnten.«

»Sie sind nämlich fast so schwer zu erreichen wie der Bundeskanzler.«

Scharfenstein lächelte künstlich über Bens Scherz.

»In München steht ein Hofbräuhaus, oans, zwoa, gsuffa«, ertönte es von unten.

Berrit musste sich kurz klar machen, dass sie womöglich dem nächsten Bundeskanzler gegenübersaß. Ihre Töchter würden ihr das nie glauben. Sie überlegte kurz, ob sie ihn um ein Autogramm für Carola bitten sollte. Doch dann verwarf sie den Gedanken sofort wieder. Dies wäre ihr wirklich zu peinlich gewesen.

11. Kapitel

Im Präsidium mussten sie noch eine Weile auf Kleuser warten, der ja die bierselige Parteiveranstaltung als Ehrengast nicht vorzeitig verlassen konnte. Berrit konnte immer noch nicht begreifen, dass Kleuser plötzlich eine Parteikarriere anstrebte. Er war, das erzählten alle Kollegen im Dezernat, seit Jahren ein Vollblutpolizist. Er hatte lange selbst erfolgreich eine Mordkommission geleitet und als einer der scharfsinnigsten und erfolgreichsten Ermittler der Stadt gegolten. Die Boulevardblätter nannten ihn wegen seiner hohen Aufklärungsquote noch heute »Mister hundert Prozent«. Nach seiner Beförderung zum Leiter des Dezernats 11 hätten viele eher für möglich gehalten, dass er es mal zum Polizeipräsidenten bringen würde, doch dafür fehlte ihm das Jurastudium. Niemals war Kleuser durch eine politische Aussage aufgefallen. Und dass er ausgerechnet auf dem Ticket der Roten fahren würde, war wohl für die hohen Herren im Innenministerium am unbegreiflichsten.

Berrit und Ben beschäftigten sich damit, die Protokolle und Ermittlungsergebnisse der übrigen Soko-Mitglieder zu studieren, um bei der nächsten Lagebesprechung auf dem Stand der Ermittlungen zu sein. Doch niemand hatte bislang etwas wirklich Wegweisendes herausgefunden. Sie mussten die Neonbeleuchtung im Büro einschalten, denn draußen wurde es immer dunkler, obwohl es erst kurz nach Mittag war. Bedrohlich aussehende schwarze Wolken zogen auf.

Als Kleuser eine Stunde später ihr Büro betrat, merkte man ihm nicht an, wie viel Bier er gebraucht hatte, um das Politspektakel zu überstehen. Seine Kleidung roch nach Zigarettenqualm. Ansehen konnte man ihm nur die Neugier auf das Ergebnis der Scharfenstein-Vernehmung.

»Und?«, war alles, was er fragte.

Ben blickte Berrit an und signalisierte ihr damit, dass er ihr das Wort überließ.

»Er war bei Dresler«, begann Berrit und gab stichwortartig die Aussage des Kanzlerkandidaten wieder, während Kleuser immer wieder interessiert »Hm« oder »Aha« sagte.

Als Berrit geendet hatte, atmete Kleuser erleichtert auf, so als hätte er es für möglich gehalten, dass sein Kanzlerkandidat einen Mord gestehen würde. »Ich möchte, dass über diese inoffizielle Vernehmung vorerst keine Aktennotiz angefertigt wird«, sagte er dann. »Wenn sich nach Abschluss der Ermittlungen herausstellt, dass seine Aussage unwesentlich für die Aufklärung war, dann hat dieses Gespräch nicht stattgefunden.« Und um die Ernsthaftigkeit seiner Anordnung zu untermauern, fügte er hinzu: »Ich denke, wir haben uns verstanden.«

Berrit und Ben nickten nur stumm. So autoritär hatten sie ihren Chef selten erlebt.

»Möchten Sie vielleicht einen Kaffee?«, versuchte Berrit die Atmosphäre wieder etwas zu lockern.

»Wir haben keine Zeit für Kaffeekränzchen, liebe Frau Blombach.« Seine Anspannung schien wirklich tief zu sitzen. »Wir müssen jede Minute nutzen, um einen möglichst raschen Ermittlungserfolg zu erzielen. Sie können sich nicht vorstellen, wer alles bei mir anruft und sich nach dem Stand der Dinge erkundigt. Aber ich will Sie damit nicht belasten. Ich nehme an, wir sind einer Meinung, dass wir die Spur Manfred Heuser verstärkt verfolgen sollten?«

»Ich halte Heuser für unschuldig«, stellte Berrit fest und veranlasste Kleuser damit zu der Bemerkung, dass weibliche Intuition nur selten vor Gericht als Beweismittel akzeptiert wurde. Schließlich schickte er Berrit und Ben auf eine spontane Dienstreise ins Allgäu.

* * *

Sie brauchten für die gut achtzig Kilometer fast zwei Stunden. Hinter Gilching hatte dichtes Schneetreiben eingesetzt, was die meisten Autofahrer angesichts der ersten Schneeflocken dieses Winters überforderte. Weil Berrit nicht wusste, ob ihr Dienstwagen schon Winterreifen drauf hatte, fuhr sie besonders vorsichtig und verzichtete ausnahmsweise, zu Bens Erleichterung, auf die sonst obligatorische Wagner-Beschallung. Die Sicht durch den Schnee war so schlecht, dass sie teilweise die Verkehrsschilder kaum lesen konnten. Mit Mühe und einer zerknitterten Straßenkarte auf den Knien dirigierte Ben sie nach der Autobahnabfahrt Bad Wörishofen in Richtung Mindelheim und dann nach Türkheim, wo in der Kirchenstraße die Pfarrkirche Mariä Himmelfahrt stand. Ihr weißer viereckiger Turm ragte aus einem rotbeziegelten Dach in die umherschwirrenden Schneeflocken hinein. Ein winterliches Postkartenbild wie in einer Schneekugel. Den Wagen parkten sie vor dem Pfarrhaus.

»Grüß Gott«, begrüßte sie eine junge Frau mit slawischem Akzent und einer altmodischen weißen Schürze. »Sie kommen bestimmt wegen dem Brautgespräch. Pfarrer Dobler ist noch bei der Firmvorbereitung. Er müsste jeden Moment …«

»Ich bin schon verheiratet«, unterbrach Berrit schmunzelnd die sichtlich verblüffte Pfarrhaushälterin. Erst als sie ihren Dienstausweis zeigte, lockerten sich wieder die Gesichtszüge der jungen Frau. Doch dann wurde ihr wohl schlagartig bewusst, dass Polizeibesuch im Pfarrhaus eher ungewöhnlich war, und sie fragte, worum es gehe.

»Wie lange ist Pfarrer Dobler denn schon hier in der Gemeinde? Es geht um einen Vorfall Ende der Achtziger-, Anfang der Neunzigerjahre.«

Die junge Frau schien erleichtert, dass sie offenkundig mit der Sache nichts zu tun haben konnte, damals muss sie noch ein kleines Kind gewesen sein. »Der Herr Pfarrer ist seit fast dreißig Jahren hier in der Gemeinde. Er wird Ihnen sicherlich helfen. Da kommt er ja schon …«

Pfarrer Dobler widersprach allen Klischees. Anstatt einen typischen Dorfpfarrerbauch vor sich herzuschieben, hatte er eine drahtige, fast sportliche Figur. Mit seinem lichten Haar ging er offensiv um und rasierte die weißen Stoppel auf Millimeterlänge. Er trug keine Priesterkleidung, sondern eine schwarze Jeans, einen dicken grauen Strickpullover und einen Schal. Er schaute jünger aus, als er bei dreißig Dienstjahren allein in dieser Pfarrei zwangsläufig sein musste.

Um gar nicht erst wieder das Missverständnis mit dem Brautgespräch aufkommen zu lassen, zeigte Berrit sofort ihren Ausweis. Andererseits fühlte sie sich natürlich geschmeichelt, dass ein so junger Mann neben ihr für ihren Bräutigam gehalten wurde.

Erstaunlicherweise fragte der Pfarrer gar nicht, worum es ging, sondern bat seine Besucher hinein in ein gemütlich eingerichtetes Besprechungszimmer, in dem es muffig nach alten Möbeln roch. Vermutlich war der Raum seit dreißig Jahren unverändert. Berrit fühlte sich an Petras Geschäft erinnert. Die Haushälterin, er nannte sie Izabella, bat der Pfarrer, das Brautpaar noch ein wenig zu vertrösten, wenn es komme.

»Nehmen Sie Platz, Sie kommen aus München? Dann nehme ich an, dass es um Manfred Heuser geht.«

Berrit war doppelt perplex. Sie hatte nicht gesagt, dass sie von der Münchner Kripo waren, sondern nur wortlos den grünen Ausweis gezeigt, auf dem in kleinen Buchstaben *Bayerische Landespolizei, Präsidium München* aufgedruckt war. Hatte der alte Mann, den sie auf mindestens Mitte siebzig schätzte, dies in Sekundenbruchteilen ohne Brille lesen können? Und woher wusste er, dass sie wegen Heuser hier waren? Offenbar registrierte der Pfarrer Berrits Verwunderung.

»Ich habe mir gleich gedacht, dass Sie kommen, als ich gelesen habe, dass Kardinal Dresler auf diese schreckliche Weise umgekommen ist. Der Herr möge seiner Seele gnädig sein.«

»Sie sind scharfsinniger als die Polizei erlaubt«, scherzte Ben.

Der Pfarrer schmunzelte. »Nun, alt werden bedeutet nicht zwangsläufig, seinen Verstand verlieren. Ich bin seit zweiunddreißig Jahren hier in Türkheim und habe viele Kapläne kommen und gehen sehen. Aber natürlich kann ich mich an jeden erinnern. Auch an Kaplan Fred. So nannten sie ihn. Ich wusste, dass er inzwischen Sekretär des Münchner Erzbischofs geworden war. Und da habe ich vermutet, dass Sie bald seine Vergangenheit überprüfen und hier auftauchen würden.«

»Wer nannte Heuser Kaplan Fred?«, fragte Ben.

»Die Jugendlichen, die Ministranten. Und er liebte es, so angesprochen zu werden. Von den meisten ließ er sich auch duzen. Er war wohl selbst immer ein Kind geblieben. Er war in der Gemeinde bei allen sehr beliebt.«

»Kaplan Heuser war also für die Jugendarbeit zuständig? Ist das richtig?«, fragte Berrit. »Wann und warum hat er die Gemeinde verlassen?«

Pfarrer Dobler kratzte sich nachdenklich am Kinn. Er schien

zu überlegen, was die Polizisten schon wussten. »Zu Beginn des Jahres 1991 verließ Kaplan Heuser unsere Gemeinde und wurde Krankenhausseelsorger in Immenstadt.« Mehr sagte er nicht. Und als er weitere zehn Sekunden geschwiegen hatte, fragte Berrit: »Und warum?«

»Sie müssen uns die ganzen Hintergründe erzählen, Herr Pfarrer«, ergänzte Ben, »wir ermitteln schließlich in einem Mordfall.«

Noch eine Weile schaute der Geistliche sie schweigend an. Dann sagte er: »Es fällt mir schwer, über den Vorgang zu reden, über den damals, sagen wir mal so, der bischöfliche Mantel des Schweigens gehüllt wurde. Und sollte es zu einer Gerichtsverhandlung kommen, gibt es nicht mehr als meine Erinnerungen. Denn die einzige Zeugin lebt nicht mehr.«

»Welche Zeugin?«

»Also gut«, gab der Priester nach. »Ich erinnere mich noch genau, es war Anfang Oktober 1990. Wenige Tage nach der Wiedervereinigung. Frau Schniprowski, die damalige Pfarrhaushälterin, kam vom Einkaufen zurück, als sie Sven, einen unserer Jugendlichen, aus der Kaplanei kommen sah. Sie sagte später, sie habe ganz eindeutig gesehen, dass sich Kaplan Heuser und Sven mit einem intensiven Kuss verabschiedeten. Eine widerwärtige Vorstellung, aber sie will es genau gesehen haben. Frau Schniprowski war außer sich und hätte am liebsten sofort einen Brief an den Heiligen Vater geschrieben und ihm die Verrohung der Sitten in unserer Gemeinde geschildert. Sie schrieb dann allerdings nur an den Augsburger Bischof, das war damals Johannes Dresler. Und wenige Wochen später kam aus dem Ordinariat der Bescheid, dass Heuser nach Immenstadt wechselt. Was hinter den Kulissen abgelaufen ist, weiß ich nicht.«

»Hat es einen Skandal in der Gemeinde gegeben?«, wollte Berrit wissen.

»Nein. Es gab ein bisschen Gerede hinter vorgehaltener Hand. Und wenige Wochen später war Heuser nicht mehr hier, und Frau Schniprowski ist bald darauf gestorben.«

»Wie bitte? Gestorben?« Ben beugte sich neugierig vor. »Woran?«

»Das Herz. Sie war schon Ende siebzig und lange krank gewesen. Es war letztlich keine große Überraschung. Der Herr sei ihrer Seele gnädig.«

»Ist der Tod untersucht worden? Gab es eine Obduktion?«

»Dazu gab es keine Veranlassung«, antwortete Pfarrer Dobler ruhig. »Sie glauben doch nicht etwa, dass Kaplan Heuser die alte Dame als Zeugin aus dem Weg schaffen wollte? Also wirklich … nein, das ist völlig absurd.« Doblers Entrüstung klang ehrlich. »Außerdem war Heuser schon in Immenstadt, als Frau Schniprowski starb.«

Berrit konnte fast sehen, wie in Bens Kopf die Gehirnzellen arbeiteten. Sie war jedoch mehr als skeptisch, ob es einen Zusammenhang zwischen dem Tod der alten Pfarrhaushälterin und der Ermordung des Kardinals gab. »Dieser Sven, wie alt war er damals? Ist er in der Gemeinde geblieben? Und was macht er heute?«, fragte sie.

»Sven Röttgers war siebzehn. Als Heuser die Pfarrei verlassen hatte, tauchte auch Sven immer seltener hier auf. Ich weiß nur, dass er nach der Schule eine Lehre bei einem Friseur in Mindelheim gemacht hat und heute ein eigenes Geschäft betreibt. Und zwar in …« Er dachte nach und grübelte. »Manchmal macht das Alter sich doch bemerkbar. Aber ich komm drauf, warten Sie … Der Pater Bernhard hat doch damals eine spitze Bemerkung gemacht, dass er dort … Moment, ja genau: Küssen und … ja, Kisslegg war's.« Pfarrer Dobler errötete nach diesem frivolen Wortspiel und beteuerte gleich, dass dies ja nicht auf seinem Mist gewachsen sei.

Ben grinste in sich hinein. »Wenn er den Laden selbst betreibt, wird er sich ja finden lassen.«

»Dann wollen wir das Brautpaar nicht länger warten lassen«, sagte Berrit und verabschiedete sich von dem liebenswürdigen Pfarrer.

Als sie wieder im Auto saßen, kam Ben auf den Tod der Haushälterin zu sprechen. »Kann das wirklich ein Zufall sein, dass die Frau so kurz nach dem Vorfall starb?«

Berrit schaltete die Standheizung ein und pustete sich in ihre kalten Hände.

»Ben, alte Menschen sterben nun einmal. Und erst recht, wenn sie herzkrank sind. Und wenn dann noch die Aufregung dazu kommt, einen hochwürdigen Herrn herumknutschen zu sehen … Außerdem war Heuser schon nicht mehr in der Gemeinde, als die alte Dame verschied.«

»Richtig. Er arbeitete in einem Krankenhaus, wo er vielleicht sogar Zugriff auf den Giftschrank hatte …«

»… und dann Oma Schniprowski eine Packung mit vergifteten Pralinen ins Pfarrhaus schickte? Nein, Ben …«

»Ich schlage vor, dass wir den Todesfall von damals noch einmal untersuchen lassen. Es muss doch einen Hausarzt geben.«

»Ich schlage vor«, erwiderte Berrit und blickte Ben von der Seite an, »dass du mal wieder zum Friseur gehst.«

* * *

Sven's Style-Studio in der Herren-Straße neben dem *Gasthof zum Ochsen* im Zentrum des Luftkurorts Kisslegg im Allgäu musste früher mal ein klassischer Damen-Herren-Frisiersalon gewesen sein. Doch statt des früher üblichen Geruchs nach verbrannten Haaren lag hier ein Lavendel-Aroma in der Luft. Ben betrat unsicher das Geschäft, im Bewusstsein, sich seine Haare erst vor einer Woche selbst mit einem Kurzhaarschneider rasiert zu haben.

Aha, es gab doch noch ein Relikt aus der alten Zeit: die Klingel oberhalb der Ladentür, die automatisch beim Öffnen und Schließen läutete. Ein schlanker Mann Anfang dreißig mit auffallend unnatürlich gelb gefärbten Haaren, einer etwas zu eng geschnittenen schwarzen Jeans und einem orangefarbenen, kittelähnlichen Umhang kam freudestrahlend auf ihn zu, als hätte er schon lange auf einen ersehnten Besucher gewartet.

»Waschen, schneiden, föhnen. Ohne Termin. Heute noch zum Aktionspreis von acht Euro. Du kannst gleich hierbleiben«, sagte der Gelbhaarige, der sich farblich hervorragend in das Ambiente des Salons einfügte. Die Wände waren gelb und orange gestrichen und mit vielen geometrischen Formen bemalt. Im Wartebereich standen Polstermöbel, deren Design den Eindruck erweckte, als wären sie aus Knetmasse geformt. Aus unsichtbaren Lautsprechern ertönte tatsächlich George

Michaels *Last Christmas*. Vermutlich war es ein Radiosender, der angesichts der Witterung kurzfristig die Weihnachtssaison eröffnet hatte. Ben fühlte sich kurz irritiert, von dem fremden Mann geduzt zu werden, beschloss dann aber, dies als dem Stil des Ladens angemessen zu betrachten, setzte sein freundlichstes Gesicht auf und sagte: »Einmal rundherum sechs Millimeter.«

»Hast du schon mal an eine Tönung gedacht?«, schlug Sven Röttgers vor, während er Ben den Frisierstuhl zurechtrückte.

Ben verneinte höflich und bekräftigte seinen Wunsch. Durch das Schaufenster sah er, wie Berrit auf der anderen Straßenseite im Auto saß und telefonierte. Sven Röttgers drückte Bens Kopf vorsichtig nach hinten in ein Waschbecken und ließ lauwarmes Wasser über seinen Hinterkopf laufen. Als er dann wie selbstverständlich ein Anti-Schuppen-Shampoo verwendete und mit sanft kreisenden Fingern einmassierte, fragte sich Ben, ob ihm diese Behandlung auch unangenehm gewesen wäre, wenn er nichts von Röttgers' Homosexualität gewusst hätte. Für einen Moment überlegte er, dem Spiel ein Ende zu machen und sich als Polizist zu erkennen zu geben. Doch dann überwand er sich und machte sich klar, dass er sich hier im Dienst einer Verbrechensaufklärung befand, und gab sich der Kopfhautmassage hin. Als interessierter Kunde würde er vielleicht mehr aus Röttgers herausbekommen als über die offizielle Grüß-Gott-wir-sind-von-der-Polizei-Methode.

»Gibt es den Laden schon lange hier?« Ein bisschen Small Talk wäre gut zum Beginn.

»Zwei Jahre. Aber wir expandieren schon. Wenn die Bank mitspielt, wird es *Sven's Style Studio* bald schon in vier Städten im Allgäu geben: Memmingen, Kempten und Buchloe habe ich im Visier. Und das ist erst der Anfang.«

Sven Röttgers war offenkundig niemand, dem man alles aus der Nase ziehen, sondern nur ein passendes Stichwort hinwerfen musste.

»Früher hat sich ein Friseurtermin nicht sehr von einem Zahnarztbesuch unterschieden: sterile Räume und Praxis-Atmosphäre. Das Haareschneiden war eine lästige Pflicht, die man schnell hinter sich bringen wollte. Ich möchte aber, dass der Besuch im Style-Studio zum Event wird, auf das man sich freut. Darum gibt es bei mir zu jedem Haarschnitt einen kostenlosen Latte Macchiato oder einen Prosecco dazu.«

Warum mussten alle Homosexuellen immer in so einem Singsang-Tonfall sprechen? Oder pflegte er nur seine Vorurteile? Jetzt fiel Ben ein, dass mehrere spektakuläre Münchner Mordfälle im Schwulenmilieu spielten. Er dachte an Moshammer und Sedlmayer.

»Kommst du hier aus der Gegend?«, fragte Röttgers.

»Ich wohne schon eine Weile in München«, antwortete Ben wahrheitsgemäß, um dann schwindelnd hinzuzufügen: »Aber ich bin im Allgäu aufgewachsen. In Türkheim.«

»Da schau her, man hört's dir gar nicht an, dass du auch ein Schwabe bist«, sagte Röttgers und zog das »Da« extrem in die Länge. »Da habe ich auch gelebt, bis ich meine Lehre begonnen habe. Wie lange warst du dort?«

Aus dem Bauch heraus entschied Ben, jetzt alles auf eine Karte zu setzen. Wenn schon Undercover-Einsatz, dann auch richtig.

»Ich bin vor zehn Jahren dort weggezogen, als ich mein Coming out hatte. Du verstehst ... Der Ort ist zu klein, jeder kennt jeden, und für meine Eltern war's ein Spießrutenlauf.«

Im selben Moment hätte er sich am liebsten die Zunge abgebissen. Welcher Teufel hatte ihn jetzt geritten, sich als Homosexueller auszugeben! Jeder Schwule würde doch sofort bemerken, wenn sich ein Hetero verstellt. Er wäre am liebsten aufgesprungen und aus dem Laden gelaufen, doch er fühlte sich an den Frisierstuhl gefesselt. Röttgers spülte die Haare wieder mit warmem Wasser aus.

»Da schau her«, sagte er wieder. »Das hätte ich jetzt nicht gedacht. Aber du wirst lachen: Mir ging es fast genauso. Bei mir hat's damals etwas Ärger gegeben, als ich ausgerechnet bei einem katholischen Priester bemerkt habe, wo ich hingehöre. Du verstehst ...«

»Ein Priester? Sag bloß!« Ben gab sich erstaunt, während er in Wahrheit darüber verblüfft war, dass Röttgers ihm seine Geschichte offenbar abkaufte. Er beschloss jetzt, volles Risiko zu spielen: »Doch nicht etwa Kaplan Fred?«

Röttgers stoppte mit dem Trockenrubbeln von Bens Haaren: »Kanntest du ihn auch? Ich meine, warst du mit ihm auch ...«

»Wir haben uns nur so gekannt. Er ist dann ja rasch aus Türkheim weggegangen. War vielleicht besser so. Hätte ja nur Ärger gegeben … Aber er war ein netter Kerl, oder?«

Röttgers begann jetzt, mit einem Messer Bens Nacken auszurasieren. »Ja, er war unglaublich lieb. Ich habe ihn sehr gemocht. Aber es war uns beiden von Anfang an klar, dass es keine gemeinsame Zukunft geben konnte. Und selbst wenn er kein Priester gewesen wäre: Heute weiß ich, dass wir nicht zusammengepasst hätten.«

»Du meinst wegen des Altersunterschieds?«

»Nein, überhaupt nicht. Aber als ich ihn näher kennengelernt habe, habe ich gemerkt, dass er auch eine andere Seite hat. Er war nicht immer nur der freundliche und liebe Kumpel. Er konnte auch sehr eifersüchtig sein. Und dann wurde er leidenschaftlich und jähzornig. Das konnte von einer Sekunde auf die andere umschlagen. Aber was rede ich, das interessiert dich bestimmt überhaupt nicht. So kurz genug?«

»Ja, ausgezeichnet.«

Röttgers schnippelte eifrig weiter, im Radio lief jetzt *Rocket Man* von Elton John. Ben fühlte sich von Homosexuellen umgeben.

»Was machst du beruflich?«, fragte Röttgers, als er den Rasierapparat auf den neben ihm stehenden Rollwagen legte und einen Kamm in die Hand nahm.

»Ich bin … äh … Beamter.« Er musste ja nicht mehr als notwendig lügen. Und damit Röttgers gar nicht dazu kam, seine Frage zu spezifizieren, fragte er zurück: »Wusstest du eigentlich, dass Kaplan Fred inzwischen persönlicher Sekretär von Kardinal Dresler war?«

»Echt, oder? Von dem, den sie jetzt umgebracht haben?« Seine Überraschung wirkte nicht gespielt. »Nein, das wusste ich nicht.«

»Ist bestimmt ein Schock für ihn. Er ist doch so sensibel. Und die ganzen Verhöre, die er jetzt sicher über sich ergehen lassen muss. Die Polizisten sollen ja nicht zimperlich sein bei solchen Befragungen.«

»Wieso? Wird er denn etwa verdächtigt? Ein bisschen Gel?«

»Ja, gerne ein bisschen. Keine Ahnung, ob er verdächtigt wird, aber als persönlicher Sekretär dürfte er ja die nächste Bezugsperson des Kardinals sein. Da wird die Polizei ihn sicher kräftig in die Mangel nehmen. Sag mal, würdest du ihm denn einen Mord zutrauen?«

Röttgers strich Ben etwas Gel in die geschnittenen Haare und hielt ihm dann einen Handspiegel hinter den Kopf, damit sein Werk begutachtet werden konnte.

»Nein, einen Mord würde ich ihm nicht zutrauen. Er konnte ja manchmal wirklich ausflippen. Und dann wusste er auch schon mal nicht, was er tat. Aber einen Mord, nein … Gut so?«

»Ja, hervorragend. Vielen Dank.«

An der Kasse zahlte Ben einen Zehn-Euro-Schein und sagte »Stimmt so«, woraufhin Röttgers sich überschwänglich bedankte und nicht vergaß zu betonen, dass er sich über ein Wiedersehen jederzeit freuen würde. Gerne auch mal außerhalb der Geschäftszeiten.

Ben beeilte sich, den Laden zu verlassen, als noch ein gesäuseltes »Tschüsschen« hinter seinem Rücken ertönte.

* * *

Am nächsten Morgen traf sich die Sonderkommission zum Dienstbeginn im Sitzungssaal.

»Hier, ich hab's nicht vergessen«, sagte Ben leise und legte Berrit, die schon Platz genommen hatte und einen braunen Plastikbecher vorsichtig zum Mund führte, den neuen *Focus* auf den Tisch.

»Ah, danke sehr.«

Ben setzte sich neben sie.

»Oh, du warst beim Friseur? It looks great!«, heuchelte Ingrid Hechler Bewunderung. »Aber ich bin doch überrascht, dass der Herr Hauptkommissar mitten in einer Mordermittlung Zeit für einen Friseurtermin hat …«

Ben wollte etwas Bissiges erwidern, aber Berrit legte ihre Hand auf seinen Unterarm und zischte ihm leise ein »Pssst« ins Ohr. In diesem Moment betraten auch Hakan Özdemir und Ole Jensen den Besprechungsraum, und Kleuser räusperte sich lautstark, um sich Gehör zu verschaffen. Ohne lange Vorrede kam er gleich zur Sache.

»Guten Morgen, liebe Kollegen. Wie sieht's aus? Ben, was hast du erreicht, abgesehen von einem modischen Kurzhaarschnitt?«

»Den Haarschnitt hat mir Sven Röttgers verpasst. Der ehemalige Liebhaber von Manfred Heuser.« Ben gab das Gespräch mit dem schwulen Friseur in aller Ausführlichkeit wieder und konnte sich nicht die abschließende Bemerkung verkneifen, dass er die Kosten für den modischen Kurzhaarschnitt selbstverständlich als Spesenrechnung einreichen werde. Mit Genugtuung registrierte er, wie Ingrid Hechler ein bisschen weiß im Gesicht wurde.

»Ich habe auch noch etwas herausgefunden«, ergriff Jensen das Wort. »Ich habe im Internet gesurft und dabei entdeckt, dass Kardinal Dresler in Rom auch Mitglied der Kleruskongregation gewesen ist. Er war beteiligt an einem Dokument, das wenige Wochen vor dem Tod von Papst Hadrian veröffentlicht wurde und in dem strikt die Zulassung von Homosexuellen zum Priesteramt ausgeschlossen wurde.«

»Ich dachte, Dresler wäre so liberal und fortschrittlich gewesen?«, meinte Hakan Özdemir.

»Richtig. Es heißt auch, dass er intern Widerstand gegen den scharfen Ton in dem Dokument geleistet hat. Er konnte sich aber nicht gegen die Mehrheit in der Kongregation durchsetzen.«

»Und dann hat er einen Schwulen als Sekretär? Das passt doch vorne und hinten nicht zusammen«, sagte Ingrid Hechler, deren Gesicht wieder Farbe angenommen hatte.

»Vielleicht hat er als loyaler Kirchenmann aus dem Beschluss der Kleruskongregation den Schluss gezogen, dass Heuser für ihn als Sekretär nicht mehr tragbar ist«, mutmaßte Ben.

»Oder seine Kardinalskollegen in Rom, wo der Fall Heuser ja bekannt gewesen sein muss, haben Druck auf ihn ausgeübt«, dachte Özdemir laut nach.

»Es kann natürlich auch sein«, meinte Berrit, »dass Dresler in Anbetracht der Papstwahl befürchtete, mit einem homosexuellen Sekretär erpressbar zu sein, und daher vor dem Konklave reinen Tisch machen wollte.«

»Das klingt für mich alles sehr einleuchtend«, konstatierte Kleuser. »Für mich scheint der Fall klar. Ich denke, wir sollten diesen Heuser so schnell wie möglich festnehmen. Ich werde unverzüglich Dr. Petzold bitten, einen Haftbefehl zu beantragen.«

»Was ist mit dem geheimnisvollen Padre?«, warf Ben ein.

»Ich halte ihn für eine Randfigur in diesem Fall«, wiegelte der Dezernatsleiter ab. »Ich tippe auf einen Enthüllungsjournalisten, der mit seltsamen Methoden der großen Story auf der Spur ist.«

»Und dabei eine Kreditkarte der Vatikanbank verwendet?«, entgegnete Ben.

»Ach, was weiß denn ich? Heutzutage kann man doch alles fälschen. Oder sich auf dem Schwarzmarkt besorgen. Dieser angebliche Pater hat sich nichts weiter zu Schulden kommen lassen, als unter falschem Namen in einem Münchner Hotel abgestiegen zu sein. Unser Mann heißt Manfred Heuser.«

Berrit schüttelte den Kopf. »Womit wollen Sie den Haftbefehl begründen?«

»Seine Motivlage ist in meinen Augen eindeutig: Der Kardinal wusste von den homophilen Neigungen seines Sekretärs, möglicherweise als Einziger. Aus den eben erörterten Gründen beschloss er, sie nicht länger zu verheimlichen. Vielleicht kam es zum Streit. Und weil Heuser um seine kirchliche Karriere fürchtete, rastete er aus. Wir haben ja eben gehört, dass Heuser zum Jähzorn neigt und sehr impulsiv sein kann. Nicht wahr, Ben?«

»Ja, so hat es Röttgers erzählt.«

»Außerdem hat er kein Alibi, und seine Fingerabdrücke sind auf der Tatwaffe. Wir werden Heuser jetzt vorläufig festnehmen und ihn dann so lange verhören, bis er gesteht. Frau Blombach, Sie leiten die Operation. Brauchen Sie Verstärkung? Soll ich ein SEK anfordern?«

»Gott bewahre«, winkte Berrit ab. »Wenn er noch in seiner Wohnung ist, haben wir ihn schnell. Ich glaube nicht, dass er Widerstand leisten wird. Aber gestern hat er Umzugskartons gepackt.«

»Dann keine Zeit verlieren«, sagte Kleuser im Kommandoton und fügte hinzu: »Sobald die Operation abgeschlossen ist, rufen Sie mich an. Ich werde dann die Medien informieren und eine Pressekonferenz einberufen. Viel Erfolg!«

* * *

hler und Ole Jensen sicherten den Haupteingang des Bischofshauses ab, sechs weitere Kollegen postierten sich unauffällig im Umfeld des Gebäudes, um alle denkbaren Fluchtwege zu blockieren. Berrit und Ben betraten das bischöfliche Palais und befahlen dem alten Mann an der Pforte, sie auf keinen Fall bei irgendjemandem anzumelden, sie fänden sich schon allein zurecht.

Über die Marmortreppe mit dem roten Teppich stiegen sie in den ersten Stock, wo Heusers Wohnung lag. Ben zückte seine Dienstwaffe, woraufhin Berrit ihn ankeifte: »Tu die Knarre weg!«

»Ist ja schon gut«, murmelte er und steckte sie wieder in das Halfter unter seiner Schulter. Mit leisen Schritten näherten sie sich vorsichtig dem Appartement des Sekretärs. Vor der Tür hielten sie inne und lauschten, ob sie Geräusche hörten. Doch da war nichts. Eine Türklingel gab es nicht, darum klopfte Ben dreimal mit den Fingerknöcheln gegen die Tür aus hellem, lackiertem Holz. Aber nichts geschah. Er klopfte noch mal, diesmal lauter.

»Herr Heuser, bitte machen Sie auf! Wir haben noch ein paar Fragen an Sie!« Und leise zu Berrit: »Durchs Fenster abhauen kann er wohl nicht. Das ist zu hoch hier.«

»Probier mal«, sagte Ben und deutete auf den Türgriff, während er wieder seine Waffe zückte und entsicherte – diesmal ohne Protest von Berrit.

Sie drückte den goldfarbenen Türgriff vorsichtig herunter, die Tür gab sofort geräuschlos nach. Berrit drückte sie langsam auf und gab Ben den Weg frei. Jetzt holte auch sie ihre Pistole, aus der sie in all ihren Berufsjahren noch nie einen einzigen Schuss im Dienst abgefeuert hatte. Worüber sie froh war, denn sie kannte die Fälle von Kollegen, die nach einem tödlichen Schuss in Notwehr zum Fall für den Psychiater und manchmal sogar dienstunfähig geworden waren.

Ben machte drei vorsichtige Schritte und hielt die Waffe senkrecht nach oben in Augenhöhe. Berrit ging hinter ihm. Schon als sie den ersten Schritt in die Wohnung gesetzt hatte, hatte sie gespürt, dass sie hier niemanden antreffen würden. Und Bens Worte bestätigten sie: »Hier ist keiner.«

Sie drückte einen Knopf auf ihrem Funkgerät, verständigte die Kollegen auf der Straße und bat Ingrid und Jensen, hinauf in die Wohnung zu kommen. Dann nahm sie ihr Handy und rief Kleuser im Präsidium an. Der kündigte ihr an, sich sofort um die Fahndung nach Heuser zu kümmern und dessen Foto in die Zeitungen setzen zu lassen.

»Vielleicht finden wir ja hier etwas«, sagte Ben und begann sich umzuschauen. »Die Umzugskartons stehen noch alle hier. Verstehst du das?«

Berrit schüttelte den Kopf. »Er hat alles eingepackt, als hätte er einen Umzug vorbereitet. Als warte er nur noch auf den Möbelwagen. Sehr eigenartig.« Sie ging ins Schlafzimmer, in dem die Vorhänge zugezogen waren. Sie betätigte den Lichtschalter. Das Bett war unbenutzt. Auf einer Tagesdecke lag das gerahmte Renoir-Bild *Le moulin de la Galette*. Berrit ging zum Kleiderschrank und öffnete ihn. Sie zählte fünf Kleiderbügel, an denen vier schwarze Anzüge hingen. Ein Bügel war leer. »Sieht nicht so aus, als hätte er eine längere Reise geplant. Ich kapier das nicht.« Sie schob das Renoir-Bild zur Seite, setzte sich auf das Bett und stützte den Kopf auf ihre Hände. Sie schloss die Augen und versuchte, sich in die Lage Heusers zu versetzen. Was könnte ihn zum Verschwinden bewegen? Wenn er unschuldig war, gab es nur eine Erklärung: Immer wieder passierte es, dass Verdächtige aus Panik das Weite suchten und sich damit noch verdächtiger machten. Und wenn er schuldig war? Wohin könnte er fliehen? Hatte er Kontakte nach Rom? Oder hatte er einen heimlichen Freund? Vielleicht ein anderer homosexueller Priester? Sie hörte ein Geräusch aus dem Nebenzimmer. »Ben? Was machst du?«

»Ich hab was gefunden.« Er klang aufgeregt. »Das musst du dir ansehen. Komm mal her!«

Berrit stand auf und ging zu Ben, der mit einem Blatt Papier in der Hand am Fenster stand.

»Dieser Brief muss ihm beim Einpacken der Kartons auf den Boden gefallen sein. Er lag hier unten vor dem Schrank. Lies das!«

Berrit nahm den Brief in die Hand. Er sah offiziell aus und trug das Wappen des Erzbischofs von München und Freising sowie die Unterschrift von Johannes Maria Kardinal Dresler. Berrit überflog die Zeilen. »Das gibt's doch nicht!«, sagte sie und las den Text jetzt noch einmal langsam. Dann gab sie Ben das Blatt zurück und stellte fest: »Das erklärt einiges. Ich hoffe, die Fahndung ist erfolgreich.« Jetzt hatte auch sie keinen Zweifel mehr daran, wer den Kardinal getötet hatte.

* * *

Fraktionschef Wilfried Brack, Generalsekretär Hauke Reitschuster, Wahlkampfberater Sandro Ohl und Kanzlerkandidat Julius Scharfenstein saßen wie jeden Abend vor einer wichtigen Bundestagsdebatte im Hinterzimmer der Edelpizzeria *Piccolino* Unter den Linden gleich neben der Komischen Oper bei einem nicht weniger edlen Rotwein. Dass das italienische Restaurant schon lange nicht mehr von einem Italiener, sondern von einem Iraker mit deutschem Pass und Berliner Schnauze betrieben wurde, störte die Parteifunktionäre nicht. Allerdings hatte ein investigatives Politmagazin während des Irakkrieges einen sehr bissigen Bericht über die regelmäßigen inoffiziellen Lokalrunden gebracht, wo angeblich die Weichen für die Oppositionspolitik gestellt würden. Mit Verweis auf die Herkunft des Wirts hatte der Bericht den Titel *Die Bagdad-Connection* gehabt.

Dies war längst vergessen, und die Pizza und Pasta schmeckte ihnen wie eh und je. An den Wänden hingen etwas kitschige Ölgemälde von toskanischen Häfen oder Strandlandschaften. Aus einem in der hölzernen Zimmerdecke eingelassenen Lautsprecher trällerten leise Al Bano und Romina Power *Felicita* und beschworen so das Glück der Achtzigerjahre. Vermutlich besser zu ertragen als irakische Folklore, dachte Scharfenstein. Er nahm an diesen Hinterzimmer-Runden teil, seitdem er Kanzlerkandidat war. Er fühlte sich nicht wohl dabei, denn nach seinem politischen Selbstverständnis mussten die wichtigen Entscheidungen in den Gremien und im Parlament getroffen werden. Er musste sich erst an die vielen inoffiziellen Zirkel und Kreise gewöhnen, in denen hinter den Kulissen des Politikbetriebes die Weichen gestellt wurden. Er hatte sich selbst vorgenommen, als Bundeskanzler jegliche Kungelrunden und Küchenkabinette abzuschaffen. Ihm wurde aber zunehmend klarer, dass dies wohl eine sehr naive Vorstellung war.

»Ich bin froh, dass wir dieses Problem beseitigt haben«, sagte Brack, der seinen Teller bereits leer gegessen hatte und sich eine Zigarre anzündete. Er störte sich nicht daran, dass die anderen noch beim Essen waren. Jeder wusste, dass Brack damit niemanden belästigen oder gar schikanieren wollte. Aber er hatte es nie gelernt, auf andere Rücksicht zu nehmen. Auch nicht in der Politik, in der er es vielleicht aus diesem Grund so weit gebracht hatte. Vor fast vier Jahrzehnten war er Vizekanzler und Parteichef gewesen, und auch heute noch zog er im Hintergrund die entscheidenden Strippen. Mehrfach hatte Brack in vertraulichen Runden angedeutet, dass er sich aus der aktiven Politik zurückziehen würde, wenn sein Ziehsohn und Kronprinz Scharfenstein den Einzug in das Kanzleramt schaffen sollte. Der jetzige Wahlkampf wäre dann die letzte große Schlacht des Politdinosauriers der Sozialdemokratie.

»Ich glaube, von diesem Schreiberling haben wir nichts mehr zu befürchten«, sagte Ohl mit halbvollem Mund und stellte seinen Teller zur Seite. Der Zigarrenqualm hatte ihm den Appetit gründlich verdorben.

»War ja auch teuer genug«, meinte Reitschuster, der als Generalsekretär auch die Parteifinanzen verwaltete. »Unser Budget für Beraterverträge ist damit restlos ausgeschöpft.«

»Also, ich weiß nicht«, warf Scharfenstein nachdenklich ein und drehte die letzten Spaghetti Carbonara um seine Gabel. »Was ist, wenn Bodo Rauch den ganzen Vorgang an die Öffentlichkeit bringt? Würde die Regierung das nicht noch mehr ausschlachten nach dem Motto: Scharfenstein kauft kritischen Journalisten!«

»Unsinn!«, widersprach Brack hustend. »Davon kann überhaupt keine Rede sein. Wir haben einen talentierten Journalisten dazu gewinnen können, für uns zu arbeiten. Was ist daran verwerflich?«

»Und was ist nach der Wahl? Wenn der Beratervertrag ausgelaufen ist?«

»Wir werden für ihn schon einen gut dotierten Posten im

Bundespresseamt oder in der Pressestelle irgendeines Ministeriums finden«, sagte Brack und brummelte leise hinterher: »Und wenn wir die Wahl verlieren, ist eh alles egal.«

Tarik, der Wirt, kam ins Hinterzimmer, räumte die leeren Teller ab und fragte, ob alles recht sei. Da niemand etwas verlautete, verschwand er wieder. Inzwischen sang Eros Ramazotti sein unvermeidliches *Se bastasse una canzone.*

»Ihr wisst, dass ich für Ehrlichkeit und Transparenz in der Politik bin«, sagte Scharfenstein und nahm einen großen Schluck Rotwein. »Da bereitet mir dieser Vorgang irgendwie Bauchschmerzen.«

»Wenn du die Wahl hast, mit Bauchschmerzen Kanzler zu werden oder ohne Bauchschmerzen mit wehenden Fahnen unterzugehen, dann ...« Wieder öffnete sich die Tür und Tarik kam herein. »... dann solltest du vielleicht einen Magenbitter bestellen.« Brack lachte laut auf über seinen eigenen Scherz, und der Wirt blickte verwirrt in die Runde und fragte, ob er noch etwas bringen solle. Reitschuster nutzte die Gelegenheit und bestellte einen Espresso.

Ohl holte aus seiner schwarzen Ledermappe ein Blatt Papier hervor, legte es vor sich auf den Tisch und sagte: »Wir wollten besprechen, wie wir die Schlussphase des Wahlkampfes PR-mäßig medienwirksam begleiten. Meine Idee eines gemeinsamen Auftritts mit Kardinal Dresler hat sich ja leider zerschlagen. Was wir brauchen, sind positive Gefühle, mehr Emotionen. Wir müssen den Sympathiebonus ausnutzen, den Julius bei der Bevölkerung genießt.«

»Und damit ausmerzen, dass man uns in den Umfragen wirtschafts- und finanzpolitische Inkompetenz attestiert?«, ätzte Reitschuster. »Wie wär's mit dem Slogan: Scharfi – powered by emotions!«

Niemand lachte. Der Ernst der Lage war allen klar. Denn Reitschuster hatte mit seinem spöttischen Einwand den Finger in die Wunde gelegt. Bei den Sympathiewerten lag Scharfenstein meilenweit vor dem Amtsinhaber. Doch der Regierungspartei wurde allgemein eine gute Politik bescheinigt. Und so lag die Gefahr greifbar in der Luft, dass das Volk sich lieber weitere vier Jahre von einem spröden, aber wirtschaftspolitisch erfolgreichen Oberbayern regieren lassen wollte als von einem roten Sonnyboy mit Frauengeschichten.

»Ich glaube nicht, dass wir noch weitere Fototermine in Kinderheimen oder Behindertenwerkstätten brauchen, sondern eher, dass wir noch eine sachpolitische Offensive starten sollten«, schlug Brack vor, und allen war wie immer klar, dass seine Vorschläge wie Anweisungen zu verstehen waren. »Männer, denkt euch irgendetwas Pfiffiges aus. Ein Zehn-Punkte-Programm zur Schaffung von Arbeitsplätzen oder irgend so was. Und dann denkt euch einen griffigen Titel für die ganze Sache aus.«

»Ja, der Titel muss für die *Bild*-Zeitung schlagzeilentauglich sein.« Ohl machte sich Notizen auf seinem Block. Wahrscheinlich war ihm bereits ein knalliger Titel eingefallen. »Und das lassen wir dann vorab der *BamS* und dem *Spiegel* zukommen, und montags machen wir dann mit viel Tamtam eine offizielle Pressekonferenz.«

»Und was ist mit den Parteigremien?«, gab Scharfenstein zu bedenken.

»Manchmal bist du wirklich ein bisschen naiv«, antwortete Brack. »Dieses Programm wird natürlich nichts enthalten, was wir nicht schon ein Dutzend Mal auf Parteitagen und Klausurtagungen beraten und beschlossen haben.«

»Es geht darum«, ergänzte Ohl eifrig, »dass wir den Medien etwas zum Fraß vorwerfen. Wir müssen zeigen, dass wir Ideen und Konzepte haben.«

»Sandro hat Recht«, sagte Reitschuster. »Wenn wir die Reporter nicht beschäftigen, dann suchen sie sich ihre Themen selbst. Und es ist besser, wir diktieren die Schlagzeilen. Alles klar?«

»Eine Frage noch«, sagte Scharfenstein, der sich immer unwohler fühlte in seiner Haut. »Was machen wir, wenn ein anderer Journalist die Story weiterführt?«

»Dann müssen wir auch ihn ausschalten«, blaffte Brack. »Sandro wird dann schon Mittel und Wege finden. Hab ich recht?«

Julius Scharfenstein fühlte sich gefangen in seiner Haut. Er nahm sein Weinglas und trank es in einem Zug aus.

* * *

Zum ersten Mal seit Jahren trug er wieder Jeans in der Öffentlichkeit. Er ging durch den Englischen Garten, den der Schnee in eine zauberhafte Winterlandschaft verwandelt hatte. Manfred Heuser ließ das FKK-Gelände hinter sich und schlenderte vom Minopteros zum Chinesischen Turm, wo im Sommer jeder Tourist Station machte und bei zünftiger Blasmusik Bier, Brez'n und Weißwürste bestellte. Jetzt waren nur einige dick eingepackte Hundebesitzer mit ihren Vierbeinern und hartgesottene Jogger unterwegs.

Heuser hatte sich seine Wollmütze tief ins Gesicht gezogen, nachdem er in einem Zeitungsständer am Hofgarten sein Foto auf der Titelseite der Abendausgabe der *AZ* gesehen hatte. *Fahndung nach dem Kardinals-Killer* lautete die Schlagzeile. Darunter in vierspaltiger Breite sein Bild mit dem kleinen Text: *Die Polizei sucht nach dem brutalen Mord an Kardinal Dresler den erzbischöflichen Sekretär Manfred Heuser (43), Hinweise nimmt jede Polizeidienststelle entgegen.* Er war überzeugt, dass ihn mit Schal, Mütze und hochgeschlagenem Mantelkragen niemand erkennen würde, zumal bei diesem Schmuddelwetter kaum jemand freiwillig draußen unterwegs war.

Er ließ die Ereignisse der vergangenen Tage noch einmal in Gedanken an sich vorbeiziehen. Hatte er einen Fehler gemacht? Hätte er mit dem Kardinal viel früher reden und seine Situation schildern sollen? Oder hatte er den entscheidenden Fehler schon viel früher in seinem Leben begangen? Warum war er Priester geworden? War vielleicht der einzige Grund gewesen, dass er auch nach dem Abitur als Einziger in der Klasse immer noch keine Freundin hatte und ihm auch immer deutlicher wurde, dass er sich für Frauen nicht interessierte? Hatte er dies schon als Berufung zum zölibatären Leben und zum Priestertum interpretiert? Hätte er die Notbremse ziehen müssen, als er im Augsburger Priesterseminar seine Homosexualität entdeckte und sich in Gero verliebte? Damals wäre es noch nicht zu spät gewesen. Sie hätten beide aussteigen und ein gemeinsames Leben beginnen können. Nach dem peinlichen Vorfall in Mariä Himmelfahrt hätte er spätestens wissen müssen, dass in der katholischen Kirche für einen schwulen Priester kein Platz war. Doch wieder war er zu feige gewesen, eine Entscheidung zu treffen und sein Leben in eine neue Bahn zu lenken.

Jetzt hatte er endlich die Kraft gehabt, sich zu entscheiden. Aber es war zu spät. Es gab kein Zurück mehr.

Es war noch eisiger und der Schneefall stärker geworden. Auf dem Gehweg, der aus dem Englischen Garten hinaus zur Königinstraße führte, hinterließ er eine einsame Fußspur. An der U-Bahn-Station Giselastraße warf er einen Umschlag in den Briefkasten, nachdem er sich vergewissert hatte, dass er noch heute geleert würde. Der Brief war adressiert an H. H. Prof. Dr. Gero Lenz, Ludwig-Maximilians-Universität, Katholisch-theologische Fakultät, Geschwister-Scholl-Platz 1, 80539 München.

Dann fuhr er die Rolltreppe hinunter zur U-Bahnstation und mit der U3 ein letztes Mal zum Marienplatz.

* * *

Kleuser ging in seinem Büro vor der Vitrine mit den Polizeimützen aus aller Welt auf und ab.

»Damit dürfte der letzte Zweifel ausgeräumt sein«, sagte er und wedelte mit dem in einer Hülle befindlichen Brief, den Berrit und Ben aus Heusers Wohnung mitgebracht hatten.

»Hinzu kommt seine überstürzte Flucht«, stimmte Ben zu. »Warum sollte er abhauen, wenn er unschuldig ist?«

Berrit nickte stumm.

»Setzen wir uns und besprechen wir die neue Lage«, sagte der Dezernatschef, legte das Blatt auf den kleinen Besprechungstisch und begrüßte mit einem Kopfnicken auch Ole Jensen und Hakan Özdemir, die in diesem Augenblick das Zimmer betraten.

»Was steht denn nun in dem Brief?«, fragte der Däne und setzte sich ebenfalls. »Ingrid ist bei der Haushälterin von dem Kardinal. Sie war zwei Wochen im Urlaub auf Teneriffa und ist erst heute zurückgekommen.«

»Ich lese einfach mal vor«, sprach Kleuser und setzte seine Lesebrille auf. »Adressiert an das Erzbischöfliche Ordinariat, Hauptabteilung Pastorales Personal, H. H. Msgr. Dr. Martinus Jordan, im Hause.«

»Was bedeutet diese Abkürzung H. H.?«, fragte Jensen.

»Hochwürdiger Herr«, antwortete Berrit, »die formelle Anrede für geweihte Priester.«

Kleuser fuhr fort: »*Sehr geehrter, Hochwürdiger Herr Dr. Jordan, bezugnehmend auf die Personalakte Nummer 74/3* und so weiter … *teile ich Ihnen hiermit mit, dass Herr Manfred Maximilian Heuser, geboren am* und so weiter*, derzeit tätig als erzbischöflicher Geheimsekretär, mit Wirkung zum ersten Januar des folgenden Jahres aus dem heiligen Priesterstand entlassen wird.* Es folgen einige Hinweise auf die kanonischen Vorschriften im Kirchenrecht. Dann heißt es weiter: *Ich ersuche Sie höflichst, im Rahmen des erzbischöflichen Stellenplans Herrn Heuser nach Möglichkeit eine adäquate Beschäftigung im kirchlichen Verwaltungsdienst anzubieten. Ich bitte Sie außerdem um Vorschläge für geeignete Kandidaten, die für Herrn Heusers Nachfolge infrage kommen. Mit freundlichen Grüßen, hochachtungsvoll* … eigenhändige Unterschrift von Johannes Maria Kardinal Dresler, Erzbischof von München und Freising.«

»Wow«, entfuhr es Özdemir. »Der Kardinal hat Heuser gefeuert.«

»So sieht es wohl aus«, bestätigte Kleuser. »Und um zu verhindern, dass der Kardinal dieses Schreiben an die Personalabteilung abschickt …«

»… hat Heuser seinen Chef kurzerhand erschlagen und den Brief aus der Post genommen«, ergänzte Ben.

»Ich denke, das wird für einen Haftbefehl reichen. Ich werde bei Dr. Petzold sofort alles veranlassen.«

Alle schienen übereinzustimmen, dass dieser Brief das entscheidende Mosaiksteinchen in der Mordanklage gegen Manfred Heuser sein würde.

Nur Berrit ließ sich Zweifel anmerken. »Aber warum hat er den Brief dann nicht vernichtet? Und was bringt ihm letztlich der Tod des Kardinals? Seinen Job als persönlicher Sekretär verliert er damit auch.«

»Vielleicht war es auch eine Affekttat«, vermutete Ben. »Als der Kardinal ihm eröffnet hat, dass er als Schwuler aus dem Priesterstand rausfliegt, ist Heuser durchgedreht und hat Dresler mit dem nächsten greifbaren Gegenstand niedergeschlagen. Über die

Konsequenzen muss er sich in diesem Moment nicht im Klaren gewesen sein. Dann wäre es kein Mord, sondern Totschlag.«

»Diese Fragen wird der Gerichtspsychologe klären müssen«, meinte Kleuser. »Entscheidend ist, dass wir jetzt ausreichende Indizien haben.«

»Wir brauchen nur noch den Täter«, sagte Ben.

»Er wird nicht weit kommen!« Kleuser war anzumerken, dass er sich bereits ausmalte, wie der Polizeipräsident und der Innenminister ihm zu dem schnellen Erfolg seines Dezernats beglückwünschten. Seinem politischen Aufstieg stünde dann wohl nichts mehr im Wege.

* * *

Berrit setzte sich an ihren Schreibtisch, schob einen Stapel Handakten und den *Focus* zur Seite, um Platz zu schaffen für den Kaffeebecher, den sie auf dem Weg zu ihrem Büro mitgebracht hatte. Ben hingegen ging an der Bürotür vorbei und verschwand in Richtung Herren-WC.

Berrit rührte mit dem Löffel in der linken Hand ihren Kaffee um, während sie mit der Rechten den *Focus* durchblätterte. Sie hatte den Bericht über die grauen Eminenzen im Vatikan gerade gefunden, als das Telefon auf Bens Schreibtisch läutete. Berrit drückte die Taste, mit der sie Anrufe für Ben auf ihren Apparat heranholen konnte, und meldete sich mit: »Erste Mordkommission, KHK Blombach, Grüß Gott!«

»Hier ist Lydia Kellermann, kann ich mit Ben sprechen? Ich meine, Herrn Hauptkomm …«

»Ben ist gerade für kleine Mädchen«, sagte Berrit und versuchte, nicht zu lachen. »Aber ich sag ihm gerne, dass er zurückruft. Die Nummer hat er?« Berrit wusste genau, dass er Lydias Nummer hatte. Schließlich war sie eine der Frauen, die ihm immer wieder Kurznachrichten aufs Handy schickten. Kurz nachdem sie aufgelegt hatte, betrat Ben mit einer Unschuldsmiene das Zimmer. Sie vermutete, dass er das Gespräch von draußen mitgehört und gewartet hatte, bis Berrit auflegte.

»War was?« Auch Ben hatte jetzt einen Kaffeebecher in der Hand.

»Deine Freundin Lydia. Ich hab ihr gesagt, dass du zurückrufst. Und wenn du einen Rat von mir hören möchtest …«

»Möchte ich aber nicht.« Er grinste frech.

»Ich geb ihn dir aber trotzdem: Klär bitte endlich mal deine Frauengeschichten. Es geht mich ja nichts an, aber es kann doch nicht sein, dass dir die Frauen jetzt auch schon ins Büro hinterhertelefonieren.«

Er ging hinüber zu seinem Platz, setzte sich und legte seine Füße auf den Schreibtisch – eine Unart, die Berrit verabscheute. Sie erwartete, dass er jetzt noch eine genervte Bemerkung folgen ließ. Doch er tat so, als hätte er sie nicht gehört, und blätterte in irgendwelchen Unterlagen, die auf seinem Tisch lagen.

Einige Minuten saßen sie beide schweigend da, Berrit vertiefte sich in ihre Zeitschrift, und Ben sortierte die Blätter auf seinem Schreibtisch von links nach rechts und wieder von rechts nach links. Berrit fragte sich, was Bens Verhalten zu bedeuten hatte. War er jetzt sauer? War sie mit ihrer Moralpredigt zu weit gegangen? Wie fände sie es, wenn er sie fragte, warum sie sich nicht scheiden ließ von diesem notorischen Fremdgeher?

»Lass deinen Kaffee nicht kalt werden«, sagte sie, um irgendetwas zu sagen.

»Hast du einen Löffel? Kann ich deinen nehmen? In der Küche gab's keinen mehr.«

In der Tat hatte auch Berrit schon öfter vermutet, dass im Polizeipräsidium ein Löffeldieb sein Unwesen trieb oder dass die Kaffeelöffel auf mysteriöse Weise in der Spülmaschine dematerialisiert würden. Ben stand auf, kam mit seinem Kaffee zu ihr an den Schreibtisch und rührte ihn mit Berrits Löffel um. Dabei fiel sein Blick auf das aufgeschlagene Magazin. Und dann fiel ihm beinahe der Löffel aus der Hand.

»Das kann nicht wahr sein! Ich glaub's nicht!«

»Was denn?« Berrit schaute auch in das Heft und fragte sich, was Ben derart aus der Fassung bringen konnte.

»Hier das Foto«, sagte er und zeigte auf eins von einem halben Dutzend Porträtfotos von Männern mit schwarzen Talaren und purpurfarbenen Käppchen. »Wer ist das?«

»Das sind Kurienkardinäle aus dem Vatikan. Die Namen stehen drunter: Manuel Hidalgo, Präfekt der Bischofskongregation, Antonio d'Alessandro, Generalsekretär des Vatikanstaats, Patrick Donnelly, Präfekt der …«

»Nein, nein, ich meine den hier!« Sein Zeigefinger schnellte auf das äußerste Foto in der Bilderleiste nieder. »Wer ist das?«

»Kardinal Salvatore Cutrona«, las Berrit vor, »er ist Substitut des Staatssekretariats im Vatikan. Warum fragst du? Was ist mit ihm?«

»Was mit ihm ist?« Ben war ganz aufgeregt. »Ich kann dir sagen, was mit ihm ist! Entweder handelt es sich um eineiige Zwillinge. Oder dieser Mann ist unser geheimnisvoller Padre Salvatore!«

Berrit konnte nicht glauben, was sie hörte. Einige Sekunden herrschte Totenstille im Raum. »Bist du dir sicher? Du täuschst dich nicht?«

»Hundert Prozent! Absolut! Und auch diese Warze im Gesicht stimmt. Dieser Mann muss Padre Salvatore sein. So sicher wie das Amen in der Kirche! Der Vorname passt schließlich auch. Was ist ein Substitut?«

»Salvatores gibt es in Italien wie Sand am Meer. In dem Artikel steht, dass der Substitut der einflussreichste Kirchenbeamte nach dem Staatssekretär ist. Er leitet die Abteilung für allgemeine Angelegenheiten und gilt als Stabschef des Papstes. Er kontrolliert, welche Leute der Papst trifft und welche Dokumente ihm vorgelegt werden. Hier steht: *Der Substitut ist, meist unbeachtet von der Öffentlichkeit, die Schlüsselfigur der vatikanischen Administration.*«

»Steht da noch mehr über Kardinal Cutrona?«

Berrit suchte die entsprechende Stelle in dem Text. »Ja, hier steht, dass der Substitut eigentlich nur im Rang eines Erzbischofs steht, trotzdem aber mehr Einfluss hat als die meisten Kardinäle. Salvatore Cutrona war bis 1987 Erzbischof von Mailand, bevor er nach Rom kam. Papst Hadrian erhob ihn jedoch vor knapp einem Jahr in den Kardinalsstand und machte ihn damit zu einem der Menschen, die seinen Nachfolger wählen.«

»Ich glaub's ja nicht! Dieser Typ, der mir nachts auf der Straße aufgelauert hat und den ich mit in meine Wohnung genommen habe, ist einer der wichtigsten Kardinäle in Rom? Was hat das nur zu bedeuten? Und warum war er hier in München? Und warum unter falschem Namen?«

»Am besten fragen wir ihn selbst.«

»Hä? Wie das?«

»Ist Ingrid schon wieder da? Wir brauchen ihre Sprachkenntnisse, um uns mit dem Vatikan verbinden zu lassen. Das ist mühsam, aber neulich hat's schließlich auch geklappt.«

»Ich sah Ingrid eben aus dem Paternoster aussteigen. Sie müsste wieder in ihrem Zimmer sein.«

Sie riefen ihre Kollegin telefonisch herbei und erklärten ihr kurz die Situation. Auch diesmal dauerte es eine Weile, bis sie eine Verbindung ins Machtzentrum der katholischen Kirche hergestellt hatten, und immerhin drangen sie bis in das Sekretariat des Substituts vor. Kardinal Cutrona bekam Ingrid allerdings erwartungsgemäß nicht selbst ans Telefon. Nach einem längeren Wortwechsel legte sie schließlich auf.

»Und?«, fragten Ben und Berrit zugleich.

»Kardinal Cutrona lässt ausrichten, dass er am Sonntag in München ist. Er nimmt um zehn Uhr am Requiem für Kardinal Dresler im Liebfrauendom teil.«

»Ich kapier das alles nicht«, seufzte Ben leise.

»Und unser Kaffee«, fügte Berrit hinzu, »ist jetzt auch kalt geworden.«

* * *

Ben streifte seine gelben Turnschuhe ab und ließ sich in sein schwarzes Ledersofa fallen. Er schaltete mit der Fernbedienung das Radio ein, das immer noch auf *Bayern 3* eingestellt war. Er schloss die Augen, legte den Kopf zurück und fuhr sich mit beiden Händen durch die kurzen Haare. Er musste versuchen, zur Ruhe zu kommen. Aber immer wieder sah er in Gedanken den italienischen Pater hier im Wohnzimmer sitzen. Es war so unwirklich, wie in einem Traum. Offenbar hatte er einen der wichtigsten Kirchenmänner hier in seiner Junggesellenbude empfangen und für einen Verbrecher gehalten. Aber wer sagte ihm, dass Salvatore Cutrona nicht doch ein Verbrecher war? Seine Vorgehensweise warf nach wie vor zahlreiche Fragen auf. Er würde ihn nach dem Requiem zur Rede stellen, nahm Ben sich vor.

You are not alone, sang Michael Jackson im Radio. Allerdings war die Botschaft falsch. Denn er war sehr wohl allein. Allein mit seinen Gedanken, die er jetzt gerne mit jemandem geteilt hätte.

Wie wäre es jetzt, wenn er damals mit Karin zusammengeblieben wäre? Vielleicht wären sie verheiratet und hätten zwei Kinder im schulpflichtigen Alter. Karin wäre sicher nicht eine Ehefrau, die ihrem Mann abends nach Feierabend die Pantoffel und die Bierflasche ans Sofa brächte. Aber so ein Ehemann wäre er auch gewiss nicht. Vielleicht würden sie jetzt in einem Reihenhäuschen am Stadtrand gemeinsam mit den Kindern beim Abendbrottisch sitzen. Und wenn die Kinder im Bett wären, würde er mit ihr bei einem Glas Rotwein über seinen Tag im Büro reden. Aber warum eigentlich Karin? Immer wieder dachte er an Karin. Hatte er seitdem nicht Dutzende andere Frauen kennen gelernt, die für eine gemeinsame Zukunft infrage gekommen wären? Warum musste er sich immer wieder an Karin erinnern? Denn die wahrscheinlichste Variante wäre wohl, dass sie sich nach vier, fünf Jahren Ehe längst wieder getrennt hätten und er heute genauso allein in seiner Singlebude säße, wie er es jetzt gerade tat.

Er nahm das schnurlose Telefon in die Hand und überlegte, ob er sie anrufen sollte. Doch dann verwarf er den Gedanken wieder. Denn vermutlich saß Karin Friedrichs, geborene Buchholz, jetzt mit dem Immobilienmakler Volker Friedrichs in ihrem Reihenhaus beim Abendbrot und fragte ihn, wie sein Tag war. Er antwortete ein paar nichtssagende Floskeln, danach saßen sie den restlichen Abend vor dem Fernseher und schauten *Wer wird Millionär?*

Nein, Ben war für Familie und auf Dauer angelegte Partnerschaft nicht geschaffen. Das Singleleben hatte auch seine schweren Stunden, aber seine Freiheit wollte er doch nicht hergeben.

Er versuchte, auf andere Gedanken zu kommen, indem er das Radio aus- und den Fernseher einschaltete. In einer Talkshow stritten sich eine Frauenrechtlerin, ein früherer Eiskunstläufer, der jetzt sein Geld als Schlagersänger verdiente, und ein Paderborner Weihbischof über die Diskriminerung der Frau im einundzwanzigsten Jahrhundert. Es moderierte ein Wesen, bei dem Ben auch auf den zweiten Blick nicht erkennen konnte, ob es sich um einen Mann oder eine Frau handelte. Er schaltete um, zappte durch die vierunddreißig Kanäle und beschloss schließlich, ins Bett zu gehen.

Als er das Mobilteil des Telefons auf die Ladestation legen wollte, verspürte er noch einmal kurz den Drang, Karin anzurufen. Doch er widerstand. Eine Viertelstunde später lag er im Bett und war bald darauf eingeschlafen.

Der Radiowecker zeigte ein Uhr vierunddreißig an, als Ben vom Klingeln seines Handys aus einem traumlosen Tiefschlaf gerissen wurde. Er war sofort hellwach, räusperte sich einmal und meldete sich dann mit: »Ja?«

»KOK Dirks vom KDD. Spreche ich mit KHK Dillinger?«

Ein nächtlicher Anruf des Kriminaldauerdienstes bedeutete nichts Gutes.

»Ja, am Apparat.«

»Sie haben einen Einsatz. Eine Todesermittlung auf dem Frauenplatz. Vermutlich Suizid.«

»Moment mal, das muss ein Irrtum sein«, erwiderte Ben. Die diensthabende Mordkommission war sieben Tage am Stück für jedes vollendete und versuchte Tötungsdelikt und jeden Selbstmord zuständig. Doch weil die erste Mordkommission die Kerngruppe der *Soko Kardinal* bildete, müsste also die MK4 jetzt ausrücken. »Die Kollegen von der Vierten sind an der Reihe, hat man das Ihnen nicht …«

»Des passt scho«, fiel ihm der diensthabende Beamte ins Wort. »Dies ist ein Einsatz für eure Soko. Ich hab die Kollegen auch schon aus dem Bett geklingelt.«

Keine fünf Minuten später war Ben angezogen und auf dem Weg zum Frauenplatz.

* * *

Der Offizier der Schweizergarde grüßte ordnungsgemäß, als die zwei Kardinäle den Wachposten am Petersplatz postierten. Es war kühl in Rom, die Sonne stand tief am wolkenlosen Himmel. Die Stadt war noch voller Gläubiger aus aller Welt, die zur Beerdigung des Pontifex maximus in die ewige Stadt gekommen waren und sich womöglich auch das historische Ereignis der bevorstehenden Papstwahl nicht entgehen lassen wollten. Gerade in diesen Tagen gehörten Kardinäle in Rom noch mehr zum Straßenbild, als dies auch sonst schon der Fall war – und dies galt erst recht innerhalb der Grenzen des vierundvierzig Hektar kleinen Ministaates. Dass Kardinäle beisammenstanden, verschwörerisch ihre Köpfe zusammensteckten und versuchten, Mehrheiten für diesen oder jenen papabile zu organisieren, war üblich in der Zeit der Sedisvakanz. Am Vormittag war das Kardinalskollegium, das seit dem Tod von Papst Hadrian die Kirche leitete, erstmals zusammengekommen, die Vorbereitungen der Sixtinischen Kapelle für das Konklave begannen, die Unterkünfte für die mehr als hundert Kardinäle aus der ganzen Welt wurden hergerichtet.

Kardinal Hidalgo hatte seinen dunklen Teint verloren und sah bleich aus. Vermutlich hatte er wenig geschlafen in den vergangenen Nächten.

»Es scheint, als komme es so, wie ich befürchtet habe«, sagte Hidalgo nachdenklich. »Es besteht die Gefahr, dass uns die Situation aus der Hand gleitet.«

»Glauben Sie wirklich, Eminenz, dass Batongo eine Mehrheit finden wird?«, fragte Kardinal Donnelly.

»Gewiss nicht in den ersten drei bis vier Wahlgängen. Aber wenn wir bis dahin keine Mehrheit organisiert haben, dann steigen seine Chancen mit jedem Durchgang.«

Sie schritten auf eine der zahllosen Säulen zu, die den hinteren Teil des Petersplatzes umrundeten. Als Donnelly sich hinter der Säule unbeobachtet fühlte, holte er aus der Innentasche eines schwarzen Umhangs eine Zigarettenschachtel hervor, zündete sich eine Zigarette an und nahm drei kräftige Züge. Als sich ihnen eine kleine Gruppe spanischer Touristen näherte, ließ er den Glimmstängel rasch fallen und unter seiner Schuhsohle verschwinden.

»Batongo ist ein lieber Mann, er hat für die Kirche in Afrika sicher viel getan, das will ich gar nicht in Abrede stellen. Aber ...« Hidalgo schwieg einen Moment, bevor er fortfuhr. »Aber er kommt aus der Dritten Welt, er kennt den Vatikan nicht, er kennt die Weltkirche nicht. Und von seinen moraltheologischen Einstellungen, die er mit Kardinal Dresler geteilt hat, will ich erst gar nicht anfangen …«

Donnelly nickte zustimmend. »Außerdem halte ich es für mehr als problematisch, einem Großteil der Katholiken in den Vereinigten Staaten einen schwarzen Papst zu vermitteln.«

»Wir werden das verhindern«, sagte Hidalgo, »mit der Hilfe des Heiligen Geistes!«

Auf dem Dach der Sixtinischen Kapelle begannen Bauarbeiter damit, einen langen Schornstein zu installieren.

* * *

Das blinkende Blaulicht der Einsatzfahrzeuge erleuchtete die eiskalte Nacht immer wieder für Sekundenbruchteile. Der Frauenplatz grenzte direkt an die Rückseite des Präsidiums und befand sich zwischen Polizeigebäude und dem Liebfrauendom. Der Tote lag in der Nähe des Hauptportals vor dem rechten der beiden weltberühmten Zwiebeltürme, die der Münchner Stadtsilhouette ihren einzigartigen Charakter verliehen. Das Gelände war mit rot-weißem Plastikband abgesperrt, obwohl es zu dieser nächtlichen Zeit kaum Schaulustige in der Innenstadt gab, die es abzuhalten gegolten hätte.

»Was ist hier los?«, fragte Ben, und sein Atem bildete Wolken vor seinem Mund. »Warum ist das hier ein Fall für uns?«

»Er ist noch nicht eindeutig identifiziert«, sagte Berrit, die unausgeschlafen und nur notdürftig frisiert aussah und mit zwei Kollegen vom KDD vor ihrem Dienstfahrzeug stand. »Von seinem Gesicht ist nicht mehr viel übrig. Er muss kopfüber gesprungen sein.« Sie deutete mit der Hand nach oben. Etwa auf halber Höhe des Turmes war ein geöffnetes Holztor zu sehen. »Aber anhand der Papiere, die er bei sich trug, dürfte kein Zweifel daran bestehen, dass es sich um …« Ihr brach die Stimme weg. Und Ben bemerkte jetzt erst, dass Berrit leicht zitterte.

»Heuser?«, fragte er. Und sie nickte nur stumm. Sein Tod ging ihr offenbar nahe. Sie musste ihn tatsächlich sehr sympathisch gefunden haben. Ben fühlte sich hilflos. Er war zwar darin routiniert, trauernde Angehörige zu trösten. Aber eine Kollegin, die kurz davor stand, in Tränen auszubrechen, war eine neue Situation für ihn. Er spürte den Drang, sie in den Arm zu nehmen. Dann legte er nur vorsichtig seinen Arm auf ihre Schulter und drehte sie langsam zur Seite.

»Du hast ihn gemocht, oder?«

Berrit putzte sich die Nase mit einem Papiertaschentuch und versuchte, gefasst zu klingen: »Ich habe ihm geglaubt. Bis zuletzt. Ich habe ihm geglaubt, dass er es nicht war. Auch wenn die Indizien gegen ihn sprachen. Mein Gefühl sagte mir, dass er kein Mörder ist.«

»Mensch, Berrit, mach dir nichts draus. Wir haben uns alle schon mal getäuscht.« Ben fand, dass seine Worte immer noch hilflos klangen. »Wir können doch jetzt froh sein, dass sich alles von selbst aufgeklärt hat. Vielleicht hat er gewollt, dass wir den Brief des Kardinals in seiner Wohnung finden. Betrachten wir es als sein Geständnis.«

»Das grausamste aller denkbaren Geständnisse«, stellte Berrit bitter fest.

Jetzt war auch Kleuser eingetroffen. »Ich gratuliere Ihnen, Frau Blombach!« Er ging auf sie zu und blieb mit ausgestreckter Hand vor der Hauptkommissarin stehen, die nicht reagierte. »Was ist los, Frau Blombach? Sind Sie gar nicht erleichtert, dass der Fall so schnell abgeschlossen wurde? Stellen Sie sich vor, wir hätten tage- oder wochenlang nach dem Mörder öffentlich fahnden müssen. Die ganze Stadt wäre in Angst gewesen. Aber jetzt können wir der Öffentlichkeit einen umgehenden …«

»Sie sind geschmacklos, Herr Kriminaloberrat«, fuhr ihm Berrit dazwischen. »Hier ist ein Mensch gestorben, und Sie haben nichts anderes zu tun, als mir zum Abschluss der Ermittlungen zu gratulieren? Ich find's zum Kotzen!« Sie drehte sich um und rief im Weggehen: »Wir sehen uns morgen früh zur Lage. Bis dahin können Sie ja schon mal Ihre Pressemitteilung vorbereiten.« Sie klang, als hätte sie ihre Worte auf den kalten Asphalt gespuckt.

Kleuser blieb sprachlos und mit offenem Mund zurück. »Was hat sie?«, fragte er Ben. »So kenne ich sie ja gar nicht.«

»Sie meint's nicht so. Sie hat bis zuletzt an Heusers Unschuld geglaubt. Und jetzt ist sie wohl ein bisschen durch den Wind.«

»Es soll vorkommen, dass die weibliche Intuition auf die falsche Fährte führt«, dozierte Kleuser. »Naja, bis morgen wird sie sich wieder eingekriegt haben. Aber auch du hast gute Arbeit geleistet, Ben. Ich werde das bei den entsprechenden Stellen nicht unerwähnt lassen. Darauf kannst du dich verlassen. So, und ich glaube, den Rest können wir hier dem ED überlassen.«

Das Blitzlicht des Polizeifotografen flackerte auf.

* * *

Im Dezernat 11 herrschte eine eigenartige Atmosphäre. Der Fall war geklärt, die *Soko Kardinal* sollte am Vormittag zu ihrer abschließenden Besprechung zusammenkommen. Kleuser beriet mit dem Leiter der Pressestelle bereits über Details der Pressekonferenz, die noch am selben Tag einberufen werden sollte und auf der man die Öffentlichkeit über den schnellen Ermittlungserfolg informieren wollte. Doch anders als bei anderen Mordaufklärungen, bei denen am Ende ein Verdächtiger in der U-Haft auf die Anklageerhebung wartete, war diesmal nirgends eine gelöste Stimmung zu spüren.

»Verdammt«, schimpfte Berrit, die vor ihrem PC saß und vergeblich versuchte, sich auf den Abschlussbericht zu konzentrieren. »Ich hab schon wieder aus Versehen einen Absatz gelöscht. Ben, wie geht das noch mal mit dem Wiederherstellen?«

»Steuerung und Z, wie Zurück«, ertönte es vom Nachbarschreibtisch. »Soll ich das vielleicht für dich übernehmen? Du kannst ja nachher unterschreiben.«

Berrits Telefon läutete. Ein internes Gespräch wurde signalisiert. Es war der Pförtner am Eingang Löwengrube. Ein Besucher wollte zu ihr.

»Zu mir? In welcher Sache denn?«, fragte sie.

»Es geht um die Ermordung des Kardinals«, antwortete der Beamte von unten. »Er sagt, er will eine wichtige Zeugenaussage machen.«

»Schicken Sie ihn hoch!« Und zu Ben sagte sie, nachdem sie den Hörer aufgelegt hatte: »Einverstanden. Tipp du den verdammten Bericht. Ich les später drüber. Ich geh solange mit dem

Zeugen in den kleinen Besprechungsraum. Wer weiß, was der zu erzählen hat.«

Sie ließ Ben mit fragenden Blicken zurück und empfing an der Glastür zum Treppenhaus des Neubautraktes einen Mann Mitte vierzig. »Sie wollen zu mir?«

»Mein Name ist Lenz, Professor Doktor Gero Lenz. Wenn Sie Hauptkommissarin Berrit Blombach sind.«

Professor Lenz hatte ein spitzbübisches Gesicht, einen frechen Haarschnitt und einen gepflegten Kinnbart. Unter seinem dicken Winteranorak, dessen Reißverschluss er gerade öffnete, schien sich eine sportliche Figur zu verbergen. Er sah wirklich nicht so aus, wie man sich einen Professor vorstellte.

»Und was für ein Professor sind Sie, wenn ich fragen darf?«

»Ich lehre an der LMU kanonisches Recht.«

Berrit musste grinsen. »Was ist das denn? Das Recht, mit Kanonen auf Spatzen zu schießen?«

Jetzt sah sie, dass sich unter dem roten Anorak ein schwarzer Priesteranzug verbarg.

Lenz lachte. Vermutlich hatte er sich eine Kripobeamtin auch anders vorgestellt. »Der Codex Iuris Canonici ist das katholische Kirchenrecht. Ich bin Kirchenrechtler.«

»Kommen Sie hier lang«, wies sie dem Besucher den Weg in das Besprechungszimmer. »Kaffee?«

»Nein danke. Ich möchte lieber gleich meine Aussage machen. Es brennt mir unter den Nägeln.«

Er setzte sich auf einen Stuhl, behielt die Jacke an, aus deren Innentasche er einen Briefumschlag hervorholte.

»Augenblick noch«, stoppte ihn Berrit. »Wenn Sie eine offizielle Aussage machen wollen, dann möchte ich gerne ein Tonband mitlaufen lassen, wenn es Ihnen nichts ausmacht.« Sie sagte immer noch »Tonband«, obwohl sich in den modernen Apparaten mit digitaler Technik längst keine Bänder mehr drehten.

Als er nicht widersprach, legte sie ihr Diktiergerät auf den Tisch, schaltete es ein und sprach Datum und genaue Uhrzeit in das Mikro: »Zeugeneinvernehmung von Professor Doktor Gero Lenz. Außerdem anwesend KHK Blombach, erste MK. Bitte nennen Sie kurz Ihre Personalien.«

Nachdem Lenz seine persönlichen Daten aufgesagt hatte, deutete er auf den Brief, der vor ihm auf dem Tisch lag.

»Das habe ich heute mit der Post bekommen.«

»Darf ich?« Berrit nahm den Umschlag. Kein Absender.

»Er ist von Fred, meinem Freund. Manfred Heuser.«

»Ihr, äh, Freund?«

»Sie verstehen schon richtig. Wir sind zusammen. Oder besser, wir waren zusammen. Ich habe letzte Woche Schluss gemacht. Und jetzt hat er mir diesen Brief geschrieben, einen Abschiedsbrief.« Er sprach schneller, seine Stimme klang schrill. »Sie müssen verhindern, dass er sich etwas antut! Ich habe versucht, ihn zu erreichen. Aber er geht nicht ans Telefon. Im Bischofshaus ist er auch nicht. Sie müssen etwas tun, um Himmels willen! Er kann so impulsiv sein. Vielleicht tut er wirklich …«

»Beruhigen Sie sich, Herr Lenz.« Wie konnte sie ihn beruhigen angesichts der Nachricht, die sie ihm im nächsten Augenblick überbringen musste? »Wir können nichts mehr tun. Es tut mir sehr leid …« Sie ließ ihm einige Sekunden, um ihre Worte zu realisieren. Dann fügte sie hinzu: »Sie kommen zu spät. Manfred Heuser hat sich in der vergangenen Nacht das Leben genommen. Er ist von einem der Domtürme gesprungen. Es tut mir wirklich sehr leid.« Meistens waren diese Worte leere Floskeln, doch in diesem Fall waren sie sehr aufrichtig gemeint.

»Großer Gott«, war alles, was Lenz herausbrachte. Ihm traten Tränen in die Augen. Er hielt sich die Hände vors Gesicht und stützte die Ellenbogen auf die Tischplatte ab. Er schluchzte, dann sagte er: »Ich bin schuld. Ich habe ihn auf dem Gewissen. Er hätte sich nicht umgebracht, wenn ich nicht Schluss gemacht hätte.«

»Ich glaube, Herr Lenz, Sie müssen sich keine Vorwürfe machen. Manfred Heuser hat sich vermutlich umgebracht, weil er mit der Schuld nicht leben konnte, Kardinal Dresler getötet zu haben. Ich bedauere, dass ich Ihnen das sagen muss. Aber wir betrachten seinen Freitod als Geständnis.«

»Aber das ist doch Unsinn!« Eine Träne rollte über sein Gesicht. Seine Stimme brach weg, als er sagte: »Warum hätte er den Kardinal umbringen sollen? Er hat ihn verehrt und war ihm treu ergeben. Er wäre selbst für den Kardinal gestorben. Er hat ihn nicht umgebracht.«

»Leider sieht es aber doch danach aus. Es gibt auch ein glasklares Motiv. Der Kardinal hat Heuser aus dem Priesterstand entlassen. Vermutlich wollte oder konnte er seine homosexuellen Neigungen nicht länger decken. Wir haben das Entlassungsschreiben des Kardinals an die Personalabteilung in Heusers Wohnung gefunden. Heuser hat es vermutlich abgefangen und den Kardinal erschlagen. Alle Indizien sprechen eine deutliche Sprache. Es gibt Fingerabdrücke auf der Tatwaffe, und er hatte kein Alibi.«

Lenz sprang auf und schrie: »Das ist doch alles Wahnsinn, was Sie da erzählen! Fred ist nicht aus dem Priesteramt entlassen worden! Im Gegenteil, er hat den Kardinal selbst darum gebeten, laisiert zu werden. Es war sein eigener Wunsch. Dem hat der Bischof entsprochen. Der Brief, den Sie bei ihm gefunden haben, ist eine Kopie, die Dresler ihm selbst gegeben hat.«

Berrit war total verwirrt. Wusste der Zeuge, was er da sagte? »Warum hätte Heuser sich laisieren lassen sollen?«

Lenz hatte sich wieder gesetzt. Er war völlig außer sich. »Weil er mit mir zusammenleben wollte. Darüber haben wir uns ja auch gestritten. Er wollte der Heimlichtuerei ein Ende setzen und mit mir ein gemeinsames Leben anfangen. Er hatte geglaubt, dass ich diesen Wunsch auch schon lange in mir trug, und hatte bereits alles in die Wege geleitet, bevor er mit mir gesprochen hatte. Er wollte mich mit seinem Entschluss überraschen.«

»Und Sie wollten nicht?«

»Ich bin homosexuell, ja. Und daran kann ich nichts ändern. Vielleicht war es eine Laune des Schöpfers, es ist nun mal so. Und es gibt auch genug heterosexuelle Priester, denen das zölibatäre Leben nicht gelingt. Ich bin deshalb nicht besser oder schlechter als sie. Ich weiß nur zu genau, gegen welche kirchenrechtlichen Vorschriften ich verstoße. Aber ich weiß auch, dass Gott mich trotzdem liebt. Und ich liebe die Kirche trotzdem. Und ich liebe meinen Beruf. Den wollte ich nicht aufgeben für die Liebe zu einem Mitbruder. Mal abgesehen von der Frage, welchen bürgerlichen Beruf ich als Kirchenrechtler ergreifen sollte. Das alles habe ich Fred am Donnerstagabend auch deutlich gemacht.«

»Wie hat er darauf reagiert?«

»Er hat geweint. Er war am Boden zerstört. Er sagte, die Welt breche für ihn zusammen. Er habe alles verloren und sein Leben verliere seinen Sinn. Ich hielt das alles ehrlich gesagt für pathetisches Gerede und sagte ihm, wenn er die Alles-oder-nichts-Karte spiele, dann müssten wir die Konsequenzen ziehen und uns trennen. Danach ging er. Und ich war überzeugt, er würde sich schon wieder beruhigen. Und dann war heute dieser Brief in der Post.«

Berrit bemerkte, dass Lenz sich bemühte, die Fassung zu bewahren und nicht wieder zu weinen.

»Moment mal, Sie sagten eben, Heuser war am Donnerstagabend bei Ihnen? Wann genau war das? Und wo haben Sie sich getroffen?«

»In meiner Wohnung. Ich wohne draußen in Otterfing. Er war gegen zwanzig Uhr bei mir, etwa eine gute Stunde lang.«

»Er hatte kein Auto. War er mit der S-Bahn draußen?«

Lenz nickte. Berrit dachte nach. Die S-Bahn brauchte von Otterfing zum Marienplatz über eine halbe Stunde. Und Lenz schien ein glaubwürdiger Zeuge zu sein.

»Sie entschuldigen bitte?«, sagte Berrit, griff zum Telefon, das auf dem Tisch stand, und wählte die interne Nummer von Martin Brendel, dem Pressesprecher.

»Hallo Herr Brendel, hier ist Blombach. Ist Kleuser bei Ihnen?«

»Nicht mehr, er war gerade hier. Wir haben die PK für vierzehn Uhr angesetzt. Die Mitteilung an die Medien geht in ein paar Minuten raus.«

Berrits Herz raste. »Stoppen Sie die Mitteilung und sagen Sie die PK wieder ab! Unser Mörder hat für die Tatzeit ein Alibi!«

12. Kapitel

Der Münchner Liebfrauendom war bis auf den letzten Platz besetzt. In der ersten Reihe saßen die Ehrengäste aus Politik und Gesellschaft. Bundeskanzler Staudinger mit Gattin, der Bundespräsident und die First Lady, der Ministerpräsident und das gesamte bayerische Kabinett. Im Chorraum hatte sich um den Altar fast der gesamte deutsche Episkopat versammelt, angeführt vom Vorsitzenden der Bischofskonferenz, Kardinal Rudolph Michaelis. Als Vertreter des Vatikans nahm Kardinal Salvatore Cutrona an dem Requiem teil. Die Cathedra, den vakanten Bischofsstuhl, schmückte ein Kranz. Ein halbes Dutzend Kameras des Bayerischen Fernsehens übertrug die weihrauchgeschwängerte Zeremonie live in die ganze Republik.

Als das Ave Maria, gespielt vom Streichquartett der Münchner Philharmoniker, verklungen war, trat nach einem kurzen Augenblick der Stille Kardinal Michaelis an die Kanzel.

Ben und Berrit standen im hinteren Teil des Doms, wo an einer Absperrung Mitarbeiter eines Sicherheitsdienstes jeden Besucher, der keine persönliche Einladung zur Trauerfeier hatte, mit einem Metalldetektor überprüft hatten – eine Prozedur, die im Zeitalter der Terrorangst bei Großveranstaltungen mit hochkarätigen Gästen aus der Politik längst obligatorisch war. Sie warteten hier, weil sie nach der Trauermesse noch mit Cutrona reden wollten.

»Warum wird dieser Michaelis eigentlich nicht Papst?«, flüsterte Ben, als Kardinal Michaelis mit dem Schriftwort aus dem Philipperbrief *Christus wurde für uns gehorsam bis zum Tod, bis zum Tod am Kreuz* seine Predigt begann.

»Weil er kein Italienisch kann«, antwortete Berrit leise lächelnd. »Das ist eine Grundvoraussetzung für diesen Job. Außerdem war er nie längere Zeit in Rom, ist dort in der Kurie fast ein Unbekannter.«

Kardinal Michaelis konnte aufgrund seiner Aussprache nicht leugnen, dass er aus dem hohen Norden stammte, und auch seine gesamte Erscheinung war durch und durch hanseatisch. Seine spitzen S-Laute, die ausschließlich zwischen Zungenspitze und Schneidezähnen entstanden, mussten in bayerischen Ohren ebenso fremd klingen wie ein jodelnder Rosenheimer in Ostfriesland. »*Darum hat ihn Gott erhöht und ihm den Namen gegeben, der über allen Namen ist*«, zitierte der Kardinal weiter den Apostel Paulus.

Dann kam er auf den Tod von Kardinal Dresler zu sprechen. »Auch der Tod Jesu am Kreuz war für die Menschen damals sinnlos. Sie mussten hilflos mit ansehen, wie der Heiland wie ein Opferlamm zur Schlachtbank geführt und getötet wurde. Und so bleiben auch wir nach dem Tod von Johannes Kardinal Dresler hilflos und ratlos zurück. Die irdische Justiz wird ein Urteil zu fällen haben. Das himmlische Urteil des Vaters bleibt uns in dieser Stunde jedoch verborgen. Was uns bleibt, ist das Gebet, die Hoffnung. Und die Erinnerung. Die Erinnerung an einen guten Hirten. Kardinal Dresler wird in unseren Herzen als ein Bischof zurückbleiben, der für die Menschen gelebt hat. Sein Priesteramt war ein Opferamt. Sein Leben war Hingabe, für Gott und die Menschen.« Ausführlich beschrieb Kardinal Michaelis den Lebensweg und die Leistungen des verstorbenen Bischofs.

»Wenn der so weitermacht«, sagte Ben leise, »dann können sie gleich mit der Heiligsprechung anfangen.«

Kardinal Michaelis würdigte weiter wortreich die Tugendhaftigkeit Dreslers, dessen verstorbener Sekretär wurde jedoch mit keiner Silbe erwähnt. Ben fragte sich, ob es immer noch so war, dass Selbstmördern das kirchliche Begräbnis verwehrt wurde, und ob dies dann auch für homosexuelle Priester galt.

In diesem Moment entstand ein Tumult in einer der hinteren Bankreihen. Eine ältere Frau rief etwas. Sofort reagierten die überall mehr oder weniger unauffällig postierten Leibwächter der Spitzenpolitiker, die in jeder ungewöhnlichen Situation mit dem Schlimmsten rechnen mussten.

Auch Ben stupste Berrit leicht mit dem Ellbogen in die Seite. »Schau mal da!«

Die Frau war aus der Bankreihe herausgetreten und stand jetzt im Mittelgang der Kirche. »Alles Lüge!«, rief sie energisch, und ihre Worte hallten durch das Gotteshaus. Sie blieb stehen, versuchte nicht, nach vorne zu laufen. Auch dass sie offenbar keine Waffe bei sich trug, schien die Sicherheitsbeamten zunächst zu beruhigen. »Heuchelei!«, rief sie noch einmal, machte dann kehrt und lief nach hinten zum Hauptportal, direkt auf Berrit und Ben zu.

Bevor einer der Sicherheitsmänner nah genug gekommen war, um sie zu überwältigen, machte Berrit drei Schritte nach vorne und packte die Frau am Arm, zog sie sanft zur Seite. »Ich bring Sie nach draußen«, sagte sie freundlich, aber bestimmt. Den heraneilenden Security-Leuten, die bereits unter ihren Jacketts nach den Waffen griffen, signalisierte sie mit einem besänftigenden Blick, dass sie die Lage unter Kontrolle habe. Die Frau ließ sich widerstandslos hinausbegleiten.

Als die Tür hinter ihnen leise wieder zugefallen war, drehten sich die Hunderte von Köpfen in den Bankreihen wieder nach vorne, wo Kardinal Michaelis seine salbungsvolle Predigt fortsetzte.

* * *

Die ältere Dame hatte ihren Namen mit Elisabeth Hertle angegeben. Sie hatte weiße Haare und trug einen altmodischen dunkelblauen Mantel, den sie auch in Berrits Büro, wo sie seit einigen Minuten auf dem Besucherstuhl saß, nicht ablegen wollte. Frau Hertle hatte sich inzwischen wieder einigermaßen beruhigt. Sie machte zwar immer noch einen leicht verwirrten Eindruck, aber Berrit spürte, dass sie es nicht mit einer Geisteskranken zu tun hatte. Sie wollte wissen, was zu dem spontanen Ausbruch im Dom geführt hatte.

»Sie müssen keine Angst haben, Frau Hertle. Ihnen wird nichts vorgeworfen. Ich möchte Sie nur fragen, warum Sie eben so aufgebracht reagiert haben, als in der Kirche das Leben des verstorbenen Kardinal Dresler gewürdigt wurde.«

»Haben Sie ein Glas Wasser für mich?«, fragte Frau Hertle. Berrit nickte und füllte einen Plastikbecher mit Leitungswasser.

Als die Dame ihn halb leer getrunken hatte, antwortete sie: »Ich glaube, ich muss mich für mein Benehmen entschuldigen. Es ist mir sehr unangenehm, glauben Sie mir?«

»Machen Sie sich keine Gedanken, es ist ja nichts passiert. Der Vorfall wird schon bald wieder vergessen sein. Kannten Sie den Kardinal?«

Vom Alter her hätte sie durchaus eine Jugendliebe des Erzbischofs sein können.

»Meine Schwester ist vor einigen Wochen in Haar gestorben.« Im Münchner Vorort Haar befand sich das Bezirksklinikum, die Psychiatrie, daher wurde in der Region gemeinhin die Ortsbezeichnung als Synonym für Irrenanstalt verwendet. »In ihrem Nachlass habe ich Briefe gefunden. Es handelte sich um einen jahrelangen Briefwechsel zwischen meiner Schwester und Dresler.«

Berrit horchte auf. Dies war interessant – wenn es stimmte und Frau Hertle nicht phantasierte. »Es waren persönliche Briefe von Kardinal Dresler?«, wollte sie sich vergewissern.

»Nein, er war damals noch nicht Kardinal«, sie trank den Becher aus, »er war noch ein Student, unterschrieb die Briefe mit Hannes. Kennengelernt haben sie sich Mitte der Fünfzigerjahre in einer Erfurter Studentenkneipe, wo sie kellnerte. Und dann haben sie sich verliebt. Allerdings war es eine verbotene Liebe, für beide.«

»Wie meinen Sie das: für beide?«

»Er studierte Theologie und wollte Priester werden, also keusch und ehelos leben. Und sie … war bereits verheiratet.«

»Verstehe«, sagte Berrit. »Wie ging es weiter?«

»Es kam, wie es kommen musste: Marlene wurde schwanger von Dresler.«

»Sieh an«, staunte Berrit. »Der Kardinal hatte ein uneheliches Kind. Wer hätte das gedacht! Oder hat sie das Kind nicht bekommen?«

»Eine Abtreibung kam für beide nicht infrage. Ebenso wenig wollte und konnte sich Dresler öffentlich zu seinem Kind bekennen. Also blieb nur eine Möglichkeit: Marlene gab den Jungen für ihr eheliches Kind aus. Und niemand hat es gemerkt. Ein priesterliches Kuckuckskind.«

Berrit kam blitzartig eine Idee: »In welchem Jahr ist das Kind geboren?«

»1950.«

Berrit rechnete nach. Nein, es war nicht möglich. Manfred Heuser war erst zwölf Jahre später geboren, er konnte also nicht der Sohn des Kardinals sein. »Und Dresler hat sich in den folgenden Jahren nicht um sein Kind gekümmert, stimmt's?«

Frau Hertle nickte stumm. »Marlene war sehr verbittert darüber. Ich glaube, Dresler war der Mann, den sie geliebt hat, bis zuletzt. Ihr Ehemann war ein Despot, sie hat sehr unter ihm gelitten. Als er gestorben ist, muss es eine Erlösung für sie gewesen sein. Aber sie war trotzdem einsam, und daran ist sie innerlich zerbrochen. Und ich glaube auch, das hat sie letztlich in die Psychiatrie gebracht.«

»Und sie hat nie wieder Kontakt mit Dresler aufgenommen?«

»Nicht, dass ich wüsste. Sie war die letzten Jahre sehr verwirrt. Als Dresler aus Rom zurück nach Deutschland kam und hier Bischof und Kardinal wurde, hat Marlene die Außenwelt schon nicht mehr wahrgenommen. Sie hat mich manchmal sogar nicht mehr sofort erkannt, wenn ich sie besucht habe. Sie ist einsam und traurig gestorben.«

Berrit bemerkte, wie Elisabeth Hertle gegen die Tränen ankämpfte. »Warum sind Sie zum Requiem gegangen?«

»Ich habe gedacht, dass Marlene sicher auch hingegangen wäre, wenn sie noch gelebt hätte und in der Lage dazu gewesen wäre. Ich wollte sozusagen an ihrer Stelle dort sein. Ich hatte sie sehr ins Herz geschlossen.«

In Berrits Kopf setzten sich viele Mosaiksteinchen plötzlich in Bewegung, um sich wie in einem Kaleidoskop immer wieder neu zusammenzufügen. Die Tatsache, dass irgendwo ein unehelicher Sohn des Kardinals herumlief, brachte ganz neue Aspekte und Ermittlungsansätze hervor. War vielleicht sogar Elisabeth Hertle eine verdächtige Person? Wohl kaum wäre diese alte Frau, sie mochte Ende siebzig sein, in der Lage, einen erwachsenen Mann zu erschlagen. Obwohl sie durchaus ein Motiv hätte: Rache im Namen ihrer verbittert gestorbenen Schwester. Berrit wollte dies alles möglichst schnell Ben erzählen. Sie schaute auf die Uhr, das Requiem müsste bald zu Ende sein. Die Zeit reichte nicht mehr, um ein Protokoll mit Frau Hertle aufzunehmen.

»Ich werde eine Kollegin bitten, mit Ihnen zusammen die Aussage zu protokollieren«, sagte sie, als sie schon fast draußen war, um nach Ingrid Hechler zu suchen.

»Of course mach ich das«, war Ingrids Antwort, und Berrit verabschiedete sich freundlich von der möglicherweise wichtigen Zeugin, um durch den Hinterausgang in der Augustinerstraße mit wenigen Schritten wieder den Dom zu erreichen.

* * *

Das Requiem war zu Ende, die Menschen strömten durch das große Portal aus dem Dom hinaus auf den Frauenplatz. Die Luft war trocken und kalt. Etwas seitlich stand Kardinal Cutrona, jetzt nicht mehr im feierlichen Messgewand, sondern in der schwarzen Soutane mit der purpurfarbenen Schärpe. Vor seiner Brust hing ein schwer aussehendes, goldenes Kreuz. Neben ihm stand Ben, und als Berrit hinzukam, deutete Cutrona mit den Armen eine unterwürfige Geste an und sprach: »Signora Commissaria, Sie müssen mir verzeihen. Ich weiß, dass ich eine große Verwirrung hinterlassen habe.«

»Herr Cutrona hat bereits erzählt, dass er in München war, um incognito mit Kardinal Dresler zu reden«, sagte Ben.

»Richtig, es ging um die Papstwahl. Der Camerlengo, der zusammen mit dem ehemaligen Kardinalstaatssekretär und dem bisherigen Präsidenten der päpstlichen Kommission für den Vatikanstaat das Konklave vorbereitet, hat mich gebeten, bei Kardinal Dresler persönlich vorzufühlen, ob er für eine Papstwahl zur Verfügung stünde.«

»Ich dachte«, warf Berrit ein, »dass es streng verboten ist, Vorabsprachen vor einem Konklave zu führen.«

»Natürlich«, flüsterte Cutrona leise, als könne plötzlich jemand mithören. »Offizielle Gespräche finden selbstverständlich nicht statt. Aber Kardinäle sind auch nur Menschen, wenn Sie verstehen, was ich meine …«

Berrit schmunzelte. Kardinal Cutrona blickte sie durch seine kleinen runden Brillengläser verschwörerisch an. Er wirkte durchaus sympathisch auf sie.

»Und außerdem«, fuhr er fort, »schaltet keine Vorsondierung das Wirken des Heiligen Geistes aus. Das haben wir ja schon 1978 erlebt, als ein Pole gewählt wurde, dessen Name kaum jemand aussprechen konnte.«

Jetzt musste auch Ben schmunzeln. Anders als er nach seiner

ersten nächtlichen Begegnung mit Cutrona geglaubt hatte, schien der Gottesmann ein durchaus humorvoller Mensch zu sein.

»Und wie ist Ihr geheimes Gespräch mit Kardinal Dresler verlaufen?«, wollte er wissen.

»Sie werden hoffentlich verstehen, dass ich darüber keine Auskunft geben kann. Zumal das Thema inzwischen sowieso obsolet geworden ist.« Der Kardinal deutete mit der rechten Hand auf die Trauergäste, die immer noch den Vorplatz der Münchner Kathedrale bevölkerten. »Aber Sie können sich vorstellen, dass es in der Kurie erhebliche Vorbehalte gegen einen liberalen Papst aus Deutschland gegeben hätte. Und als dann Kardinal Dresler so plötzlich ermordet wurde, da dachte ich zuerst …« Er stockte. Berrit und Ben blickten ihn fragend an.

»Na ja, es war ein absurder Gedanke. Aber ich hielt es zunächst für möglich, dass militante konservative Gruppen hinter der Tat stehen könnten.«

»Sie meinen solche Leute, die in Amerika Abtreibungsärzte umbringen?«, fragte Ben.

»In Amerika gibt es solche Menschen, die sich Lebensrechtler nennen, aber Verbrecher sind. Die Gruppierung sitzt in Kalifornien und nennt sich *Legion of the Lord.* Aus dieser Region kommt auch der Präfekt der Glaubenskongregation, Kardinal Patrick Donnelly, der wiederum in der Kurie bei einer Papstwahl als Fürsprecher von Kardinal Manuel Hidalgo, dem Präfekten der Bischofskongregation, gilt. Und Hidalgo war einer der schärfsten Widersacher von Dresler. Aber inzwischen wissen wir, dass die *Legion Gottes* nichts mit dem Mord zu tun hat.«

»Wie können Sie da so sicher sein?«, fragte Ben.

»Unsere Nachforschungen haben ergeben, dass ihr Einfluss nicht bis Europa reicht. Es gibt hier keine Aktivisten. Und es gäbe auch in der Gesellschaft keinen ausreichenden Rückhalt für ein derart militantes Vorgehen. Und weil ich mich mit der Person Kardinal Dresler intensiv beschäftigt hatte, kannte ich auch die Akte über seinen Sekretär. Hier lag der Verdacht nahe, dass dieser Vorgang etwas …«

»Dieser Verdacht hat sich zerschlagen«, stellte Berrit fest. »Manfred Heuser hat für die Tatzeit ein Alibi. Wir sind wieder ganz am Anfang der Ermittlungen. Schade, dass der Heilige Geist uns keine Erleuchtung geben kann.«

Kardinal Cutrona lächelte gutmütig, in diesem Augenblick bellte es in Bens Jackentasche. Er murmelte eine Entschuldigung und zückte sein Handy. Nachdem er eine SMS gelesen hatte, sagte er seufzend zu Cutrona: »Seien Sie froh, dass Sie nichts mit Frauen am Hut haben.«

Alle drei lachten, dann lud Cutrona die Kommissare für den Abend zum Essen ein: »Ich möchte, dass Sie meine Gäste sind. Ich habe wahrhaft etwas gut zu machen. Wählen Sie ein Restaurant.« Und dann fügte er lächelnd hinzu: »Aber bitte keinen Italiener! Deutsche Pizzen sind für italienische Gaumen nicht genießbar. Und jetzt entschuldigen Sie mich bitte vielmals. Kardinal Michaelis wartet auf mich.«

Sie verabredeten sich im *Schuhbeck's* am Platzl. Cutrona schüttelte Ben zum Abschied die Hand und deutete bei Berrit einen Handkuss an. Dann verschwand er mit wehender Soutane.

»Ein absolut komischer Vogel, oder?«, war Bens despektierlicher Kommentar.

»Jedenfalls wirkt er nicht wie einer der mächtigsten Männer im Vatikan.«

»Und was war mit dieser alten Schachtel, die im Dom ausgetickt ist?«

»Du wirst es nicht glauben, Ben. Aber ihre Schwester hatte vor Jahrzehnten ein Verhältnis mit einem Theologiestudenten namens Hannes Dresler.« Und als sie Bens Blick entnahm, dass er es wirklich nicht glauben konnte, setzte sie noch obendrauf: »Und dieser Hannes Dresler hat sein Liebchen geschwängert. Jetzt bist du platt, oder?«

Während sie wieder auf das Präsidium zuschritten, gab Berrit in knappen Worten die Schilderung von Elisabeth Hertle wieder.

»Wenn das alles stimmt«, meinte Ben nachdenklich, »dann wirft das eine Reihe neuer Fragen auf.«

»Stimmt. Wo steckt heute der Sohn des Kardinals?«

»Ist Elisabeth Hertle selbst in den Mord verwickelt?«

»Ist das Motiv für den Mord in der Vergangenheit des Kardinals zu suchen?«

»Ich bin fast sicher, dass dies so ist«, meinte Berrit. Es gab Momente in ihrem Job, in denen sie hundertprozentig sicher war, sich auf ihr Bauchgefühl verlassen zu können.

Auch Ben hatte manchmal so etwas wie ein Bauchgefühl. Er dachte nach über die offenen Fragen. Besonders interessierte ihn die Frage nach der Beziehung des Kanzlerkandidaten zu der Bikini-Schönheit. Wenn ihm die Polizeidatenbanken, auf die er unbeschränkten Zugriff hatte, nicht mehr weiterhalfen, dann war er meist gut beraten, einen alten Freund anzurufen. Ben griff zu seinem Handy und wählte die Nummer von Franz Löber von der *Abendzeitung*.

13. Kapitel

Hallo Franz, schön dich zu sehen«, sagte Ben, als er das Großraumbüro der Lokalredaktion betrat und direkt zum Schreibtisch seines Freundes Franz Löber weiterging. »Sag mal, gibt es eigentlich auch mal Sonntage, an denen du keinen Dienst hast?«

»Klar«, antwortete Franz. »Immer dann, wenn montags Feiertag ist und keine Zeitung erscheint. Ich kann dir heute leider keinen Kaffee anbieten. Der Automat ist kaputt, und das kann erst morgen die Rosi beheben. Aber wenn du eine Coke willst …« Franz Löber war als Kaffee-Verweigerer in der Medienbranche eine Ausnahmeerscheinung. Die bei seinen Kollegen übliche Koffeindosis erreichte er aber locker durch die Mengen an Cola, die er trank. Unter seinem Schreibtisch, auf dem wie immer ein kreatives Chaos herrschte, hatte der Lokalredakteur immer einen Kasten stehen.

Ben lehnte dankend ab.

»Wie war's im Dom?«, fragte Franz. »Ich hoffe, es gibt genug Stoff für die Extraseite, die ich freigeschlagen habe. Anzeigenfrei. Wir hatten drei Reporter vor Ort, da werden wir die Seite schon voll kriegen.«

Franz hatte sich im Laufe der Jahre von einem windigen Sensationsreporter zu einem verantwortungsvollen und fairen Boulevardjournalisten entwickelt. Nachdem sie anfangs vorwiegend beruflich miteinander zu tun gehabt hatten, entwickelte sich im Laufe der Zeit eine richtige Männerfreundschaft.

»Setz dich doch«, sagte Franz, und Ben zog sich den Bürostuhl eines benachbarten freien Schreibtisches heran.

»Ich brauch mal dein Insiderwissen, Franz. Über die Münchner CSU.«

»Geht's um die Krüll?« Franz hatte die Zusammenhänge offenbar schnell erkannt. Ben nickte stumm.

»Ich habe eigentlich schon lange darauf gewartet, dass du mich nach ihr fragst. Denn Gerüchte, dass sie was mit Scharfenstein hat, gibt es schon länger.«

»Und was ist dran an den Gerüchten?«

»Na ja, warum nicht? Fakt ist, dass sie sich auf dem Unterföhringer Medienfest im Juli begegnet sind. Da gibt es Fotos, auch bei uns im Archiv. Seitdem passierte es immer wieder mal, dass jemand glaubte, die beiden zusammen in München gesehen zu haben. Zwar immer in völlig unverfänglichen Situationen, aber man fragte sich schon, was der brandenburgische Ministerpräsident immer wieder in München mit einer Reisejournalistin zu tun hatte, die mit einem CSU-Mann verheiratet ist. Und so ist das Gerede entstanden.«

»Aber niemand hat was drüber geschrieben?«

»Weil es nichts zu schreiben gab. Solange, bis die *B.Z.* mit den Paparazzi-Fotos rauskam. Darauf ist Scharfenstein zwar zweifelsfrei zu erkennen. Aber die Bikini-Frau nicht. Auch wenn die Ähnlichkeit mit Inge Krüll schon sehr ins Auge sticht.«

»Du glaubst, dass es die Gattin des CSU-Mannes ist?«, hakte Ben nach.

»Wenn du mich privat fragst: Ich habe keinen Zweifel. Aber ins Blatt würde ich so was nicht bringen, ohne das dem Justiziar dreimal vorgelegt zu haben.« Franz nahm einen großen Schluck aus seinem Colaglas. »Und hilft dir das jetzt irgendwie weiter?«

Ben dachte nach. »Auf der Suche nach dem Mörder des Kardinals nicht wirklich«, gab er dann zu. »Aber es hilft mir auf jeden Fall, mein Bild über Julius Scharfenstein zu vervollständigen. Ich habe immer mehr das Gefühl, dass der Scharfenstein, den wir aus dem Fernsehen und von den Wahlplakaten kennen, nur eine Fassade ist.«

»Das ist bei den meisten Politikern so, glaub mir.«

»Noch was, Franz.«

»Ja?«

»Kennst du dich auch mit Kunst aus? Skulpturen und so?«

»Nicht die Bohne«, kam die Antwort sofort. »Da fragst du am besten die Schulze. Aber erst morgen wieder. Hast du ein neues Hobby?«

Ben lächelte. »Ach, nur so. Nicht so wichtig.«

»Was brauchst du denn? Ich kann gerne mal eine Archivabfrage für dich machen.«

»Das wäre gut«, antwortete Ben. »Es geht um einen polnischen Künstler namens …«, er holte einen Zettel aus der Innentasche seines Jacketts und las vor: »Ischariot Pasadelski. Er hat vor allem Heiligenfiguren gemacht. Vielleicht findest du da ja was.«

»Kein Problem. Kann ich den Zettel haben?«, fragte Franz. »Und hast du den Namen richtig geschrieben?«

Sie tauschten noch kurz den neuesten Klatsch über ihre gemeinsamen Bekannten aus. Dann ließ er den Blattmacher wieder über seinen Layoutbögen allein.

* * *

Im *Schuhbeck's* hatte der Kellner ihnen einen Tisch im Löwenkeller zugewiesen. Er befand sich in einem Separee im frühen Barockstil, der Zugang wurde von zwei steinernen Löwen bewacht, die beide je einen Schild mit dem weiß-blauen Wappen vor sich hielten. Kardinal Cutrona schien beeindruckt von dem Ambiente. Auch wenn er nicht seine schwarze Soutane, sondern einen normalen Priesteranzug trug, musste er auf die übrigen Besucher des Restaurants sehr exotisch wirken. Denn obwohl sich im Umkreis von wenigen hundert Metern um das Lokal herum, das nur einen Steinwurf vom weltberühmten Hofbräuhaus entfernt lag, mindestens ein halbes Dutzend Gotteshäuser befanden, so dürfte doch klerikale Kundschaft hier eher selten sein.

Die Speisekarte ließ auch für den gehobenen Geschmack nichts zu wünschen übrig. Cutrona bestellte eine Tomatencremesuppe, Wolfsbarsch in Salzkruste und dazu eine Flasche staubtrockenen italienischen Rotwein. Berrit wählte Rinderlendchen in Rotweinsoße. Ben entschied sich für Lammrücken aus dem Ofen.

Auf dem Tisch stand ein silberner Leuchter mit drei brennenden Kerzen, und über dem Tisch hing ein prunkvoller Kronleuchter. Die hohen Fenster erinnerten daran, dass man sich im Kellergeschoss befand, doch die Atmosphäre wirkte mehr wie im Kämmerchen eines bayerischen Märchenkönigs.

Die zunächst eher steife Gesprächssituation – wer wusste schon, wie man sich bei Tisch mit einem Kardinal verhielt? –

lockerte sich zusehends auf, als Cutrona seine Gäste, nachdem der Wein serviert und gekostet war, mit witzigen und selbstironischen Bemerkungen über die Kirche zum Schmunzeln brachte.

»Ich freue mich sehr, dass Sie sich den Abend Zeit genommen haben. Denn ich habe gehört, dass deutsche Beamte Wert auf einen pünktlichen Feierabend legen.« Er lächelte. Und Ben konnte sich kaum vorstellen, dass dieser charmante Geistliche ihm noch vor wenigen Tagen einen gehörigen Schrecken eingejagt hatte. Er sagte: »Ein pünktlicher Feierabend ist bei der Kripo eher die Ausnahme. Gibt es für Priester eigentlich auch tarifliche Arbeitszeiten?«

Cutrona lachte. »Wenn Sie so wollen, gilt für einen Priester natürlich auch eine Vierundzwanzigstundenrufbereitschaft. Im Vatikan allerdings haben wir in den Büros offiziell die Sechsunddreißigstundenwoche, verteilt auf sechs Arbeitstage. Dafür gibt es sagenhafte zwanzig Feiertage im Jahr und dreißig Urlaubstage.«

»Wie viele Menschen arbeiten eigentlich im Vatikan?«, wollte Berrit wissen.

»Ungefähr die Hälfte«, antwortete Cutrona.

Berrit glaubte zuerst, der Kardinal hätte die Frage nicht richtig verstanden. Als er die beiden dann aber angrinste, wurde ihr klar, dass er einen Scherz gemacht hatte.

»Scherzo. Ein alter Witz im Vatikan«, erläuterte er. »Man schreibt diese Pointe Johannes XXIII. zu. Allerdings finde ich, dass er mit diesem Scherz, der vielleicht auf die Arbeitsmoral der Italiener im Allgemeinen zurückgeht, ein wenig ungerecht war.« Er nahm einen Schluck aus dem Weinglas. »Das Vorurteil über die faulen Kirchenbeamten rührt vielleicht daher, dass man im Vatikan ein anderes Zeitverständnis hat als draußen in der Welt. Die Kirche denkt in Jahrhunderten. Jede Entscheidung, die gefällt wird, muss viele hundert Jahre überdauern. Da stört es niemanden, wenn eine theologische Frage mal ein paar Jahrzehnte lang erörtert wird, zum Beispiel ob Mädchen Messdiener werden dürfen oder nicht. Wissen Sie, in der Zeit, in der wir diese Frage beantwortet haben, ist eine ganze Generation junger Frauen erwachsen geworden.« Er nahm noch einen Schluck von dem Wein, der offenbar seine Zunge löste. »Es gibt da einen alten Witz, der geht so: Im Vatikan wird ein neugeborener Säugling gefunden. Der Papst ist schockiert, weil er glaubt, ein Priester könnte der Vater sein. Doch ein Monsignore beruhigt ihn mit den Worten: ›Das ist mit Sicherheit nicht von uns, denn hier wird nichts in neun Monaten fertiggestellt.‹« Sie lachten, doch Cutrona hatte noch nicht fertig erzählt: »Dann kommt ein zweiter Monsignore hinzu und meint: ›Ein Kind ist die Frucht der Liebe. Es kann also gar nicht von uns sein.‹«

»Ich hätte nie gedacht, dass ein Kardinal Witze erzählt«, stellte Ben fest, während die Hauptspeisen serviert wurden. »Darf ein Papst auch Witze erzählen?«

»Selbstverständlich. Und ich gehe noch weiter und sage: Er sollte es sogar. Er muss es ja nicht in der Öffentlichkeit tun.«

Ben schien Spaß daran zu finden, dem Kardinal Löcher in den Bauch zu fragen: »Will eigentlich jeder Kardinal auch Papst werden?«

»Gewiss nicht!« Cutrona wischte sich den Mund mit der Stoffserviette ab. »Ich glaube sogar, dass viele vor dem Konklave beten, dass der Kelch an ihnen vorübergeht. Ein Kardinal mit fünfundsiebzig Jahren freut sich vielleicht auch auf einen geruhsamen Lebensabend mit seinen Enkeln.« Berrit fiel vor Schreck das Essen von der Gabel, und einen Sekundenbruchteil herrschte Totenstille, bevor Cutrona ein erlösendes »Stavo scherzando, nur ein Spaß« fallen ließ. »Als Papst fängt der Stress nach der Wahl ja erst richtig an. Dann hat man keine private Minute mehr. Aber wenn Ihre Frage darauf zielt, ob man als Priester nach Rom geht, um Karriere in der Kirche zu machen, dann würde ich bei den meisten eindeutig mit Ja antworten. Es gibt viele ehrgeizige Karrieristen, die in der Kurie emporklimmen wollen. Das kann leider auch zu einem Problem werden. Denn wer aufsteigen will, will keine Fehler machen. Und die Angst vor Fehlern lässt viele im Vatikan eher konservativ als risikofreudig agieren. Da fällt mir noch ein geflügeltes Wort ein. Es ist die vatikanische Regel.«

Als Berrit und Ben ihn neugierig anschauten, sprach er feierlich: »Denke nicht! Wenn du denkst, sprich nicht! Wenn du denkst und sprichst, schreib nicht! Wenn du denkst und sprichst und schreibst, unterzeichne es nicht! Wenn du denkst und sprichst und schreibst und es auch unterzeichnest, wundere dich nicht!« Dann hob er sein Weinglas und prostete Ben und Berrit zu. »Jetzt habe ich aber genug Indiskretionen verbreitet.«

»Warum sind nicht alle in der katholischen Kirche so locker wie Sie, Herr Kardinal?«, sagte Ben, dem der Wein wohl auch sehr gut schmeckte. »Und warum verbreiten Sie dann immer noch so lebensfremde Regeln wie das Verbot von Kondomen, gerade im Zeitalter von Aids?«

Cutrona schien nicht überrascht von diesem Gesprächsthema. »Zunächst mal«, sagte er kauend, »ist der Papst nicht der Weltgesundheitsminister, Aids-Vorbeugung in der Dritten Welt ist nicht seine wichtigste Aufgabe. Die katholische Morallehre verbietet Kondome, weil künstliche Verhütungsmittel mit der Würde der Sexualität nicht zu vereinbaren sind. Der beste Schutz gegen Aids ist die eheliche Treue. Und wer sich zu vor- oder außerehelichem Geschlechtsverkehr entschließt, hat sich bereits gegen die katholische Moral entschlossen. Da ist die Diskussion, wie moralisch der Gebrauch von Präservativen ist, eigentlich lächerlich.«

»Aber man muss doch etwas dagegen tun, dass die Weltbevölkerung immer weiter wächst!«, wandte auch Berrit ein.

Wieder lächelte Cutrona überlegen. »In den Ländern der Dritten Welt, wo die Bevölkerung tatsächlich enorm wächst, spielt die katholische Lehre überhaupt keine Rolle, weil nur die wenigsten Menschen dort katholisch sind. Es gibt aber auch andere Länder, Gabun zum Beispiel, dort leben weniger Menschen als in München, und man bräuchte dringend Bevölkerungszuwachs.«

»Warum überhaupt«, fuhr Ben das Kreuzverhör des Kirchenmannes fort, »maßen sich die ehelos lebenden Priester und Bischöfe an, den Menschen Vorschriften fürs Intimleben zu machen? Sie haben doch keine Ahnung von dem, worüber sie sprechen.«

Kardinal Cutrona ließ sich nicht provozieren und antwortete seelenruhig: »Ein Arzt muss doch auch nicht die Krankheiten eines Patienten haben, um ihn zu behandeln. Außerdem kann auch jeder Verheiratete immer nur von seiner eigenen Ehe ausgehen, aber jede Ehe ist anders. Im Übrigen geht es um moralische Grundsätze und Werte, nicht um Lebenserfahrungen.« Dann setzte er seine Brille ab und machte ein provokantes Gesicht: »Und wenn Sie der Kirche vorwerfen, dass sie sich einmischt, dann sage ich: stimmt! Das ist ihre Aufgabe. Sie setzt sich für ihre Moralvorstellungen ein und fordert die Menschen auf, danach zu leben.«

»Sie bevormundet die Menschen«, sagte Ben.

»Dann ist es auch Bevormundung, wenn Tierschützer, die gegen Walfang protestieren, andere auch von ihrer Moralvorstellung überzeugen wollen.«

»Und warum werden Homosexuelle immer noch diskriminiert in der Kirche?« Ben dachte an Heuser und dessen Freund.

»Diskriminieren heißt ja, jemandem sein Recht vorenthalten. Aber niemand hat ein Recht auf das Ausleben seiner sexuellen Neigungen. Sexualität ist ein Geschenk Gottes. Die Verschiedenheit der Geschlechter ist wesentlich notwendig, damit Wert und Würde der Sexualität gewahrt bleiben. Ich denke, die Kirche hat das gute Recht, gewisse Normen zu definieren.« Der Kardinal trank einen Schluck. »Und wenn Sie mich als nächstes nach dem Zölibat fragen wollen …«

»Das ist mir alles zu abstrakt«, unterbrach ihn Berrit, die nicht zulassen wollte, dass Ben ihren Gastgeber weiter aus der Reserve lockte. »Ich möchte auch mal etwas fragen. Kommen wir doch mal zu den historischen Fakten. Es gab doch mal diese Päpstin Johanna …«

Auch dieses Thema parierte Cutrona aus dem Stegreif: »Eine phantastische Legende, deren Unhaltbarkeit wissenschaftlich längst erwiesen ist. Die Reihe der Päpste ist lückenlos. Im Jahr achthundertfünfundfünzig folgte Benedikt III. unmittelbar auf Leo IV. Für eine Päpstin Johanna gibt es also historisch gar keinen Raum. Ebenso wenig gibt es in zeitgenössischen Quellen Hinweise auf die Existenz einer Päpstin.«

»Wenn das nur erfunden sein soll«, fragte Berrit, »wie ist diese Legende dann entstanden?«

»Dafür gibt es verschiedene Erklärungen. Zum Beispiel eine alte missdeutete Inschrift und eine Statue mit Kind, die sich in einer engen Straße in Rom befanden. Die päpstliche Prozession zum Lateran mied diese Straße – aber nur, weil sie so eng war.«

Auch wenn Berrit nicht alle Argumente des Kardinals teilte, so war sie doch von dessen Schlagfertigkeit und der Präzision seiner Antworten beeindruckt. Der Kellner, der den für das Lokal schon berühmten geeisten Kaiserschmarrn brachte, verhinderte weitere moraltheologische Auseinandersetzungen.

Schließlich bezahlte Cutrona das Essen mit der vatikanischen Kreditkarte, was Ben zu der Bemerkung veranlasste, dies sei wenigstens mal eine sinnvolle Verwendung der Kirchensteuer.

Natürlich ließ Cutrona es sich nicht nehmen, darauf die passende Erwiderung zu geben: »Über die Kirchensteuer, wie es sie in Deutschland gibt, kann man natürlich geteilter Meinung sein. Wir in Italien wären froh darüber. Ich kenne mich zwar nicht genau aus …« Berrit hielt diese Bemerkung für extremes Understatement. »… aber soviel ich weiß, geht das deutsche Kirchensteuersystem auf den – ein schweres Wort für einen Italiener – Reichsdeputationshauptschluss aus dem Jahr 1803 zurück. Damals wurden die geistlichen Fürstentümer und Fürstbistümer aufgehoben, das Kirchenland wurde enteignet und der Besitz der Kirche eingezogen. Als Entschädigung dafür verpflichteten sich die weltlichen Landesherrn, einige der für die Seelsorge erforderlichen Mittel bereitzustellen. Später hat der preußische Staat sein eigenes Steuerrecht auf die Kirche übertragen. Heute übernimmt die Kirche von diesem Geld viele soziale Leistungen, für die sonst der Staat aufkommen müsste. Aber ich glaube, ich habe jetzt genug doziert.« Cutrona lächelte verlegen. Als hätte er erst jetzt bemerkt, dass er möglicherweise seine Gäste gelangweilt oder gar vor den Kopf gestoßen haben könnte.

»Keineswegs«, entgegnete Berrit. »Es war sehr interessant. Wann hat man schon mal die Chance, einen echten Kardinal auszufragen?«

»Also mir schwirrt der Kopf«, stöhnte Ben.

»Ich hoffe, das liegt am Wein und nicht an mir«, sagte Cutrona. »Ich muss mich jetzt leider verabschieden. Die Vorbereitungen für das Konklave gehen in die letzte Phase.«

Als Kardinal Cutrona sich herzlich verabschiedet hatte und wenige Augenblicke darauf mit wehendem schwarzen Mantel verschwunden war, fühlte Berrit sich wie nach einer Erscheinung. Das war also einer der mächtigsten Männer im Vatikan gewesen?

Ben riss sie aus ihren Gedanken, als er sagte: »Du, Berrit, ich wollte dich noch fragen, ob es okay ist, wenn ich morgen etwas später komme. Ich muss noch etwas Privates erledigen.«

Sie wollte sich gar nicht erst ausmalen, welche private Erledigung sich dahinter verbergen könnte. Sie schätzte es an Ben, dass er ehrlich war und nicht irgendwelche Arzttermine oder dergleichen vorschob. Sie würde schon klarkommen und sagte daher: »Passt schon.«

14. Kapitel

Auch am nächsten Morgen, als Berrit wieder an ihrem Schreibtisch saß, kam ihr der Abend immer noch unwirklich vor. Dieses Gefühl wurde bestärkt, als sie beim Durchblättern der Zeitung den großen Artikel über das Requiem fand, in dem der Reporter feststellte, dass mit Kardinal Salvatore Cutrona einer der wichtigsten Männer der Weltkirche nach München gekommen war. Sie überflog den Text und rührte dabei ihren Kaffee um.

Es war kurz vor acht, nach und nach kamen alle Beamte des Dezernats zum Dienst. Draußen war es noch dunkel. Während auf dem Flur des Kommissariats das grelle Neonlicht eine Krankenhausatmosphäre verbreitete, ließ Berrit in ihrem dunklen Büro nur den Halogenstrahler auf ihrem Schreibtisch leuchten.

»Guten Morgen, Chefin«, sagte Ingrid Hechler und winkte für die Uhrzeit ungewohnt fröhlich mit einigen Papierblättern. »Ich hab hier was für dich.«

»Das Protokoll von Frau Hertle? Danke, leg's dahin.« Berrit konnte sich nicht vorstellen, dass die alte Dame noch wichtige Aussagen zu Protokoll gegeben hatte, die über das hinausgingen, was sie vorher bereits gesagt hatte. »Ist Kleusi schon da?«

»Nein, er kommt später. Er hat ein Gespräch beim OB.« Ingrid Hechler verschwand in ihr Büro, und Berrit blätterte ihre Zeitung weiter durch. Auf der Politikseite war ein großer Bericht über den Wahlkampf des Kanzlerkandidaten. Julius Scharfenstein wurde von der menschlichen Seite beleuchtet, so versprach es zumindest die Überschrift. Berrit las den Text, gespannt, ob er ihrem Eindruck von dem Scharfenstein entsprach, den sie nun persönlich kennengelernt hatte. Auch diese Begegnung mit einem der wichtigsten Politiker des Landes kam ihr inzwischen unwirklich vor.

Scharfenstein wurde als Seiteneinsteiger dargestellt, der lange Schwierigkeiten hatte, sich auf dem Berliner Parkett zurechtzufinden, der in den ersten Jahren fremdgesteuert war von mächtigen Parteifunktionären im Hintergrund und vor allem wegen seiner charmanten Art und seiner sympathischen Erscheinung zum Hoffnungsträger der Partei geworden war. Der Autor vermisste bei Scharfenstein aber das politische Profil, das ihn eindeutig vom Gegner abgrenzte. Dies könne man positiv aber auch so formulieren, dass er ein Mann der Mitte sei, der Potenziale in allen Wählerschichten habe und sogar im christlich-liberalkatholischen Milieu Wähler gewinnen könne, die den konservativen Amtsinhaber als Hardliner empfänden. Zum Schluss gab der Artikel noch einen Ausblick auf die nächsten Wahlkampfstationen Scharfensteins: Köln, Gürzenich; Münster, Münsterlandhalle; Dresden, Kulturpalast und schließlich eine Veranstaltung für Jugendliche in der Berliner Kulturbrauerei.

Berrit blätterte um und las ihr Horoskop. *Sie haben heute die Chance, früher dran zu sein als Ihre Konkurrenz. Nutzen Sie die Gelegenheit, der frühe Vogel fängt den Wurm.* Sie schaute auf die Uhr, Ben würde sicher noch eine Weile auf sich warten lassen. Und wenn Kleuser nicht da war, gab es auch keine Morgenlage. Sie griff also zum Vernehmungsprotokoll, um es noch einmal zu überfliegen und zu den Akten zu legen. Sie nahm ihre Kaffeetasse und las dabei die ersten Zeilen, als ihr vor Verblüffung beinahe die Tasse aus der Hand fiel. Noch einmal las sie die persönlichen Daten der Zeugin Elisabeth Hertle. Als sie sicher war, dass sie sich nicht verlesen hatte, griff sie eilig zum Telefon.

* * *

»Alles Gute zum Geburtstag, Mama! Und noch viele glückliche Jahrzehnte!«

Er legte den in Zellophan verpackten Tulpenstrauß auf den Tisch und fiel ihr um den Hals. Hedwig Dillinger traten Tränen der Rührung in die Augen. Denn sie wusste, dass nach ihrem heutigen achtundsechzigsten Geburtstag nicht mehr viele Jahrzehnte folgen würden. Schließlich hatte sich ihr Gesundheitszustand im vergangenen halben Jahr zusehends verschlechtert. Ihre Parkinson-Krankheit hatte sie zum Pflegefall gemacht und dazu gezwungen, in ein betreutes Wohnheim am südlichen Stadtrand zu ziehen. Als sie voller Stolz von Ben erfahren hatte, dass er in die Sonderkommission zu einem spektakulären Mordfall berufen worden war, hatte sie sich keine Hoffnungen mehr gemacht, dass er an ihrem Geburtstag für sie Zeit haben könnte. Sie hatte sich bereits damit abgefunden, zum ersten Mal in ihrem Leben einen Geburtstag allein und einsam zu verbringen.

»Wie hast du es nur möglich machen können, mein Junge?«, fragte sie, erhob sich aus dem gepolsterten Siebziger-Jahre-Ohrensessel und drückte ihren Sohn fest an sich.

»Hast du eine Vase, Mama?«, fragte er und öffnete, ohne ihre Antwort abzuwarten, einen altmodischen Holzschrank, in dem er eine Blumenvase vermutete. Das Zimmer war mit ihren eigenen Möbeln eingerichtet, mit denen sie dreißig Jahre lang in der kleinen Wohnung im Westend gewohnt hatte. Die alten Möbel in dem modernen Neubau ließen das Zimmer wie eine Filmkulisse wirken. Immer wenn Ben diesen Raum betrat, glaubte er, den Geruch seiner Jugend in der Nase zu spüren.

»Hättest du doch etwas gesagt, dann hätte ich einen Kuchen gebacken, Benjamin.«

Seine Mutter war der einzige Mensch, von dem er sich widerstandslos mit seinem vollen Vornamen ansprechen ließ. Überhaupt war sie ein einzigartiger Mensch für ihn. Als sein Vater die Familie über Nacht verließ, um mit einer Jüngeren ein neues Leben anzufangen, war Ben gerade in die Schule gekommen. Jahrelang hatte er den Kummer seiner Mutter ertragen müssen, und auf seinen Vater, den er eigentlich gar nicht richtig kannte, hatte er einen immer größeren Hass entwickelt. Zugleich wuchs in ihm die Angst davor, selbst später mal so zu werden wie sein Vater und eine Frau und ein Kind im Stich zu lassen. Schon oft hatte er sich mit diesen Gedanken auch seine Bindungsangst erklärt.

Er stellte die Blumen in eine Kristallvase. »Lange habe ich auch gar nicht Zeit, Mama.« Er wusste natürlich, dass seine Mutter aufgrund ihrer Krankheit, die ihre Hände unaufhörlich zittern ließ, niemals in der Lage gewesen wäre, einen Kuchen zu backen. Er wusste auch, dass sie kaum noch eine Kaffeetasse festhalten konnte. Aber er hatte inzwischen verstanden, dass sie versuchte, ihr Leiden durch Verdrängung zu bewältigen. Weil er ihr dabei helfen wollte, war er, so oft es ihm möglich war, bei ihr. Und wenn es nur ein paar Minuten vor oder nach dem

Dienst waren. Berrit und den anderen Kollegen hatte er freilich von seinen Abstechern in das Fürstenrieder Seniorenheim nichts erzählt. Er war überzeugt, dass Berrit irgendwelche Frauengeschichten vermuten würde. Aber er wollte lieber für einen Macho oder Schürzenjäger gehalten werden als für ein Muttersöhnchen.

»Wie läuft's bei deiner Arbeit?«, fragte sie wie jedes Mal, wenn er sie besuchte.

Und wie jedes Mal antwortete er: »Gut.« Diesmal fügte er hinzu: »Wir dachten bereits, wir hätten den Fall schon gelöst. Aber jetzt stehen wir wieder fast am Anfang.«

Details wollte sie gar nicht wissen. Sie setzte sich wieder in ihren Sessel, und Ben zog einen Stuhl heran, auf dem er schon als kleiner Bub am Esstisch gesessen hatte. Das Polster war allerdings vor einiger Zeit erneuert worden. Sie plauderten noch eine Weile über belanglose Dinge wie das Wetter oder das Fernsehprogramm. Sie beklagte sich über den neuen Zivildienstleistenden, der Andy hieß, Ändy ausgesprochen wurde, aus Sachsen kam und einen unausstehlichen Dialekt sprach. Er habe aber versprochen, zu Weihnachten einen echten Dresdner Christstollen mitzubringen. Ben hörte ihr schweigend zu und betrachtete die Falten in ihrem Gesicht, die in der Vergangenheit unmerklich mehr geworden waren. Manchmal dachte er daran, dass sie eines Tages sterben würde und er dann der Letzte seiner Familie wäre. Sie hatten nie darüber gesprochen, aber er war sicher, dass sie sich einen Enkel gewünscht hätte. Und dann dachte er oft wieder an Karin und fragte sich, warum er nicht in der Lage war, wie alle anderen auch eine Familie zu gründen. Oft hatte er sich gefragt, ob sein Vater, zu dem seit damals kein Kontakt mehr bestand, irgendwo wieder ein Kind gezeugt hätte. Vielleicht gab es irgendwo einen Halbbruder oder eine Halbschwester. Ben hatte schon mal den Namen seines Vaters im Internet in eine Suchmaschine eingegeben und tatsächlich in Hoyerswerda einen Dieter-Wolf Dillinger gefunden, der dort eine Spielhalle betrieb. Er hatte bereits eine Mail geschrieben mit der Frage, ob er sein Vater sei. Aber abgeschickt hatte Ben sie nie. Vielleicht hatte Hedwig Dillinger in Hoyerswerda einen sächselnden Stiefsohn.

In der Innentasche seiner Anzugjacke piepste es aufdringlich. Das Handy-Display zeigte Berrits Büronummer an.

»Was gibt's?«

»Ben, es gibt Neuigkeiten.« Sie klang aufgeregt. Dies war ungewöhnlich, denn sie war normalerweise durch wenig aus der Ruhe zu bringen, sofern sie genug Zigaretten und ein Feuerzeug in Reichweite hatte.

»Sag schon!«

»Ich habe mir gerade das Protokoll von Elisabeth Hertle durchgelesen …«

»Ist es etwas Wichtiges, Benjamin?«, fragte seine Mutter dazwischen.

»Ja, Mama«, flüsterte er, während er mit dem Hand das Telefon verdeckte.

»Wie bitte?«, fragte Berrit.

»Du doch nicht. Also, was ist mit dem Protokoll?«

»Elisabeth Hertle heißt mit Geburtsnamen Elisabeth …«, sie machte eine dramaturgische Pause, »Falckenbergk. Mit ck und gk.«

Wenige Sekunden herrschte Stille in der Leitung. Ben dachte, es käme noch eine Erläuterung. Dann fragte er nur: »Ja und?«

»Der Geigenvirtuose Lorenz Falckenbergk schrieb sich auch mit ck und gk. Und ich habe im Fernsehen gehört, dass er der Großvater war von«, dramaturgische Pause, »Julius Scharfenstein.«

Ben dachte kurz nach. »Hast du gecheckt, ob das ein Zufall sein kann?«

»Bundesweit gibt es mit dieser Schreibweise eine Handvoll Eintragungen. Es wäre ein seltsamer Zufall.«

»Aber das würde ja bedeuten, dass es eine verwandtschaftliche Verbindung zwischen Elisabeth Hertle …«

»… und dem Kanzlerkandidaten gibt. Glaubst du, dass Scharfenstein etwas mit unserem Fall zu tun hat?«

»Keine Ahnung, aber wir sollten das auf jeden Fall in Betracht ziehen. Jedenfalls war er zur Tatzeit in München, soviel steht fest.«

»Wir sollten sofort nach Berlin fliegen und uns Scharfenstein vorknöpfen«, schlug Ben eifrig vor.

»Nach Berlin willst du?«, sagte seine Mutter, was er mit einem zischenden »Pssst« beantwortete.

»Wo steckst du eigentlich, Ben? Und wer spricht da im Hintergrund?«

»Niemand. Also was ist? Wie wollen wir vorgehen?«

»Bevor wir irgendwelche Dienstreisen unternehmen, sollten wir mal intensiver mit dieser Frau Hertle reden. Ich habe uns bereits bei ihr angemeldet. Alles Weitere besprechen wir hier im Büro, okay?«

»Ich komme«, versprach Ben und beendete das Gespräch. »Mama, ich muss wieder los. Tut mir Leid. Ich komm dich bald wieder besuchen.«

Er küsste sie auf die Wange. Bei jedem Abschied stellte er sich vor, dass es irgendwo einen Zähler gab, der rückwärts lief und seine Begegnungen mit seiner Mutter zählte. Irgendwann würden sie sich verabschieden, ohne zu wissen, dass der Zähler auf null stand.

* * *

Das Telefon auf dem Schreibtisch von Sandro Ohl gab das dezente Signal für einen internen Anruf der Telefonzentrale von sich. Er hob ab und nahm einen Anruf der Münchner Kriminalpolizei entgegen.

»Grüß Gott, hier KHK Blombach, Kripo München. Spreche ich mit Herrn Ohl?«

Er bejahte.

»Wir kennen uns ja schon. Sie sind zuständig für die Terminplanung von Herrn Scharfenstein?«

»Ja, was kann ich für Sie tun? Herr Scharfenstein hat doch bereits alle Ihre Fragen beantwortet.«

»Es geht nur um ein paar Kleinigkeiten, die wir noch klären …«

»Können Sie Ihre Fragen nicht per E-Mail schicken? Wir bemühen uns dann um eine schnellstmögliche …«

Sie wurde jetzt energischer: »Das ist ja wohl nicht Ihr Ernst, Herr Ohl. Es geht hier nicht um ein Interview mit der Lokalpresse, sondern um eine Mordermittlung. Wenn Sie darauf bestehen, können wir auch einen offiziellen Vorgang daraus machen.«

»Schon gut, schon gut, Frau Kommissarin.« Er war unsicher, wie er die Situation meistern sollte. Wenn er dem Kandidaten jetzt in der heißen Wahlkampfphase diese Polizeiermittlung nicht vom Hals halten konnte, dann könnte er seinen erträumten Job im Kanzleramt getrost vergessen. Er hustete einmal kurz in den Hörer und räusperte sich, um Zeit zu gewinnen. Er musste sie vertrösten, mit einer halbherzigen Zusage, die man später wieder zurücknehmen konnte. »Ich werde mit Herrn Scharfensteins Büroleiter in der Potsdamer Staatskanzlei sprechen, schließlich hat er auch als Ministerpräsident noch Verpflichtungen. Aber ich sage Ihnen gleich, es wird schwierig. Wir haben ab jetzt jeden Tag Wahlkampftermine. Köln, Münster …«

»Dresden, Berlin, ich weiß«, unterbrach ihn die Kommissarin. Sie war erstaunlich gut informiert, was Ohl beunruhigte. Aber die Beamten mussten einen Grund haben, sich so intensiv für ihn zu interessieren.

»Also gut, Herr Ohl. Ich erwarte in spätestens zwanzig Minuten Ihren Terminvorschlag. Meine Durchwahl ist die …«

Er notierte die Nummer, dann legte er auf. Natürlich rief er nicht den Büroleiter in der Potsdamer Staatskanzlei an. Er würde eine halbe Stunde verstreichen lassen und der Kommissarin dann irgendeinen Termin vorschlagen, den er später von einer nichts ahnenden Sekretärin wieder canceln lassen würde. Er musste seine Energien jetzt dafür einsetzen, Scharfenstein aus der Schusslinie zu halten.

* * *

Sie läuteten an einem Mehrfamilienhaus in einem Wohngebiet im Stadtteil Pasing im Münchner Westen. In der zweiten Etage wurden sie von Elisabeth Hertle empfangen. Wenig später saßen sie in einem miefigen und völlig überheizten Wohnzimmer am gedeckten Kaffeetisch. Frau Hertle hatte für ihren Besuch Kuchen gebacken. Schließlich habe man nicht täglich Gäste, sagte sie fast entschuldigend.

In der Ecke stand ein Fernsehgerät, das dem Design zufolge noch aus der Zeit stammte, als Kulenkampff, Thoelke und Rosenthal das Abendprogramm beherrschten. An der Decke hing ein Vogelkäfig, in dem sich ein grüner Wellensittich mit einem Metallspiegel duellierte. An der Wand tickte unüberhörbar eine Pendeluhr. Die Heizung machte aufdringliche Geräusche, die darauf hindeuteten, dass sie lange nicht mehr entlüftet worden war. Obwohl es nicht laut war in der kleinen Wohnung, spürte Berrit eine fast schmerzhafte Reizüberflutung.

»Nehmen Sie Platz, der Kaffee ist gerade durchgelaufen«, sagte die alte Dame und deutete auf zwei schwere Polstersessel. Sie selbst setzte sich, nachdem sie den Kaffee eingegossen hatte, auf eine Couch, in deren Ecken handbestickte Kissen mit Knick in der Mitte aufgestellt waren. Der Kaffee war stark, aber gut. Ben trank ihn schwarz.

»Frau Hertle«, begann Berrit, »wir haben beim Durchsehen des Protokolls bemerkt, dass Sie einen sehr außergewöhnlichen Mädchennamen tragen.«

»Ja?«

»Zumindest in dieser Schreibweise ist er in Deutschland fast nirgends zu finden.«

»Wir haben uns alle auch selbst schon zu Schulzeiten immer Falckenberg geschrieben. Das ck haben wir belassen, aber nicht das gk am Ende. Selbst auf meinen Schulzeugnissen stand die Schreibweise Falckenberg.«

»Obwohl Ihr Vater mit seinem Namen ein berühmter Mann war?«

Sie nickte. »Ich ahne, dass Sie nicht wegen des Musikers Lorenz Falckenbergk hier sind, sondern wegen eines anderen berühmten Mannes.«

»In der Tat«, sagte Ben, der ein Stück des Streuselkuchens probierte. »Ihr Vater war also Lorenz Falckenbergk?« Als sie nicht widersprach, fügte er hinzu: »Dann sind Sie die Tante von Julius Scharfenstein?« Es war mehr eine Feststellung als eine Frage.

Berrit bohrte vorsichtig weiter. »Und Ihre verstorbene Schwester war nicht nur die Mutter von Julius Scharfenstein, sondern auch die heimliche Geliebte des Theologiestudenten Hannes Dresler? Des späteren Kardinals?«

Frau Hertle sagte leise: »So ist es.« Es klang wie das Amen in der Kirche.

»Das heißt also«, nahm Ben den Faden auf, »dass der Kanzlerkandidat der uneheliche Sohn von Kardinal Johannes Dresler ist?«

Wieder nickte die alte Dame.

Bingo, dachte Berrit. Das war genau das fehlende Glied in der Kette. Die Verbindung zwischen Scharfenstein und Dresler.

»Sie hatten Briefe aus dem Nachlass Ihrer Schwester erwähnt …«

»Ich habe sie weggegeben. Julius Scharfenstein wollte sie haben. Nach der Beerdigung seiner Mutter bat er mich, ihm die Briefe zu geben.«

»Die Briefe sind weg?«, fasste Ben nach.

»Ja«, Frau Hertle nickte, »aber nicht die Kopien.«

»Sie haben Kopien gemacht?« Berrit stellte die Tasse wieder ab, die sie gerade zum Mund führen wollte.

»Es waren so viele Briefe, dass ich nur einige wenige lesen konnte. Und als Julius alle haben wollte, was ja sein gutes Recht als Sohn ist, habe ich Fotokopien anfertigen lassen, in so einem … wie sagt man?«

»Copy-Shop?«, half Ben.

»Ja, richtig. So ein Kopier-Shop. Ich habe die Briefe immer noch nicht gelesen. Und ich nehme an, Sie wollen sie jetzt auch mitnehmen.«

»Es wäre sehr liebenswürdig«, sagte Berrit, »wenn Sie uns die Briefe überlassen könnten. Sie bekommen sie auch alle zurück. Versprochen. Warum war Ihre Schwester eigentlich in Haar in der Klinik? Lebte sie denn nicht in Berlin?«

»Zuerst war sie auch in einem Heim in Pankow, wo Julius sie regelmäßig besuchen konnte. Doch als er immer weiter die politische Karriereleiter hinaufkletterte, hatte er immer weniger Zeit. Und wenn er als Ministerpräsident mit Personenschutzleuten in dem Heim auftauchte, war das wie ein halber Staatsakt für das Personal. Wir verständigten uns dann darauf, dass sie hierher nach München kommt. Hier konnte ich mich regelmäßig um sie kümmern. Sie müssen wissen, dass ich nach dem Krieg nach München geheiratet habe. Und seit dem Tod meines

Mannes vor vierzehn Jahren lebe ich hier allein. Ich war froh, dass meine Schwester in die Nähe kam. Julius zögerte zuerst mit seiner Zustimmung, doch dann war er einverstanden. Denn er sah ein, dass es für alle das Beste war.«

Jetzt stellte Ben eine Frage: »Frau Hertle, warum wollte Scharfenstein die Briefe haben? Wusste er, dass die Briefe existierten?«

Sie überlegte kurz. »Seine Mutter muss ihm auf dem Sterbebett gebeichtet haben, dass er ein unehelicher Sohn war. Sie berichtete auch von den Briefen dieses Hannes.«

»Wusste Scharfenstein, dass es sich bei diesem Hannes um den späteren Kardinal Dresler handelte?« Ben betonte mit Nachdruck: »Das ist jetzt sehr wichtig, Frau Hertle.«

Wieder dachte sie nach, bevor sie antwortete. »Da Marlene bis zuletzt nicht gewusst hat, was aus Hannes Dresler geworden war, wird sie Julius das auch nicht erzählt haben können.«

»Aber als er die Briefe gelesen hat …«

»Die Briefe waren immer nur mit *In Liebe, Dein Hannes* unterschrieben. Ich weiß nicht, ob er aus dem Inhalt auf die Person Dresler kommen konnte.«

»Können Sie uns die Kopien jetzt geben?«, fragte Berrit. »Das würde uns wirklich sehr weiterhelfen.«

Elisabeth Hertle stand auf und ging zu einem Sekretär aus Mahagoniholz. Sie öffnete ihn und holte einen Pappkarton hervor, den sie dann wortlos zwischen Streuselkuchen und Kaffeesahne auf den Tisch stellte.

* * *

Ben Dillinger schaute in den Ofen. Der Käse auf der Tiefkühlpizza verlief bereits, was der Zubereitungsanleitung auf der Pappschachtel zufolge ein sicheres Zeichen dafür sein musste, dass er jetzt sofort etwas gegen das ständig zunehmende Knurren in seinem Magen tun konnte. Eine TKP, so nannte er das Produkt gerne in Beamtenmanier, war das einfachste aller Fertiggerichte. Nicht nur die Zubereitung erforderte minimalen Aufwand. Wenn er die Pizza in vier Teile geschnitten aus dem Pappkarton heraus mit der Hand aß, blieb anschließend bis auf das Messer nicht einmal etwas zu spülen übrig. Und zum Glück gab es TKPs in genügend verschiedenen Sorten von unterschiedlichsten Herstellern, dass sein Speiseplan selbst dann nicht langweilig würde, wenn er sich ausschließlich davon ernährte.

Doch heute hatte er sich seinen Esstisch mit Besteck und Teller hergerichtet und sogar eine Flasche Rotwein geöffnet. Der Abend könnte länger werden. Denn neben dem Teller lag ein Stapel Fotokopien. Er hatte die Briefe mit Berrit geteilt. Er hatte alle mitgenommen, die vor Scharfensteins Geburt datiert waren, Berrit die späteren. Sie hatten sich vorgenommen, bis zum nächsten Morgen alle zu lesen und sich dann gegenseitig zu informieren.

Er goss sich den Wein in ein Glas und nahm ein Pizzateil in die eine Hand, mit der anderen blätterte er die Briefe um.

Liebe Marlene!
Ich habe noch lange über die Frage nachgedacht, die Du mir gestern Abend gestellt hast. Vor allem habe ich mich gefragt, ob Du Dich nur für die Beweggründe, warum ich den Weg zum Priestertum eingeschlagen habe, interessiertest, oder ob die Frage einen tieferen Sinn hatte, ob vielleicht ein Bedauern in der Frage mitgeklungen hat. Natürlich habe auch ich mich gefragt, ob ich den Weg eingeschlagen hätte, wenn ich Dein süßes Lächeln schon Jahre früher hätte genießen dürfen. Denn es ist nicht übertrieben, wenn ich sage, dass mir eine Frau wie Du noch nie begegnet ist. Ich danke Gott dafür, dass ich Dich kennen darf. Und zugleich hadere ich mit ihm, dass er mich in diese Gewissensnöte führt. Denn sicher ist meine Bekanntschaft mit Dir eine Prüfung für mich, ob ich der Berufung, der ich zu folgen glaube, wirklich gewachsen bin.
Aber ich will Dir Deine Frage ganz nüchtern beantworten. Ich bin der Überzeugung, dass die Menschen im staatlich verordneten Atheismus seelisch verarmen. Ich spüre, wie die Menschen danach dürsten, ihrem Leben einen Sinn zu geben. Manche finden diesen Sinn im Leben für die Partei und den Arbeiter- und Bauernstaat. Doch für uns Christen ist das irdische Dasein nur der Weg zum ewigen Heil. Mit diesem Glauben, dieser Hoffnung auf das ewige Leben, sind all jene Entbehrungen, die wir hier zu erdulden haben,

leichter zu schultern. Diese Hoffnung, diesen Glauben, der meinem Leben neuen Sinn gegeben hat, will ich auch anderen Menschen vermitteln. Darum will ich Priester werden. Während ich dies schreibe, bin ich mir sicher, dass ich es will. Aber ich weiß auch genau, wenn Du wieder in meinen Armen liegen wirst, wenn ich den Duft Deiner Haare riechen, das Leuchten in Deinen schönen Augen sehen darf, dann weiß ich nicht mehr, wofür ich bestimmt bin. Ich bin Dir dankbar, liebe Marlene, dass Du mich auch weiter sehen magst, nachdem ich Dir gebeichtet habe, ein Priesteramtskandidat zu sein.
Deine Andeutung, dass auch Du mir etwas zu beichten hast, habe ich wohl vernommen. Und ich bin neugierig und gespannt, was es sein wird. Ich zähle die Tage, bis ich Dich wieder sehen und in die Arme schließen darf. Lass uns jede Stunde, jede Minute miteinander genießen. Gott wird uns den Weg zeigen, den er für uns vorherbestimmt hat.

Dein Hannes

Ben legte den ersten Brief zur Seite und biss ein Stück seiner Pizza ab. Er versuchte, sich den Gewissenskonflikt, in den der junge Theologiestudent mit voller Fahrt hineinsteuerte, auszumalen. Vermutlich existierten solche Verlockungen, seitdem es den Zölibat gab. Doch was war das für eine Andeutung, die Marlene gemacht hatte? Sie konnte zu diesem Zeitpunkt noch nicht schwanger sein. Offenbar hatten sie sich noch nicht einmal geküsst. Neugierig nahm sich Ben den zweiten Bogen vor.

Liebe Marlene!
Ich habe Dir zu danken für Deine Aufrichtigkeit. Jetzt liegen unsere Karten auf dem Tisch, wir müssen uns nichts mehr vormachen. Es steht eins zu eins. Über die Tatsache, dass Du verheiratet bist, bin ich weniger erschrocken als über meine eigene Reaktion auf Dein Geständnis. Ich könnte erleichtert sein und sagen: Dank sei Gott, dass die Verlockung keine reale Versuchung mehr ist. Denn eine verheiratete Frau ist ein Tabu. Du sollst nicht begehren Deines Nächsten Weib! Deutlicher kann das Gebot nicht sein. Ein besserer Anlass, die Verbindung zu

Dir abzubrechen, ohne mein Gesicht zu verlieren, wäre kaum denkbar. Dein Geständnis müsste ich als Gottesgeschenk betrachten. Aber was denke ich? Ich spüre, wie enttäuscht ich bin. Mir wird klar, dass ich ernsthafte Gefühle für Dich empfinde, Marlene! Es sind nicht nur Gefühle, es sind unkeusche Gedanken, die ich aus meinem Kopf nicht verjagen kann. Wie soll es nur weitergehen mit uns? Für mich wäre das einfachste, Du würdest den Kontakt abbrechen. Dann würde ich leiden, aber ich könnte es nicht ändern. Doch ich spüre, dass es Dir ähnlich ergeht. Auch wenn ich mich versündige, aber ich freue mich auf unser Wiedersehen.

Dein Hannes

Ob Kardinal Dresler wusste, dass diese Briefe als Dokumente seiner Jugendsünden im wahrsten Sinne des Wortes noch existierten? Ben bemerkte, dass sein Weinglas leer war, und füllte es nach. Er versuchte sich vorzustellen, was jeweils zwischen den Briefen geschehen war, wie die Treffen abgelaufen sein mochten und was in Marlenes Briefen stand. Inzwischen hatte sich Ben an die saubere und akkurate, aber leicht verschnörkelte und daher nur schwer lesbare Handschrift des jungen Hannes Dresler gewöhnt. Den nächsten Brief, es waren nur wenige Zeilen, konnte er schon schneller lesen.

Liebste Marlene!
Seit unserem ersten Kuss ist alles anders. Noch jetzt wird mir schwindelig, wenn ich an die Sekunde denke, in der unsere Lippen sich begegneten, unsere Hände sich berührten. Ich glaubte, den Himmel zu sehen. So schwer es mir auch fällt, dies zu sagen: Vielleicht ist es besser, wenn wir uns eine Weile nicht sehen. Ich muss erst mit mir selbst ins Reine kommen und mir klar werden über meinen Weg. Ich bete, dass Gott uns ein Zeichen gibt. Bitte antworte mir nicht auf diesen Brief. Ich melde mich wieder bei Dir!

Dein Hannes

Ben fühlte sich wie in einer Fortsetzungs-Lovestory, einem Briefroman. Wie würde sich der verliebte Mann entscheiden? Für Gott oder für die Liebe? Aus dem Datum des nächsten

Briefes ging hervor, dass sich Marlene nicht an Hannes' Bitte, nicht zu antworten, gehalten hatte. Denn nur vier Tage später schrieb er diesen Brief:

Liebste Marlene!
Es zerreißt mir das Herz. Und ich gestehe: Ich habe jeden Tag auf Deinen Brief gewartet. Die Sehnsucht nach Dir wächst mit jedem Tag. Warum stellt Gott mir diese Prüfung? Warum stellt er uns diese unlösbare Aufgabe?
Ich weiß nicht, wie es ist, mit einer Frau zu schlafen. Aber seitdem ich Dich kenne, weiß ich, wie es ist, eine Frau zu begehren. Und ich fürchte, dass meine Seele nicht Ruhe geben wird, bis wir es getan haben. Oh Marlene, jedes Wort, das ich schreibe, ist Sünde. Jeder Gedanke, den ich denke, ist des Teufels. Ich möchte rufen: Satan, weiche von mir! Doch ich sage: Marlene, komm zu mir. Mein Herz brennt. Es ist ein Feuer, das ich bisher nicht gekannt habe. Und niemand kann mir helfen, die Glut zu löschen. Besser wäre es, wir würden uns nicht mehr sehen. Denn sähen wir uns und hätten die Gelegenheit, ich bin sicher, es würde geschehen. Aber es darf nicht geschehen. Ich kann nur rufen: Herr, erbarme dich unser!
Hannes

Ben spürte die Verzweiflung aus den Worten, die vor Jahrzehnten aufgeschrieben worden waren. Vielleicht war Dresler damals wirklich so weit, dass er den angestrebten Priesterberuf aufgegeben hätte, um mit dieser Frau zusammen zu sein. Doch ihre Ehe hinderte ihn. Und eine Scheidung, um mit einem gescheiterten Priesteramtskandidaten zusammen zu leben, war wohl damals völlig undenkbar. Als Ben den nächsten Brief zur Hand nahm – die Pizza hatte er inzwischen aufgegessen –, fiel ihm der lange Zeitraum auf, der zwischen beiden Briefen lag. Über ein halbes Jahr lang gab es keine Korrespondenz. Es sei denn, jemand hatte die Briefe verschwinden lassen. Er las:

Geliebte Marlene!
Was du schreibst, vermag ich kaum zu glauben. Bist Du Dir sicher? Kann es nicht auch anders sein? So sehr mir Deine Worte auch schmeicheln, Deinen Gatten für ein neues Leben mit mir verlassen

zu wollen, so eindeutig muss ich auch sagen: Nein. Es schmerzt mir im Herzen, aber ich kann nicht anders. Ich liebe Dich, das ist wahr. Aber heute weiß ich auch, dass ich meine Bestimmung darin gefunden habe, mein Leben Gott zu weihen. Ich weiß, wie sehr Dich mein Entschluss schmerzen wird und ich kann Dich nur um Verzeihung bitten, so wie ich Gott um Verzeihung bitte.
Soll das unsere gerechte Strafe Gottes sein, weil wir es beide gewollt – und getan – haben? Haben wir die Prüfung nicht bestanden und müssen jetzt die Folgen tragen? Nein, ich glaube nicht an einen strafenden Gott. Und erst recht kann ein ungeborenes Kind keine Strafe sein!

Dein Hannes

15. Kapitel

Berrit saß schon an ihrem Schreibtisch, als Ben am nächsten Morgen das gemeinsame Büro betrat.

»Guten Morgen«, begrüßte sie ihn. »Gut geschlafen?«

Er hängte seinen Mantel an den Haken an der Tür, schaltete seine Schreibtischlampe an und legte die Briefe vor sich hin. Dann setzte er sich mit den Worten: »Ein Liebesroman könnte nicht herzzerreißender sein.« Er fasste den Inhalt der Briefe von Hannes Dresler an Marlene zusammen, Berrit hörte aufmerksam zu.

»Ich kann hier nahtlos anschließen«, sagte sie, als er geendet hatte. »Die Zeitabstände zwischen den Briefen wurden immer größer.« Sie las einige Daten vor, die sie sich notiert hatte. »Und auch der Ton wird zunehmend kühler, wobei nicht verborgen bleibt, dass die beiden immer noch eine große gegenseitige Zuneigung empfanden. Übrigens geht aus einem der Briefe hervor, dass Hannes seine Post an eine Freundin Marlenes adressierte, die sie ungeöffnet weiterleitete. Vermutlich eine Vorsichtsmaßnahme, damit ihr Ehemann nichts mitbekam. Marlene wiederum schickte ihre Briefe zuletzt ins Priesterseminar mit einem falschen männlichen Namen als Absender.«

»Sehr geschickt, die beiden«, stellte Ben fest. »Wie ging es mit der Schwangerschaft und dem Kind weiter?«

»Sie hat das Kind bekommen. Den Namen kennen wir bereits. Eine Abtreibung kam nicht infrage, besonders nicht für Hannes. Es scheint ihr gelungen zu sein, ihrem Mann weiszumachen, es wäre sein Kind. Jetzt werden die Zeiträume zwischen den Briefen noch größer, sie schreiben sich zum Teil nur noch ein- oder zweimal im Jahr, sehen sich aber nicht mehr. Es wird ziemlich deutlich, dass Marlene mit ihrem Mann nicht glücklich ist. Mehr oder weniger deutlich scheint sie zu schreiben, dass sie sich immer noch wünscht, ihr Leben mit Hannes zu teilen. Das geht jedenfalls aus den Antworten hervor, in denen Hannes die Unauflöslichkeit der Ehe betont. In einem späteren Brief schreibt er ausführlich, dass auch Selbstmord eine Todsünde ist.

Das klingt so, als hätte sie ihn mit einer Suiziddrohung unter Druck setzen wollen. Er antwortet immer sehr einfühlsam, aber trotzdem lässt er keinen Zweifel an seinem Standpunkt. Und sie bleiben auch beide dabei, dass der kleine Julius nicht erfahren soll, wer sein leiblicher Vater ist.«

»Wie lange geht der Briefwechsel?«, fragte Ben.

»Mit großen Unterbrechungen fast zwanzig Jahre. Ein entscheidender Wendepunkt ist der Tod von Marlenes Mann. Er stirbt durch einen tragischen Unfall, fällt die Kellertreppe herunter und ist sofort tot. Es muss für Marlene eine Erlösung sein. Und sie sieht die Chance, jetzt doch noch mit Dresler, der inzwischen Pfarrer in der Gemeinde zur Heiligen Familie in Berlin, Prenzlauer Berg ist, zusammenzukommen. Doch Dresler blockt auch jetzt ab und verweist darauf, dass er die Möglichkeit hat, nach Rom zu gehen und an einer päpstlichen Hochschule Kirchenrecht zu studieren. Es gibt noch einen letzten Brief aus dem Jahr 1971, den er aus Rom geschrieben hat. Herzliche Segenswünsche zum Hochfest der Auferstehung Christi.«

»Amen«, sagte Ben. »Und wie gehen wir jetzt weiter vor?«

»Wir haben eine Verabredung«, antwortete Berrit. »In Haar.«

* * *

Dr. Kurt Timmermann war Pflegedirektor im Bezirksklinikum Haar und hatte sein Büro, das zugleich als Sprechzimmer diente, in einem Seitengebäude des riesigen Jugendstil-Ensembles. Timmermann war Ende dreißig, hatte eine gesunde Gesichtsfarbe und einen Vollbart. Er trug einen weißen Kittel und bat seine Besucher, Platz zu nehmen. Das Zimmer roch nach einer medizinischen Sterilität, wie in einer Arztpraxis.

»Haben Sie etwas dagegen, wenn ich rauche?«, fragte er. Als Berrit den Kopf schüttelte, bot er ihr seine silberne Zigarettenschachtel an. Berrit griff gerne zu und ließ sich im nächsten Moment von Timmermann Feuer geben.

»Es geht Ihnen um die Patientin Marlene Scharfenstein, geborene Falckenbergk? Ich habe die Unterlagen bereits heraussuchen lassen.« Er nahm eine Mappe in die Hand und setzte sich hinter seinen schweren Holzschreibtisch. »Ich nehme an, Sie haben richterliche Beschlüsse oder dergleichen? Ich kenne mich da nicht aus.« Er blies den Rauch aus und hustete. »Seitdem ich hier tätig bin, und das sind immerhin schon fast zehn Jahre, habe ich noch keinen Besuch von der Kripo bekommen.«

»Ich war auch noch nie in einer …«, Ben schluckte das Wort Irrenanstalt hinunter, »… in einem Bezirksklinikum.«

»Ich weiß, was Sie sagen wollten. Es ging mir selbst auch so. Als ich damals meine Stelle im Klinikum rechts der Isar aufgab, musste ich mich auch immer dafür rechtfertigen, warum ich in die Klapsmühle gehe. Wir sind hier eine Fachklinik mit Patienten, denen in den meisten Fällen geholfen werden kann. Jeder Mensch hat schon mal Stimmungsschwankungen, depressive Resignation, Zwangsvorstellungen, wenn man nicht mehr weiß, ob man den Wasserhahn wirklich zugedreht hat. Bei den meisten Menschen gehen diese Störungen von selbst wieder vorüber. Aber was ist, wenn diese Symptome zu einer psychischen Erkrankung führen? Wir wollen diesen Menschen helfen und sie soweit möglich in ein normales und lebenswertes Leben zurückführen.«

»An welcher Krankheit hat Frau Scharfenstein gelitten?«, fragte Berrit.

Timmermann blätterte durch die Akte.

»Sie war in ihren Beziehungsmustern gestört. Sie hatte ihre sozialen Kontakte verloren, war in ihrer Kommunikation eingeschränkt. Als klinische Diagnose wurden schwerste Depressionen festgestellt, in Verbindung mit einer im Laufe der Zeit zunehmenden Altersdemenz.«

»Bekam sie viel Besuch?« Berrit klopfte die Asche ihrer Zigarette in einen Porzellanaschenbecher auf Timmermanns Schreibtisch.

»Ihre Schwester war regelmäßig bei ihr. Sie dürfte ihre Hauptbezugsperson gewesen sein. Warten Sie, ich habe hier eine Liste der Besucher.« Er holte einen Zettel aus der Mappe und überflog die Daten. »Ach ja, jetzt erinnere ich mich wieder. Kurz vor ihrem Tod bekam sie Besuch von ihrem Sohn. Wir haben erst da erfahren, dass sie die Mutter des brandenburgischen Ministerpräsidenten ist. Denn bei der Anmeldung hatte sie nur ihren Mädchennamen angegeben. Er kam ganz privat, ohne Chauffeur und

Leibwächter, in Freizeitklamotten. Ich hätte ihn kaum erkannt.«

»War das der einzige Besuch von Julius Scharfenstein in Haar?«, fragte Ben.

»Wenn ich dieser Liste glauben kann, und daran habe ich keinen Zweifel, dann war dies der einzige Besuch, ja.«

»Kann man sagen, welche Themen Frau Scharfenstein in der letzten Phase ihres Lebens am meisten beschäftigt haben?«, fragte Berrit.

»Nun, das bestimmende Thema war eindeutig der Tod ihres Mannes, auch wenn der schon viele Jahre zurück lag. In den Therapiesitzungen, solange diese möglich waren, kam sie immer wieder auf diesen denkwürdigen Tag zu sprechen, an dem ihr Ehemann in volltrunkenem Zustand die Kellertreppe hinunterstürzte. Sie war an diesem Abend mit einer Freundin in einer Theateraufführung und hatte ihren Sohn und ihren Mann allein zu Hause gelassen. Sie sagte sich immer wieder, dass das Unglück gewiss nicht geschehen wäre, wenn sie zu Hause geblieben wäre.«

Ben pustete Berrits Rauch weg. »Glauben Sie, dass dieser tödliche Sturz ihres Mannes Auslöser ihrer Krankheit, der Depression, gewesen ist?«

»Sicherlich nicht als singuläres Ereignis. Ich vermute, wenn ich das Krankheitsbild richtig interpretiere, dass die Patientin eine starke depressive Neigung hatte. Für die Krankheitsschübe musste es irgendwelche Auslöser geben, es hätte auch jedes beliebige andere Ereignis sein können. Objektiv betrachtet, traf sie ja am Tod ihres Mannes tatsächlich keine Schuld.«

»Hm«, machte Berrit. »Hat sie diese Schuld vielleicht auf sich geladen, stellvertretend für etwas anderes, für das sie sich schuldig fühlte? Entschuldigen Sie, wenn ich das so laienhaft …«

»Ich verstehe, was Sie meinen, Frau Kommissarin. Aber wir hatten von Anfang an die Vermutung, dass die Patientin von ihrem Mann schwer misshandelt wurde und dass der Vater auch dem Sohn körperliche Gewalt angetan hat. Es wäre in der Tat vorstellbar, dass sie einen Schuldkomplex entwickelt hat gegenüber ihrem Sohn.«

»Sie meinen«, versuchte Ben die Ausführungen nachzuvollziehen, »dass sie sich schuldig fühlte, weil sie ihrem Sohn nicht helfen konnte und ihn der Gewalt des Vaters aussetzte?«

»So könnte man sagen, ja. Aber ich betone noch einmal: Das ist reine Spekulation. Es kann so gewesen sein, muss es aber nicht.«

»Können Sie etwas über Frau Scharfensteins Verhältnis zur Kirche sagen?«

»Zur Kirche?«

»Ja, hat sie vielleicht mal nach einem Seelsorger gefragt oder dergleichen?«, hakte Berrit nach.

»Lassen Sie mich nachschauen.«

Ben staunte, was in einer Patientenakte offenbar alles festgehalten wurde.

»Weil sie katholischer Konfession war, hat sie die heilige Krankensalbung empfangen. Allerdings geht aus den Unterlagen nicht hervor, ob sie selbst darum gebeten hat oder ob das die Stationsleitung angeordnet hat, als es mit ihr zu Ende ging.« Dann schaute Timmermann auf eine silberne Taschenuhr, die er mit einer Kette an seinem Kittel befestigt hatte. »Haben Sie noch weitere Fragen? Ich habe nämlich noch eine Besprechung mit dem Klinikdirektorium.«

»Wenn uns noch eine Frage einfällt, melden wir uns bei Ihnen.«

Als Dr. Timmermann aufstand, bemerkte Ben eine kleine, eingerahmte Tafel, die hinter ihm an der Wand hing. Aufgedruckt waren die Worte: *Wir sind verantwortlich für das, was wir tun, aber auch für das, was wir nicht tun.*

»Sartre? Kant? Beckenbauer?«, riet Ben ins Blaue hinein.

»Voltaire«, antwortete Timmermann, als er bemerkte, was Ben meinte. »Ich habe mir diesen Sinnspruch zur Lebensweisheit gemacht. Und ich wünsche mir, dass jeder Einzelne, der in der Pflege beschäftigt ist, sich diese Maxime zu eigen macht. Und für die Politiker, die über das Gesundheitswesen zu entscheiden haben, sollte dies auch gelten. Aber lassen wir dieses Thema lieber.«

Berrit und Ben verabschiedeten sich und folgten den grünen Schildern mit dem Wort *Exit*, bis sie den Hauptausgang des Krankenhauses erreicht hatten.

* * *

Mit dem Paternoster fuhren sie in den dritten Stock des Präsidiums.

»Für mich ist der Fall klar«, stellte Ben fest.

»Es deutet tatsächlich einiges darauf hin, dass Scharfenstein in die Sache verstrickt ist«, stimmte Berrit zu, »aber beweisen müssen wir es trotzdem. Bei einem Kanzlerkandidaten reicht wohl kein dringender Tatverdacht für eine Festnahme.«

»Lass uns gleich hoch in den Vierten fahren und Kleuser unsere Erkenntnisse darlegen«, schlug Ben vor.

»Und dann? Glaubst du, er bittet den Staatsanwalt, einen Haftbefehl zu beantragen? Wir können ja nicht einmal offiziell gegen Scharfenstein ermitteln, solange das Parlament seine Immunität nicht aufhebt. Aber wenn du meinst …«

In diesem Moment ließen sie die dritte Etage unter sich, um dann im vierten Stock auszusteigen und sich geradewegs der Bürotür des Dezernatsleiters zu nähern. Sie wollten soeben anklopfen, als sich die Tür öffnete und Kleuser heraustrat. Er bremste abrupt ab, um nicht mit Berrit zusammenzustoßen.

»Ach, das trifft sich gut«, rief er aus, »zu Ihnen wollte ich, Frau Hauptkommissarin.«

»Kommissar Zufall, wie so oft«, sagte Berrit und lachte.

Doch Kleuser blieb ernst. »Kommen Sie bitte herein.« Er vermied offensichtlich jeden Augenkontakt und blickte an ihnen vorbei. Als Berrit das Chefzimmer betrat und auch Ben ihr folgen wollte, packte Hans Kleuser ihn sanft am Ellbogen und stoppte ihn.

»Ich möchte gerne mit Hauptkommissarin Blombach unter vier Augen reden. Du hast doch bestimmt eh genug zu tun, Ben, oder?«

Wenn Kleuser seine Mitarbeiter mit Dienstgraden ansprach, wollte er damit meist seine Autorität als Vorgesetzter demonstrieren.

»Jawohl, Chef«, parierte Ben. Am liebsten hätte er noch theatralisch die Hacken aneinander geschlagen. Er war sauer, derart vorgeführt zu werden. Was bezweckte Kleuser mit einem Vier-Augen-Gespräch mit Berrit, obwohl er mit Sicherheit wusste, dass sie ihrem engsten Mitarbeiter anschließend alles erzählen würde? Er hatte schon öfter das Gefühl gehabt, dass Kleuser ihm nicht mehr in jeder Hinsicht hundertprozentig vertraute. War das auch der Grund, warum es immer noch nicht das geringste Signal dafür gab, dass auch seine Beförderung zum Ersten Hauptkommissar irgendwann einmal bevorstehen könnte? War es gar ein Fehler gewesen, zur Mordkommission zu wechseln? Vielleicht wäre er in irgendeiner Kriminalpolizeiinspektion in der Provinz längst stellvertretender Dienststellenleiter in Lauerposition auf den Chefsessel. Aber ein anderer Lebensmittelpunkt als München kam für ihn nicht infrage. Nicht, solange seine Mutter noch lebte.

Ben nahm die Treppe und dabei jeweils zwei Stufen auf einmal. Er riss die Tür zu seinem Büro auf und knallte sie hinter sich wieder zu. Auf seinem Schreibtisch lag ein Zettel, auf dem Jensen notiert hatte: *Anruf von SPD-Sekretär in Berlin, Herr Ohl: Termin mit Herrn Scharfenstein muss verschoben werden. Ohl ruft wieder an.*

Was denken die sich eigentlich?, schimpfte Ben innerlich. Diese Terminabsage bestätigte ihn in seinem Eindruck, dass dieser Wahlkampfmanager alles dafür tat, seinen Herrn aus den polizeilichen Ermittlungen herauszuhalten. Dabei würde ein Fingerabdruck des Kanzlerkandidaten schon ausreichen, um ihn mit Sicherheit als Täter auszuschließen – oder zu überführen. Beim letzten Gedanken lief es Ben eiskalt über den Rücken. So langsam wurde ihm die Tragweite dieses unglaublichen Verdachts bewusst. Aber es gab zu viel, das gegen Scharfenstein sprach.

Er nahm sich noch einmal das Protokoll der Vernehmung von Frau Hertle vor und las es Satz für Satz durch. Er hoffte, dass Berrit Kleuser von der Stichhaltigkeit des Verdachts gegen Scharfenstein überzeugen konnte. Andererseits war völlig klar, dass Kleuser seine eigene politische Karriere niemals gefährden würde. Es wurde inzwischen erzählt, dass er auch seinen jetzigen Posten vor allem der Fürsprache des Oberbürgermeisters zu verdanken hatte, der dem Staatssekretär im Innenministerium, natürlich ein CSU-Mann, dafür im Gegenzug versprochen haben soll, keinen Widerstand gegen die Berufung eines hohen Ministeriumsbeamten zum Polizeipräsidenten zu leisten. Ben fühlte sich angewidert von diesem Geschacher.

* * *

»Ich bedauere sehr, Frau Blombach, dass ich Ihnen nichts anderes mitteilen kann. Aber es ist ein Beschluss von ganz …«

»Von ganz oben, ich weiß. So kann man es sich immer sehr einfach machen.«

Berrit stand wütend auf. Die Tasse Kaffee, die vor ihr auf dem kleinen Konferenztisch stand, hatte sie nicht angerührt. Das Gespräch mit dem Dezernatsleiter hatte weniger als drei Minuten gedauert. Es war auch weniger ein Gespräch als ein Monolog gewesen, in dem Kleuser ihr die Entscheidung mit Hinweis auf die Sachzwänge und interne Entscheidungsstrukturen, auf die er keinen Einfluss habe, mitgeteilt hatte.

»Ist das Ihr letztes Wort, Herr Kleuser?« Sie hoffte, dass er den Affront, ihn ohne seinen geliebten Titel anzureden, bemerkte.

»Wenn es Ihnen schwer fallen sollte, die Entscheidung sachlich und fachlich zu akzeptieren, und diesen Eindruck habe ich ehrlich gesagt, Frau Hauptkommissarin, dann kann ich Ihnen nur freundlich raten, Ihre Bedenken an der entscheidenden Stelle vorzutragen. Solange muss ich Sie jedoch bitten, meinen Dienstanweisungen Folge zu leisten.« Kleuser stand auf und öffnete ihr die Tür.

Grußlos stürmte Berrit hinaus. Als er die Tür hinter ihr wieder geschlossen hatte, zündete sie sich zur Beruhigung, das Rauchverbot ignorierend, erst einmal eine Zigarette an. Sie nahm zwei tiefe Züge, dann ging es ihr schon wieder besser.

Auf dem Weg zu ihrem Büro dachte sie darüber nach, wie sie es Ben mitteilen sollte. Als sie das gemeinsame Zimmer betrat, hatte sie sich für die Methode »Kurz und schmerzlos« entschieden. Den fragenden Blick ihres Kollegen beantwortete sie mit den Worten: »Wir sind den Fall los.«

* * *

»Halleluja, halleluja, halleluja …«, ertönte der vielstimmige Chor tiefer Männerstimmen aus dem Lautsprecher des Fernsehgeräts. Einhundertvier Kardinäle in weißen Bischofsgewändern saßen im Petersdom, von wo aus die feierliche Messe zur

Eröffnung des Konklaves in die ganze Welt übertragen wurde. Zelebriert wurde das Pontifikalamt von Kardinalsdekan Manuel Hidalgo. Die Kamera zeigte einen Kardinal neben dem anderen, die meisten waren ältere Herren mit Brille und weißen Haaren. Immer wieder war ein auffallendes schwarzes Gesicht zu sehen, seltener ein asiatisches.

Doch Sandro Ohl interessierte sich weniger für die Live-Übertragung aus Rom, die das gesamte Fernsehprogramm fast aller Kanäle beherrschte, sondern mehr für das Laufband im unteren Teil des Bildschirms, wo die Nachrichtensender neben Börsenkursen auch aktuelle Schlagzeilen verbreiteten.

… SPD weiter im Umfragetief – Erstmals unter 30 Prozent – Nur noch 29,9 Prozent in der Sonntagsfrage – Kanzler Staudinger im Aufwind +++ Drei Tote bei Selbstmordanschlag in Bagdad – Attentäter zündeten eine Autobombe …

Sein Handy, das vor ihm auf dem Schreibtisch lag, klingelte.

»Ja, Ohl.« Es war ein Anruf aus dem Roten Rathaus. »Ah, Herr Ministerialdirigent Sprenger, schön dass Sie anrufen.«

»Es geht um die von Ihnen angesprochene Personalie. Ich habe den Vorschlag mit dem Innensenator beraten. Es bestehen grundsätzlich keine Einwände.«

»Das höre ich sehr gerne.« Ohl bemühte sich, seine Stimme unbeschwert und souverän klingen zu lassen.

»Und ich habe Sie richtig verstanden, Herr Ohl, dass diese Personalentscheidung auch im Sinne von Herrn Scharfenstein ist? Ich meine, Sie deuteten an, dass … im Falle eines Wahlsieges …«

»Selbstverständlich, Herr Ministerialdirigent. Sie können sich auf mein Wort verlassen. Wie heißt es doch so schön? Eine Hand wäscht …«

»Wunderbar, Herr Ohl. Wir werden dann alles entsprechend in die Wege leiten, möglichst geräuschlos.«

»Ich danke für Ihre Kooperation, Herr Ministerialdirigent.« Ohl legte zufrieden den Hörer auf.

Die Kardinäle hatten derweil zu Ende gesungen. Nach einem kurzen Moment der Stille stand einer von ihnen, der auf einem erhöhten Stuhl hinter dem Altar saß, auf und ließ sich die Mitra aufsetzen und den Bischofsstab reichen.

Ohl überflog ein letztes Mal die Stellungnahme, die von der Pressestelle als erste Reaktion auf die neuen Umfragewerte erarbeitet wurde und jetzt rasch als Mitteilung an die Medien rausgehen sollte. Mit Bleistift hatte er noch einige Korrekturen an den Rand notiert und das Zitat modifiziert, das er dem Kanzlerkandidaten in den Mund legen wollte.

Uns interessieren keine Umfragewerte, uns interessieren nur die Wählerstimmen. Entscheidend ist das Ergebnis am Wahlabend um achtzehn Uhr. Bis dahin werden wir um jede Stimme kämpfen.

So ähnlich hatten sie Scharfenstein zwar schon öfter zitiert, aber dies war die vom Parteivorstand beschlossene Sprachregelung, mit der im Wahlkampf auf pessimistische, schlechte oder gar desaströse Prognosen reagiert werden sollte.

Ein Kommentator erläuterte, dass der Kardinalsdekan Hidalgo jetzt seine Predigt halten würde. Der Spanier sprach auf Italienisch, eine Frauenstimme übersetzte simultan. Ohl hörte nicht so genau hin, sondern war in Gedanken ganz woanders. Wenn er ehrlich zu sich selbst war, dann musste er einsehen, dass die Wahl nicht mehr zu gewinnen war. Und er vermutete, dass die meisten Genossen so dachten, doch niemand wagte, dies auszusprechen und offen zu resignieren. Der Traum vom Kanzleramt war ausgeträumt, und seine Karriere würde einen empfindlichen Dämpfer erfahren, wenn nicht sogar das endgültige Aus. Schließlich hatte er diesen Wahlkampf zu verantworten. Er hatte das Konzept, einen personalisierten und auf den Kandidaten zugeschnittenen Wahlkampf zu führen, durchgesetzt. Alle, die in den Gremien dagegen gewesen waren und eine inhaltliche Auseinandersetzung mit Sachthemen verlangt hatten, würden schon am Montag nach der Wahl seinen Kopf fordern. Und es gab wenig Hoffnung, dass die Parteispitze dieser Forderung nicht nachgeben würde. Schließlich musste ein Schuldiger gefunden werden. Scharfenstein war jung genug, um in vier Jahren noch einmal anzutreten. Mit einem neuen Wahlkampfkonzept und einem anderen Kampa-Manager. Er hatte versagt, dabei hatte er alles gegeben. Wirklich alles.

Eine ganze Weile hing er seinen Gedanken nach und versuchte, nicht in Selbstmitleid zu versinken. Er bemühte sich, an ein Wunder zu glauben und neue Motivation zu finden, das Unmögliche möglich zu machen. Wenn es ihm jetzt gelänge, das Blatt noch einmal zu wenden, könnte er für die Partei unsterblich werden.

Als nach etwa zwanzig Minuten Kardinal Hidalgo mit seiner Predigt geendet hatte, erschien ein schwarz gekleideten Herr im Bild – auch weißhaarig und mit Brille und deutlich erkennbarem Übergewicht. Er wurde durch eine Einblendung als Chef der deutschen Redaktion von *Radio Vatikan* mit dem Namen Msgr. Ulrich Pfüller vorgestellt und von einer Reporterin als Experte befragt.

»Die Predigt von Kardinal Hidalgo kann als zweigeteilt betrachtet werden«, dozierte der schwergewichtige Fachmann. »Im ersten Teil hat er das Leben und Werk des verstorbenen Pontifex gewürdigt und gelobt und im zweiten Teil die Ansprüche und Erwartungen an den zu wählenden Nachfolger formuliert. Dabei wurde zwischen den Zeilen sehr deutlich, dass Hidalgo keine Fortsetzung des liberalen Kurses befürwortet, sondern sich für eine Rückkehr zu den traditionellen Werten der heiligen katholischen Kirche ausspricht. Ich glaube, es ist nicht übertrieben zu sagen, dass diese Predigt als inoffizielle Bewerbungsrede um die Nachfolge auf dem Sitz Petri zu verstehen ist.«

In diesem Moment läutete Ohls Telefon. Hoffentlich ist es nicht Brack, dachte er. Er atmete tief durch und nahm den Hörer ab. Erleichtert nahm er zur Kenntnis, dass es nur Scharfensteins Vorzimmerdame war. Es ging um den Termin mit der Münchner Kripo.

»Abwimmeln«, sagte Ohl. »Denken Sie sich was aus! Für so was haben wir im Moment weder Zeit noch Nerven. Abwimmeln!«

* * *

»Sag das noch mal!« Ben traute seinen Ohren nicht.

»Du hast schon richtig gehört«, sagte Berrit und setzte sich an ihren Schreibtisch. »Dein Freund Kleuser hat uns den Fall abgenommen. Die *Soko Kardinal* ist aufgelöst. Es wird eine neue *Soko Kardinal II* aus Ermittlern von LKA und BKA zusammengestellt. Das sei ein völlig normaler Vorgang. Auch bei der *Soko Romy …*«

»Aber doch nicht nach so kurzer Zeit«, fiel er ihr in Wort. »Im Fall der vermissten Romy wurde die Soko nach über einem Jahr ausgewechselt. Ich kapier das nicht! Berrit, was machst du eigentlich da?«

Berrit nahm ein Blatt Papier aus dem Drucker und unterschrieb es.

»Mein Urlaubsantrag. Kleuser hat gesagt, wir sollen ein paar Tage entspannen und Urlaub machen. Ich finde, das ist eine gute Idee.«

Ben fragte sich, ob seine Kollegin scherzte. »Hast du den Verstand verloren? Willst du es widerstandslos hinnehmen, dass die uns von den Ermittlungen abziehen? Einfach so? Und überhaupt: Wie kannst du bei der ganzen Sache so ruhig bleiben?«

Oft hatte er schon bewundert, dass Berrit sich nicht so leicht aus der Ruhe bringen ließ. Doch manchmal musste man sich einfach aufregen, war er überzeugt. Sonst bekam man Magengeschwüre.

»Aufregen bringt überhaupt nicht, Ben. Wir sitzen nicht am längeren Hebel. Resturlaub müssen wir eh bis zum Jahresende abbauen. Was also spricht gegen *City-Travel-Trip 25*.«

Ben verstand überhaupt nichts mehr. Natürlich hatte er auch die Plakate gesehen, mit der eine neue Billig-Airline die Stadt zupflasterte und Inlandsflüge für fünfundzwanzig Euro anbot. Aber Berrit sprach für ihn in Rätseln. »Was hast du geraucht? Ich dachte, du paffst normale Zigaretten.«

Berrit lachte. Augenscheinlich genoss sie es, ihren jungen Kollegen zu verwirren. »In Berlin soll schönes Wetter sein. Nicht sehr warm, aber blauer Himmel und Sonnenschein!«

Jetzt dämmerte Ben, worauf seine Kollegin hinauswollte. »Du meinst …«

»Oh ja, ich meine!«

16. Kapitel

Der Flug hatte anderthalb Stunden Verspätung. Aber was wollte man für fünfundzwanzig Euro auch erwarten, wobei allerdings in diesem Preis die doppelte Summe für Steuern und Flughafengebühren nicht inbegriffen war. Von Billigflug wollte Berrit daher nicht mehr reden. Dass man an Bord nicht rauchen durfte und die Getränke zu Apothekenpreisen angeboten wurden, hob ihre Laune auch nicht gerade. Aus den Bordlautsprechern ertönte ein psychedelisches Gedudel, das wohl Passagiere mit Flugangst beruhigen sollte, bei Berrit jedoch eher Aggressionen auslöste.

»Unser erster gemeinsamer Urlaub«, sagte Ben und lachte. »Ich hoffe, du hast uns eine nette Unterkunft gebucht.«

»Das *Ibis-Hotel* in Mitte. Ich glaube, da sind wir als Touris aus dem Westen gut aufgehoben. Zeitung?«

Ein Steward schritt durch den engen Gang in der Kabine und verteilte verschiedene Zeitungen an die Fluggäste. »*Bild, Welt, Kurier, Morgenpost* oder *Berliner Zeitung*?«

»Ich nehm den *Kurier*«, sagte Ben, »da können wir gleich mal schauen, was in den hauptstädtischen Kinos läuft.«

Immerhin gab es Zeitungen umsonst. Der Airbus flog inzwischen weit über der geschlossenen Wolkendecke, die keinen Sonnenstrahl durchließ und auf der Erde für ein ungemütliches kaltes Schmuddelwetter sorgte. Berrit dachte an das Lied von der grenzenlosen Freiheit über den Wolken. Doch sie konnte nicht zustimmen, dass der ungeklärte Mordfall hier »nichtig und klein« wurde. Eher größer wurde die Sorge, mit der spontanen Städtereise nichts zu erreichen und ergebnislos wieder zurückkehren zu müssen.

»Da schau her«, platzte es aus Ben heraus. Berrit verschüttete beinahe vor Schreck ihren Tomatensaft – ein Getränk, das sie wie die meisten Passagiere ausschließlich an Bord von Flugzeugen zu sich nahm, natürlich mit Salz und Pfeffer.

»Du glaubst es nicht! Das musst du lesen!« Ben reichte ihr die Zeitung, von der er die erste Seite des Lokalteils aufgeschlagen hatte.

Jetzt verschlug es auch Berrit die Sprache. Die Turbinen der A319 dröhnten. Sie sah zuerst nur das kleine Schwarz-Weiß-Foto. »Er ist es wirklich, oder? Das gibt's doch nicht.« Die Bildunterschrift ließ keinen Zweifel zu: *Wechselt von der Isar an die Spree: Der Münchner Mordermittler Hans Kleuser.*

»Lies den Text!«, befahl Ben, und Berrit gehorchte. Es waren nur wenige Zeilen, die Meldung beruhte auch nicht auf einer offiziellen Mitteilung, sondern das Blatt berief sich auf Informationen aus zuverlässigen Quellen und an einer anderen Stelle auf gut unterrichtete Senatskreise.

Berrit las den ersten Satz noch einmal laut vor, um sich die Realität dieser Nachricht zu verdeutlichen: »*Der Leiter des Münchner Morddezernats, Hans Kleuser, ist vom Berliner Innensenator zum neuen Polizeipräsidenten berufen worden.*«

Ben schien seine erste Überraschung bereits überwunden zu haben, als er scherzte: »Das hat doch auch was Gutes, Berrit: Du bewirbst dich um seine Nachfolge. Und dann gibst du uns den Fall zurück.«

»Schau mal, wer den Artikel geschrieben hat. Der Name kommt mir bekannt vor. Bodo Rauch.« Sie überlegte kurz, dann erinnerte sie sich. »Ja, genau. Der wurde in dieser Talkshow vorgestellt. Er war nämlich ein Schulfreund von Julius Scharfenstein.«

»Meinst du, das sind die gut unterrichteten Kreise?«

»Möglich.« Berrit trank den letzten Tropfen Tomatensaft aus dem durchsichtigen Plastikbecher, als sich über Lautsprecher eine Frauenstimme mit den Worten meldete: »Hier spricht Ihr Kapitän«, und Berrit sich fragte, warum es keine weibliche Form für Kapitän gab. Der Kapitän ließ verlauten, man überfliege gerade Dresden, und in Berlin würden derzeit vier Grad Celsius gemessen.

»Dieser Bodo Rauch könnte für uns aber ein erster Ansatzpunkt sein. Irgendwo müssen wir ja anfangen, mehr über den Menschen Scharfenstein herauszufinden. Es würde uns sicher nicht im Geringsten weiterbringen, in der Parteizentrale vorstellig zu werden und unsere Dienstmarken zu zeigen.«

»Wohl wahr«, stimmte Ben zu. »Aber irgendwie müssen wir es schaffen, Fingerabdrücke von Scharfenstein zu kriegen. Und selbst wenn uns das gelingt: Wir können sie schlecht offiziell beim Amt abliefern und abgleichen lassen.«

»Offiziell nicht«, sagte Berrit geheimnisvoll. »Aber lass das mal meine Sorge sein. Das könnte mich zwar ein Abendessen kosten, aber das ist die Sache wert.« Sie genoss Bens fragenden Blick und beschloss, ihn nicht darüber aufzuklären, dass in der daktyloskopischen Abteilung des LKA ihre alte Jugendliebe Alois Wildgruber beschäftigt war.

Berrit blickte durch das kleine Kabinenfenster und sah, dass an einer kleinen Stelle die Wolken aufgerissen waren und einen Blick zum Boden ermöglichten.

Irgendwo da unten läuft der Mörder des Kardinals herum, dachte sie. Dann winkte sie dem Steward zu und bestellte einen weiteren Tomatensaft.

* * *

Bodo Rauch ausfindig zu machen, war nicht weiter schwierig gewesen. Im Berliner Telefonbuch gab es nur einen Eintrag mit diesem Namen und dem Zusatz *Journalist.* Und so stiegen sie, nachdem sie sich für einen unangekündigten Besuch entschieden hatten, die knarzenden Holztreppen des Altbaus in Charlottenburg bis in die vierte Etage hinauf, wo Rauch sie in der geöffneten Wohnungstür empfing. In der Luft hing der einzigartige Kohlegeruch, den man in München fast nirgends riechen konnte.

»Kommense rein«, sagte Rauch, nachdem sich die Beamten vorgestellt und ausgewiesen hatten. »Auch wenn ich mir nicht im Geringsten vorstellen kann, wie ich Ihnen behilflich sein soll. Bitte sehr.«

Etwas an dem Mann mit dem kantigen Gesicht kam ihr fremd, oder besser: unpassend vor. Er sah anders aus als in dem kurzen Fernsehbeitrag.

Sie traten ein. Auch in der Wohnung roch es nach Kohleofen, obwohl hier augenscheinlich Fernwärme geliefert wurde. Berrit und Ben nahmen Platz in einem schlicht eingerichteten Wohnzimmer. Es gab keine Gardinen, die Möblierung war auf das Notwendigste beschränkt, ohne armselig zu wirken. Ein

Sofa, ein Couchtisch mit einer halbleeren Grappaflasche, eine Schrankwand aus Buchenholz sowie ein Zeitungsständer, in dem genau eine Zeitung lag, die von heute. Die Wohnung wirkte extrem ordentlich, fast unbewohnt. Berrits Blicke blieben an einem Regal mit vier Skulpturen hängen. Unmerklich stupste sie Ben in die Seite, als sie erkannte, um was für Figuren es sich handelte.

»Sind die echt?«, fragte sie und trat näher an das Regal.

»Ja«, antwortete der Journalist. »Echte Pasadelskis. Liebhaberstücke. Sie kennen sich aus?«

»Nicht wirklich. Aber ich habe eine Freundin, die handelt mit Antiquitäten. Sie hat auch einige von diesen Pasadelskis im Lager.« Berrit schaute sich die Figuren genauer an. Sie erkannte nur die Gottesmutter, die anderen drei Heiligen waren ihr unbekannt.

»Achatius, Ägidius und Cyriacus«, reagierte Rauch auf ihren Blick. »Drei der vierzehn Nothelfer. Wenn Ihre Freundin einen fairen Preis macht, wäre ich sehr interessiert an weiteren Figuren. Sagen Sie ihr das. Aber ich mache mir wenig Hoffnung. Diese Pasadelskis sind sehr begehrt.« Er senkte seine Stimme und sprach leise weiter: »Es heißt übrigens, dass derjenige, der alle vierzehn Nothelferfiguren besitzt, vor jedem Unheil geschützt ist. Früher glaubten die Menschen sogar, dass die Skulpturen in ihrer Gesamtheit dem Besitzer Unsterblichkeit verleihen. Es ist schon erstaunlich, wie sich Christentum und Aberglaube immer wieder vermischen.«

»Weiß man denn, wo sich die übrigen Figuren befinden?«, fragte Ben interessiert.

»Die zwölf Apostel befinden sich alle in einer römischen Kirche namens Santo Stefano Rotondo. Die übrigen sind vor allem in Süd- und Osteuropa verstreut, die meisten stehen in Kirchen oder Museen oder sind in der Hand von Liebhabern.«

»Wissen Sie, dass auch der ermordete Münchner Kardinal Dresler zwei solcher Figuren besaß?«, fragte Ben.

»Ach ja? Nein, das wusste ich nicht. Aber es überrascht mich auch nicht. Es dürften einige Kunstliebhaber unter den Kardinälen sein, die den Wert dieser Skulpturen zu schätzen wissen. Es ist in der Vergangenheit auch schon vorgekommen, dass einem Papst diejenige Pasadelski-Figur geschenkt wurde, die den Namenspatron des Heiligen Vaters darstellt.«

»Dann hätte er sich vielleicht Papst Josef genannt«, sagte Ben. »Wenn er nicht mit der Josefsfigur erschlagen worden wäre.«

»Aber Sie sind gewiss nicht zu mir gekommen, um über Heiligenfiguren zu fachsimpeln.«

»Glauben Sie«, fragte Ben, »dass ein fanatischer Kunstsammler einen Mord begehen würde, um eine der begehrten Pasadelski-Figuren zu bekommen?«

»Dann müsste er schon sehr fanatisch sein. Oder sich das völlig utopische Ziel gesetzt haben, restlos alle Pasadelskis zu besitzen. Um unsterblich zu werden.« Er lachte leise.

Berrit dachte, dass dieses Mordmotiv ausscheiden müsste. Denn wohl kaum würde der Täter das Objekt der Begierde als Tatwaffe verwenden und es dann auch noch am Tatort zurücklassen. Sie fragte Rauch: »Welchen Wert hat eine einzelne Figur?«

»Je nach Zustand«, er zögerte kurz und plusterte die Backen auf, »zwischen fünfzehntausend und vierzigtausend Euro.«

Jetzt wusste Berrit, was ihr an Bodo Rauch aufgefallen war. Seine Kleidung passte nicht zu ihm. Er trug ein Seidenhemd und eine dunkle Hose, die zu einem dunkelgrauen Anzug gehörte. Jemand, der sich derartige Kleidung leistete, investierte auch gelegentlich in einen Friseurbesuch. Doch danach sah Rauch nicht aus. Und auch die Wohnungseinrichtung passte nicht zu seinen Klamotten, in denen ihr Rauch wie verkleidet erschien.

»Sie haben recht. Wir möchten mit Ihnen über Ihren Schulfreund Julius Scharfenstein reden.«

»Aber worum geht es denn jetzt?«, fragte Rauch.

»Bitte haben Sie Verständnis, dass wir Ihnen über die Hintergründe unserer Ermittlungen noch nichts sagen können«, antwortete Ben.

Dass Rauch seinen Besuchern nichts zu trinken anbot, schien weniger unhöflich als der Tatsache geschuldet zu sein, dass er selten Gäste hatte. Jedenfalls machte er einen durchaus freundlichen und auskunftsbereiten Eindruck.

»Julius Scharfenstein war immer ein ernster Junge«, erinnerte sich Rauch. »Er dachte schon früh über viele Dinge nach, die

die meisten anderen noch nicht interessierten. Er stellte sich viele philosophische und politische Fragen. Er hinterfragte alles, was uns selbstverständlich erschien. Wissen Sie, das war so: Die einen träumten davon, mit einer Rakete zum Mond zu fliegen. Er aber fragte sich, wie eine Rakete funktioniert. Dass er jedoch Politiker wurde, hat mich überrascht.«

»Wieso?«, fragte Ben.

»Er war nie sehr … heute würde man sagen: kommunikationsfreudig. Er dachte zwar viel nach, redete aber nicht darüber. Richtig gesprächig habe ich ihn nur in der Bibelrunde erlebt.«

»Sie sind mit ihm in eine Bibelrunde gegangen?«, wollte Berrit wissen.

»Er hat mich zwei- oder dreimal überredet, mitzukommen. Es war eine Kirche in der Wichertstraße. Aber das war nichts für mich, wissen Sie? Ich glaube, dass mit dem Tod alles vorbei ist. Sense! Ich halte es für Zeitverschwendung, sich mit sinnlosen Gebeten und Gottesdiensten um ein ewiges Leben zu bemühen, das es mit neunundneunzigprozentiger Sicherheit nicht gibt. Aber Julius schwärmte so von diesem Pfarrer damals, dass ich einfach neugierig wurde und ein paar Mal mitgegangen bin.«

Berrit beobachtete, dass Ben sich ein Wort auf einen Zettel notierte und ihn dann in seiner Sakkotasche verschwinden ließ. Sie fragte nicht, um Rauchs Redefluss nicht zu unterbrechen.

»Ich hatte das Gefühl, dass Julius aus den Bibelrunden große Kraft schöpfte. Er diskutierte lebhaft mit den anderen. Und immer wieder versuchte er, die kirchlichen Lehren und Gebote mit der marxistischen Lehre in Einklang zu bringen, wie wir sie in der Schule lernten. Dass er hier aber immer wieder auf unüberwindbare Gegensätze stieß, machte ihm sehr zu schaffen, glaube ich.«

»Sagen Sie«, fragte Ben, »Sie erzählen uns hier aus Ihrer Jugend. Können Sie ungefähr sagen, um welches Jahr es sich handelt?«

Rauch dachte kurz nach. »Genau kann ich es nicht sagen. Ich erinnere mich aber, dass es etwa zu der Zeit gewesen sein muss, als wir immer wieder von dem Aufstand der Jugend gegen den imperialistischen Staat im Westen erfuhren. Also um die Zeit der Achtundsechziger und kurz danach.«

»Und erinnern Sie sich an den Namen des Pfarrers, der diese Bibelkreise leitete?«

Rauch dachte einen Moment nach, dann schüttelte er den Kopf. Und Berrit fragte sich, worauf Ben hinauswollte. Doch als er nichts weiter sagte, fragte sie: »Was wissen Sie, Herr Rauch, über die familiäre Situation von Julius Scharfenstein?«

»Ich kann es zugespitzt so formulieren: Er hat seine Mutter geliebt und seinen Vater gehasst. Und diese Emotionen wurden wohl dadurch noch verschärft, dass sein Vater die Mutter schlecht behandelt hat. So will ich es mal ausdrücken.«

»Sie meinen, er hat sie geschlagen?«

»Ich weiß es nicht. Julius hat nie offen darüber gesprochen. Aber ich halte das für nicht ausgeschlossen. Ich halte es sogar für wahrscheinlich. Erst mit dem Tod seines Vaters hat er sich gewandelt.«

»Inwiefern?«

»Eigentlich hätte er den Tod als Erlösung und Erleichterung empfinden müssen. Doch stattdessen wirkte er immer mehr in sich gekehrt. Er stritt regelmäßig mit seiner Mutter. Und auch ich hatte öfter Streit mit ihm, wegen Nichtigkeiten. Unsere Freundschaft veränderte sich, schließlich brach sie auseinander. Wir hatten uns nichts mehr zu sagen. Erst Jahre später kamen wir wieder in Kontakt, aber es wurde nie wieder so wie früher. Und heute, na ja, heute ist er für die Kameraden von früher aufgrund seiner Position unerreichbar. Wir haben nur noch sehr sporadischen und oberflächlichen Kontakt.«

Ben nickte, vielleicht mitfühlend, vielleicht zustimmend.

»Noch eine Frage zum Schluss. Und ich bitte Sie eindringlich, dies diskret zu behandeln. Auch wenn Sie Journalist sind.«

Rauch blickte Berrit erwartungsvoll an. Sie war sich bewusst, dass sie möglicherweise im Begriff war, einen schwerwiegenden Fehler zu machen. Da sie offiziell nicht im Dienst war, könnte man es ihr streng genommen als Ausplaudern von Ermittlungsgeheimnissen auslegen. Aber sie entschloss sich mal wieder, auf ihr Bauchgefühl zu hören. Und der Bauch riet ihr, diese Frage zu stellen: »Glauben Sie, dass Scharfenstein etwas davon gewusst hat, dass er der leibliche Sohn von Kardinal Johannes Dresler ist?«

Drei Sekunden lang schien in dem Raum die Zeit still zu stehen. Berrit wich Bens Blick aus, der vermutlich über ihre Frage ebenso überrascht war wie Rauch. Dann sagte Rauch nur: »Sie machen Witze, oder?«

Berrit schüttelte stumm den Kopf.

»Nein, also davon hat er nie etwas gesagt. Es scheint mir auch völlig absurd. Das kann ich mir gar nicht vorstellen.«

»Nun gut, behalten Sie diese Information bitte unbedingt für sich. Wir haben das nur Ihnen erzählt. Und wenn das morgen in der Zeitung steht, dann wissen wir, wo es herkommt. Und dann kriegen Sie Ärger, okay?«

Berrit hoffte, dass man ihr den Bluff nicht anmerkte. Denn Ärger würde in diesem Fall vor allem sie selbst bekommen. Sie verabschiedeten sich, und Rauch schloss hinter ihnen die Tür.

Die Treppen knarzten auch beim Hinabsteigen. Als sie eine Etage tiefer waren, brach es endlich aus Ben heraus: »Sag mal, was ist eigentlich in dich gefahren? Warum hast du ihn das gefragt?«

»Ich weiß es nicht genau«, antwortete sie lapidar.

»Weibliche Intuition, was?«, spottete er und hob ein kostenloses Anzeigenblatt auf, das auf der Treppe lag.

Berrit schwieg, dann meinte sie zögernd: »Ich habe aber auch eine Frage an dich: Was hast du dir eben während des Gesprächs so Wichtiges auf den Zettel notiert?«

»Sag ich dir später. Ich muss erst noch etwas nachschauen.« Er winkte mit der Gratiszeitung.

»Du machst es aber geheimnisvoll.«

»Nennen wir es: männliche Intuition.«

Sie gingen einige hundert Meter zur S-Bahnstation Charlottenburg. Es blies ihnen eisiger Wind entgegen. Vereinzelt sahen sie einige Schneeflöckchen umherschweben, die wie Vorboten eines Wintereinbruchs daherkamen. Erst als sie in der S-Bahn saßen, auf die sie zum Glück nicht lange warten mussten, und Ben begann, das Anzeigenblatt von hinten nach vorne durchzublättern, fragte Berrit: »Was suchst du da eigentlich? Kontaktanzeigen? Willst du dir noch eine Affäre in Berlin zulegen?«

»Nein, ganz im Gegenteil. Ah, hier. Ich hab's schon. Der Kirchenanzeiger.«

»Wie bitte?«

Die S-Bahn fuhr ruckelnd in den Bahnhof Savignyplatz ein.

Sie ignorierten den Verkäufer der Obdachlosenzeitung, der eintrat und seine Hefte loswerden wollte.

»Das sind die Gottesdienstzeiten aller Kirchen in Berlin«, sagte Ben, während sein Zeigefinger die gedruckten Spalten entlangglitt. Es dauerte eine Weile, bis der Finger auf eine Stelle klopfte und Ben »Hier!« rief.

»Was?«

»Katholische Kirchengemeinde Heilige Familie, Prenzlauer Berg«, rief er triumphierend.

»Ja, und?« Berrit wurde ungeduldig.

»Das Interessante ist die Adresse.«

»Nun sag schon!«

»Wichertstraße 23.«

Jetzt dämmerte es auch Berrit. »Rauch hatte diese Straße erwähnt. Das muss die Kirchengemeinde sein, in der Scharfenstein zur Bibelstunde gegangen ist. Aber ich versteh immer noch nicht …«

»Warte einen Moment. Ich bin mir fast sicher. Aber ich rufe kurz Jensen an, um hundertprozentig sicher zu sein.«

Ben zückte sein Handy und wählte die Durchwahl des Apparats von Ole Jensen im Kommissariat. Berrit hörte nur, wie Ben ihn bat, etwas in einer bestimmten Akte nachzuschlagen. Was er genau wissen wollte, ging in der Lautsprecheransage unter, die den nächsten Halt Zoologischer Garten ankündigte. Nach weniger als einer Minute legte Ben auf. Und an seinem triumphierenden Grinsen konnte sie erkennen, dass Jensen ihm das bestätigt hatte, was er bereits vermutete.

»Sag schon!«, forderte Berrit ihn auf.

»In der Kirchengemeinde Heilige Familie in Berlin, Prenzlauer Berg war in den Jahren 1966 bis 1970 ein junger Pfarrer namens Johannes Dresler tätig.«

»Hut ab«, staunte Berrit. »Sieht so aus, als gäbe es tatsächlich so etwas wie männliche Intuition.«

* * *

Die Kulturbrauerei in der Sredzkistraße in Prenzlauer Berg war früher mal eine echte Brauerei gewesen, heute handelte es sich bei dem großen Backsteingebäude um ein viel besuchtes Kulturzentrum. Es gab ein großes Kino, mehrere Bars, Restaurants und Clubs. In einem der Veranstaltungsräume, in dem ansonsten regelmäßig Berliner Nachwuchsbands bei freiem Eintritt ihre ersten Live-on-stage-Erfahrungen sammelten, war jetzt ein provisorisches Rednerpodium aufgebaut. An den Seitenwänden hingen Parteiplakate mit den aktuellen Wahlkampfslogans der SPD, die sich vor allem an Jung- und Erstwähler richteten.

Vorfahrt für die Zukunft. SPD, *Damit die Rente auch übermorgen noch sicher ist. SPD* oder *The next generation. SPD.*

Die Plakate gehörten ebenso zum Wahlkampfkonzept wie die regelmäßigen Besuche des Spitzenkandidaten in Jugendeinrichtungen, Clubs und sogar in einer Disco. Der Besuch in einem Techno-Tempel war jedoch zum medialen Desaster geworden, weil Scharfenstein die Hälfte der Ausdrücke nicht verstand, mit denen ihn die Jugendlichen in ihrem eigenen Jargon überhäuften. Doch hier in der Kulturbrauerei hatte Sandro Ohl dafür gesorgt, dass sich unter das Publikum genug Juso-Mitglieder mischten, die für die notwendige wohlwollende Grundstimmung sorgten und den Kandidaten nicht aufs Glatteis führten.

Ohl beobachtete das Geschehen vom Tresen aus, an dem üblicherweise Getränke verkauft wurden. Heute jedoch sollte es nach der Scharfenstein-Rede Freibier geben. Nicht vorher, damit auch alle bis zum Ende bleiben würden.

Die Veranstaltung hatte der örtliche Direktkandidat Wolfgang Clarenbach eröffnet. Er wurde wegen seines – manchmal gegen die offizielle Parteilinie laufenden – Engagements für die Legalisierung von Cannabis in der Szene nur Hanf-Wolle genannt und legte immer großen Wert darauf, gegen alle denkbaren Konventionen zu verstoßen. Eines seiner Wahlversprechen war, bei einem Einzug in den Bundestag den zu seinem Markenzeichen gewordenen Schlumpf, den er um seinen Hals trug, nicht abzulegen. Clarenbach, der mit seinen fünfundzwanzig Jahren einer der jüngsten Wahlkandidaten war, hatte mit einer witzigen und pointierten Rede das Publikum in kürzester Zeit auf seine Seite gebracht und jetzt die Bühne frei gemacht für einen jungen Kabarettisten, der jedoch für weitaus weniger Lacher sorgte als Hanf-Wolle.

Scharfenstein, der mit Ohl unauffällig die Szene beobachtete, war anzusehen, dass er sich seiner undankbaren Aufgabe bewusst war: Nach diesen beiden mehr oder minder erfolgreichen Stimmungskanonen würde er mit einer Rede über die Grundsätze seiner Politik und das SPD-Wahlprogramm kaum noch punkten können.

»Wir sollten die Standardrede etwas straffen und die jungen Leute nicht zu lange auf ihr Freibier warten lassen«, schlug er seinem Wahlkampfmanager leise vor.

Ohl nickte. »Wir könnten dafür die geplante Diskussionsrunde etwas vorziehen. Clarenbach übernimmt übrigens die Moderation.«

Scharfenstein verzog das Gesicht. »Ich dachte, das macht dieser Kabarettfritze?«

»So war es auch geplant, aber er war nur für seinen Kabarettauftritt gebucht. Für die Moderation der Diskussionsrunde hätte er doppelte Gage verlangt.«

Scharfenstein seufzte, während dem Kabarettisten auf der Bühne der erste Gag gelang und einen heftigen Applaus auslöste.

* * *

Die Zuhörer applaudierten gerade laut, als Berrit und Ben den Raum betraten und sich in der Nähe des Eingangs postierten. Er würde hier nicht sonderlich auffallen, dachte Ben. Rein äußerlich war er von einem modernen SPD-Wähler sicher nicht zu unterscheiden. Auch wenn er politisch nicht sonderlich interessiert war, so hatte er doch ein bisschen sozialdemokratisches Blut in den Adern. Sein Vater war Mitglied der SPD und ein glühender Willy-Brandt-Verehrer gewesen. Berrit hingegen schätzte er als CSU-Wählerin ein, und zwar mehr aus Tradition als aus politischer Überzeugung. Ihre Gespräche waren über ein allgemeines Gemecker über »die da oben, die eh machen, was sie wollen« noch nie hinausgekommen.

Jetzt sprach Scharfenstein wieder auf dem Podium. Er trug diesmal keine Krawatte und kein Sakko, hatte den obersten Knopf seines Hemdes geöffnet. Ben erkannte in seinen Ausführungen ganze Absätze wieder, die er fast wörtlich genauso in der Rede im Hofbräuhaus gehalten hatte. Offenbar hatte einer der Jugendlichen zuvor eine Frage gestellt, die sich um die Bezahlung von Spitzenpolitikern drehte. Scharfenstein antwortete, dass die Politik selbst mit einem guten Beispiel vorangehen müsse, wenn der Gürtel enger geschnallt werden musste. Verhaltener Applaus. Auch Ben klatschte, um nicht aufzufallen.

Der Moderator erteilte nun einem jungen Mann das Wort, der nach Scharfensteins Meinung zur Wehrpflicht fragte.

»Schade, dass es hier noch kein Bier gibt«, sagte Ben zu seiner Kollegin, ohne auf die Antwort Scharfensteins zu hören. »Wir sind ja schließlich nicht im Dienst.«

Sie lächelte. Sie hatten wohl beide den Gedanken weitgehend verdrängt, dass sie eine Menge Ärger bekämen, wenn ihre private Ermittlungsreise erfolglos bleiben und auffliegen würde.

Das politische Frage-Antwort-Spiel zog sich noch eine Weile hin. Nach einer völlig überflüssigen Abmoderation von Hanf-Wolle mit einem noch überflüssigeren drogenpolitischen Kurzstatement wurde der gemütliche Teil des Abends eingeläutet und der Freibierausschank gestartet. Vom Tonband lief saxophonlastige Jazzmusik. Mindestens jeder Dritte zündete sich unverzüglich eine Zigarette an, sodass die Atemluft nach wenigen Minuten diese Bezeichnung nicht mehr verdiente.

»Dein Einsatz!«, sagte Ben und drückte Berrit das aktuelle *Focus*-Heft in die Hand.

»Weißt du, wann ich so was zum letzten Mal gemacht habe?«, fragte sie. Dann erzählte sie was von einer Bahnfahrt nach Hamburg und den *Beatles*, der Rest ging im Jazz unter.

Sie nahm ein Taschentuch und drehte sich zur Seite, damit möglichst niemand bemerkte, wie sie die Vorder- und Rückseite des Magazins, das den Kanzlerkandidaten auf dem Titelbild zeigte, abwischte. Dann ging sie nach vorne vor die Bühne und mischte sich unter die Leute.

Ben beobachtete, wie sie Scharfenstein ansprach, ihm einen Stift und das Heft reichte. Scharfenstein zögerte kurz, schaute sie einen kurzen Moment fragend an, als sei er unsicher, was eine Münchner Kriminalkommissarin in Berlin auf einer Wahlveranstaltung machte. Vielleicht glaubte er aber auch nur, dass die Frau, die ihn um ein Autogramm bat, der Polizistin verblüffend ähnlich sah. Ganz klar war jedoch, dass die Begegnung ihn verunsicherte.

»Für Carola, herzlichst J. Scharfenstein«, las Berrit vor, als sie mit dem Heft wieder zu Ben zurückgekommen war. Der hatte bereits eine Plastikhülle vorbereitet.

* * *

Kardinal Hidalgo stieg die Zornesröte ins Gesicht.

»Es gibt im liberalen Lager keinen geeigneten Kandidaten, der würdig wäre, die Nachfolge Petri auf dem Heiligen Stuhl anzutreten.«

Seine Worte hallten durch die Loggia della Cosmografia im Papstpalast. Die hohen Fenster gaben den Blick frei auf den Petersplatz, auf der anderen Seite des lang gezogenen Ganges waren vor Jahrhunderten über drei Meter große Landkarten an die Wände gepinselt worden.

Kardinal Cutrona blieb ruhig. Er wollte sich von dem Spanier nicht provozieren lassen. Eigentlich hatte er ihm aus dem Weg gehen wollen. Doch dies war nicht möglich gewesen, als sie sich auf dem Gang zur täglichen Kardinalsversammlung hier in der Loggia begegneten.

»Der Tod von Kardinal Dresler hat die Stimmung und die Mehrheit im Konklave nicht verändert. Das müssen auch Sie erkennen und hinnehmen, Eminenz.«

»Es ist Gottes Wille, dass ein Bewahrer des rechten Glaubens die Kirche lenkt und führt. Und wir sind diejenigen, die dafür Sorge zu tragen haben, dass der Wille des Herrn geschieht.«

Hidalgo sah trotz seiner gebräunten Haut krank aus. Cutrona ertappte sich bei dem Gedanken, dass er sich um die Gesundheit des früheren Präfekten sorgte. Doch größer war seine Sorge um die Zukunft der Kirche. Er wusste nicht, welche Fäden Hidalgo und andere ihm vertraute Kardinäle im Hintergrund zogen. Wozu waren sie in der Lage, falls aus dem Konklave ein Papst hervorgehen sollte, der nicht ihren Vorstellungen entsprach? Cutrona erinnerte sich an den Dreiunddreißig-Tage-Papst. Auch Jahrzehnte nach dem Tod von Johannes Paul I. hielten sich hartnäckig die Gerüchte, dass »Papa Luciani«, wie ihn die Gläubigen liebevoll nannten, im Auftrag des reaktionären Klerus beseitigt wurde, weil er das ökumenische Engagement von Johannes XIII. wieder aufnehmen wollte. Es wurde befürchtet, dass der neue Papst die ganze Kurienspitze auswechseln würde. Schon kurz nach dem Tod waren Ungereimtheiten bekannt geworden: Starb er wirklich an einem Herzinfarkt nach einer Überdosis Herzmedikamente? Obwohl er nach Auskunft seines Leibarztes kerngesund war und nur Vitaminpräparate nahm? Warum korrigierte der Vatikan den Todeszeitpunkt und untersagte eine Obduktion des Leichnams? Was war mit seiner Brille und den Papieren geschehen, die er beim Tod in seinen Händen hielt? Diese Fragen waren bis heute nicht beantwortet.

»Verlassen Sie sich darauf«, sagte Hidalgo, »dass Gottes Wille geschehen wird.«

»Ihre Worte machen mir Angst, Eminenz«, entgegnete Cutrona.

17. Kapitel

Auf dem hölzernen Stuhl im Vernehmungszimmer des Kommissariats 111 hatten schon Tausende Verdächtige gesessen. Meistens waren es Bankräuber, Totschläger, Raubmörder oder Drogensüchtige, die für ein paar Geldscheine einen Passanten niedergeschlagen hatten. Gelegentlich waren es Kriminelle, die sich durch ihre spektakulären Verbrechen in der Lokalpresse einen unrühmlichen Namen gemacht hatten. Selten waren es Prominente, die in einen Mordfall verwickelt waren.

Einen Politiker hatte Ben noch nie als Verdächtigen vernommen. Erst recht keinen Kanzlerkandidaten, der des Mordes bezichtigt wurde.

Es war alles sehr schnell gegangen. Der Abgleich der Fingerabdrücke hatte keinen Zweifel gelassen, dass Julius Scharfenstein die Tatwaffe, die Skulptur aus der Wohnung des Kardinals, in der Hand gehalten hatte. Dies hatte für einen Haftbefehl ausgereicht. Die Aufhebung der Immunität war nur eine Formsache gewesen. Der Festnahme in seinem Büro in der Parteizentrale durch Beamte der Berliner Kripo hatte er sich nicht widersetzt, sein Anwalt hatte der sofortigen Überstellung nach München zugestimmt und versichert, es werde sich alles als Missverständnis herausstellen. Was Anwälte nun mal so sagen. Im Gegenzug wurde bei der Festnahme auf Handschellen verzichtet, und Kleuser gab die Zusage, dass bis zur vollständigen Aufklärung des Falls die Öffentlichkeit über die Festnahme nicht informiert werden sollte.

Wie es dazu gekommen war, dass die Vernehmung jetzt doch wieder im Dezernat 11 und nicht im LKA stattfand, war Ben schleierhaft. Dass Kleuser an der Vernehmung seines Parteigenossen nicht teilnahm und als Grund eine plötzliche Magenverstimmung vorgab, konnte Ben hingegen gut nachvollziehen.

Scharfensteins zerzaustes Haar passte nicht zu dem tadellos sitzenden grauen Anzug. Sein Gesicht war blass. Wo war der Elan des beliebten Politikers geblieben? Sah so ein Mörder aus?

»Herr Scharfenstein«, begann Berrit das Verhör, »Sie wissen, warum Sie hier sitzen und was Ihnen vorgeworfen wird?«

Für Scharfenstein antwortete sein Anwalt, Doktor Hövelmanns: »Mein Mandant ist zu einer umfassenden Aussage bereit.«

»Kann ich ein Glas Wasser bekommen?«, bat Scharfenstein, der in Bens Augen wie ein Häuflein Elend wirkte. Wortlos stand Berrit auf, ging zu einem Waschbecken, das neben der Tür an der Wand montiert war, und füllte einen Plastikbecher mit Leitungswasser.

»Sehr schön, dann legen Sie mal los, Herr Scharfenstein«, sagte Ben in Erwartung eines Geständnisses, das die politische Landschaft auf lange Sicht so schwer beschädigen könnte wie zuletzt der große Parteispendenskandal der CDU.

»Wir haben eine Erklärung vorbereitet«, sagte der Verteidiger und legte einen braunen Lederaktenkoffer vor sich auf den Tisch, ließ zwei Schlösser aufschnappen und holte eine schwarze Dokumentenmappe hervor.

»Wir sind hier nicht vor Gericht, Herr Doktor Hövelmanns«, hakte Berrit ein.

Der Anwalt holte gerade Luft für eine vermutlich wortreiche Erwiderung, als Scharfenstein ihm mit den Worten zuvorkam: »Ist gut, Herr Doktor. Lassen Sie mal.« Und an Berrit und Ben gewandt: »Was möchten Sie wissen? Fragen Sie! Ich werde alles beantworten.«

Das ließ sich Berrit nicht zweimal sagen. Sie fragte ihn, ob er sich am Abend des Mordes an Kardinal Dresler in dessen bischöflicher Wohnung aufgehalten habe.

Die Antwort kam ohne zu zögern: »Ja.«

* * *

»Franz, komm mal in mein Büro!« Die Stimme von Chefredakteur Siegbert Stahl schallte durch den Großraum. Franz Löber hatte sich schon lange damit abgefunden, dass sein Chef ihn immer noch so ansprach wie während des Praktikums, mit dem er vor fast fünfzehn Jahren seine Laufbahn bei der *AZ* begonnen hatte. Inzwischen hatte er es zu einem der profiliertesten Münchner Lokalreporter gebracht, und das nicht nur wegen seiner guten Kontakte zur Münchner Polizei, insbesondere zu seinem Freund Ben Dillinger. Und wenn Stahl Franz Löber zu sich bestellte, dann ging es meistens um die Berichterstattung im »Rot- und Blaulicht-Ressort«.

Löber stellte die Cola-Flasche, die er gerade im Begriff war zu öffnen, wieder unter seinen Schreibtisch, rief ein lustloses »Komme schon« in Richtung Chefbüro und schlenderte übertrieben langsam durch den von Neonröhren erleuchteten Raum, in dem man mangels Tageslicht niemals wusste, ob draußen noch die Sonne schien oder schon die Nacht hereingebrochen war.

»Und der Holtmann soll auch kommen!«, rief Lohmann. Der Politikchef wirkte leicht überrascht darüber, dass auch sein Erscheinen gewünscht war. Aber bei Stahl musste man jederzeit mit allem rechnen, von der unerwarteten Beförderung bis zur standrechtlichen Hinrichtung – wobei mit letzterem Ausdruck in der Redaktion der Vorgang beschrieben wurde, der gewöhnlich bei einer betriebsbedingten Kündigung mit sofortiger Beurlaubung nach einem langwierigen Arbeitsprozess eine dicke Abfindung zur Folge hatte. Stahls Führungsstil war unberechenbar und hatte ihm im Haus den heimlichen Beinamen Stalin eingebracht.

»Kommt rein«, befahl er, Holtmann und Löber setzten sich auf die Besucherstühle.

»Es gibt heiße Infos, dass Scharfenstein in München ist.« Nach einer Kunstpause fügte er hinzu: »Und zwar weder als Bierzeltredner noch als Tourist, sondern als Beschuldigter im Mordfall Dresler. Ich denke, meine Herren, daraus sollten wir für morgen eine schöne Schlagzeile basteln.«

Zwei Sekunden lang schauten sich Löber und Holtmann schweigend an. Dann sagte Löber: »Ähem, haben wir denn eine Quelle? Sind die Infos zuverlässig? Sollten wir nicht erst mal nachrecherchieren?«

Noch vor einigen Jahren hätte Franz eine reißerische Schlagzeile lieber erst mal gedruckt, bevor er sie durch Recherche zunichte machte. Heute ging ihm die Vorgehensweise auf dem Boulevard, die der Sensation oft den Vorzug gegenüber der Seriosität gab, manchmal zu weit.

»Ja, Franz, das sollten wir. Du hast bis zum Andruck noch

zweieinhalb Stunden Zeit.« Dann stand Stahl auf und klatschte zweimal kurz in die Hände: »An die Arbeit, Männer! Ich erwarte in dreißig Minuten einen Vorschlag für eine Aufmacher-Story.«

Wenige Minuten später versuchte Löber vergeblich, Ben Dillinger ans Telefon zu bekommen. Nachdem er zweimal nur die Mailbox erreicht hatte, schickte er dem Kommissar eine SMS.

* * *

»Sie waren am Tag des Todes von Kardinal Johannes Dresler im erzbischöflichen Palais?«, richtete Berrit die erste Frage an Scharfenstein.

Er nickte.

»Bitte antworten Sie mit Ja oder Nein. Wegen der Aufzeichnung.« Das Aufnahmegerät zeigte durch einen leuchtenden roten Punkt, dass die Vernehmung gespeichert wurde.

»Ja, ich war in der Wohnung des Kardinals.«

»In der Wohnung Ihres Vaters«, ergänzte Ben. Und als Scharfenstein nichts sagte, fügte er hinzu: »Seit wann wissen Sie, dass Kardinal Dresler Ihr leiblicher Vater war?«

»Meine Mutter ist vor zwei Monaten in einer Nervenklinik gestorben. Sie hat sich von ihren Depressionen nie mehr erholt. Auf dem Sterbebett hat sie mir das erzählt, was ich schon oft vermutet hatte. Mein Vater war gar nicht mein Vater. Meine Mutter hatte ein Verhältnis mit einem Theologiestudenten gehabt. Sie sprach immer nur von Hannes. Nur einmal nannte sie beiläufig seinen Nachnamen: Dresler. Sie lebte in ihrem Heim so abgeschieden von der Öffentlichkeit, dass sie nicht mitbekommen hatte, dass Johannes Dresler inzwischen Bischof und Kardinal geworden war. Sie erzählte, wie enttäuscht sie immer darüber war, dass er sich nie wieder um sie und um seinen Sohn gekümmert hatte. Ich glaube, sie hat ihn bis zuletzt geliebt und ist nie über ihren Kummer hinweggekommen.«

»Wir wissen bereits, Herr Scharfenstein, dass Sie Johannes Dresler seit Ihrer Jugendzeit kennen.« Ben blickte in Scharfensteins Augen.

Der jedoch zeigte keine Regung außer einem fast nicht sichtbaren Nicken.

»Herr Scharfenstein?«

»Ja, er war damals Pfarrer in unserer Gemeinde in Prenzlauer Berg. Dort fanden regelmäßig Meditationsabende statt, an denen ich teilnahm. Zuerst bin ich nur aus Neugier hingegangen. Der nette Pfarrer hat mich als Mensch fasziniert. Er sprach mich mal nach einem Gottesdienst an und lud mich ein ins ›offene Pfarrhaus‹. Ich fühlte mich total geschmeichelt, als junger Erwachsener zu gelten. Ich war gerade dreizehn. Die übrigen in der Bibelrunde waren zwischen fünfzehn und achtzehn.«

»Die DDR war aber doch ein atheistischer Staat«, wandte Ben ein. »Ist die Kirche nicht bekämpft worden?«

»Zumindest in diesen Gefilden erstaunlicherweise nicht«, antwortete Scharfenstein. »Man hat die Kirche gewähren lassen. Wahrscheinlich hat man sie auch mit Stasi-Spitzeln unterwandert. Und wahrscheinlich hat man mich auch in Ruhe gelassen, um mich später aushorchen zu können über die ›konspirativen Sitzungen‹ von Pfarrer Dresler. Ich bin auch einmal nach der Schule von einem Mann angesprochen worden, der sich als Doktor Spitzer vorgestellt hat. Er stellte mir viele Fragen über Pfarrer Dresler und seinen Jugendkreis. Ich bin sicher, Doktor Spitzer war ein Spitzel.«

»Und Ihr Vater?« Ben erinnerte sich daran, dass Scharfenstein senior beim Staat beschäftigt gewesen war. Beim Arbeiter- und Bauernstaat.

Scharfenstein zögerte kurz mit der Antwort. Dann sagte er: »Manchmal ist er schon ausgerastet und hat mir eine Tracht Prügel versetzt, wenn ich von der Bibelrunde heimgekommen bin. Aber ich glaube, er hat dann nur einen Vorwand gesucht, um mich zu schlagen. Es wurde immer häufiger, und irgendwann hat er gar nicht mehr nach einem Grund gesucht.«

Ben bemerkte bei Berrit den konzentrierten Gesichtsausdruck, den sie immer dann hatte, wenn sie einen Zeugen aus der Reserve locken wollte. Scharfenstein schien eine innere Hürde überwunden zu haben und bereit zu sein, über dieses Thema zu reden. »Haben Sie Ihren Vater gehasst?«, fragte Berrit.

»Nicht, weil er mich geschlagen hat. Aber wenn er auch meine Mutter verprügelt hat, dann habe ich schon so etwas wie Hass und Abscheu empfunden. Sie hatte das nicht verdient. Für mich war er nur der Vater, ich würde mein eigenes Leben leben. Aber für meine Mutter war er der Lebenspartner, mit dem sie den Rest ihres Lebens verbringen sollte. Da hat sie mir so unendlich Leid getan. Haben Sie eine Zigarette für mich?«

Für derartige Fälle waren in einer Schublade unter dem Tisch im Vernehmungszimmer immer eine Schachtel Zigaretten, ein Feuerzeug und eine Packung Kaugummis deponiert. Ben holte die Zigaretten hervor, legte das Feuerzeug auf die Schachtel und schob beides wortlos zu Scharfenstein hinüber.

Berrit blickte in die Ermittlungsakte, blätterte eine Seite um. »Wie ist Ihr Vater gestorben?«

»Ich war fünfzehn. Meine Mutter litt unter Depressionen und war auf Kur. Ich war allein mit ihm zu Hause. Er prügelte mich mal wieder grün und blau. Ich lag am Ende nur noch jammernd und winselnd am Boden. Er demütigte mich dann und schrie: ›Ein richtiger Mann weint nicht.‹ Er wollte mich zwingen, in den Keller zu gehen und Kohlen zu holen. Aber ich konnte nicht und weinte nur. Er nannte mich dann einen Schwächling und ein Muttersöhnchen. Ich solle doch zu meiner Mutter, dieser Jammerliese, gehen. Mit diesen Worten drehte er sich um und ging selbst in den Keller. Dort ist er dann die Treppe hinuntergestürzt und hat sich das Genick gebrochen.«

Scharfenstein blickte niemanden an, während er redete. Er schien selbst überrascht zu sein, wie leicht es ihm fiel, das Geschehene zu rekapitulieren.

»War es wirklich ein Unfall?«, hakte Berrit vorsichtig nach.

Als Scharfenstein nicht sofort antwortete, schaltete sich Doktor Hövelmanns ein: »Ich weise darauf hin, dass nach dem Strafgesetzbuch der DDR – und das hat im Falle einer für den Beschuldigten günstigeren Regelung zur Anwendung zu kommen – Mord nach fünfundzwanzig Jahren verjährt ist.«

Einen weiteren Moment schwieg Scharfenstein. Dann fuhr er fort: »Ich dachte zuerst, ich müsste ins Zuchthaus. Aber die Polizei ist nie gekommen. Der Arzt hat einen Tod durch Genickbruch nach Treppensturz festgestellt. Kein Mensch hatte Zweifel. Natürlich hat mich die Schuld bedrückt. Daher habe ich die Tat gebeichtet.«

»Bei Pfarrer Dresler.« Es war mehr eine Feststellung von Berrit als eine Frage.

»Ich wusste, dass das Beichtgeheimnis heilig ist. Selbst wenn er mich im Beichtstuhl erkennen sollte.«

»Sie wussten aber sicher auch, dass eine Absolution nur gültig ist, wenn man Reue zeigt?«

Scharfenstein hielt immer noch die nicht angezündete Zigarette und das Feuerzeug in der Hand. Ben bemerkte jetzt, wie sehr die Hände des Kanzlerkandidaten zitterten.

»Als ich im Beichtstuhl saß, war ich auch wirklich willens, mich der Polizei zu stellen. Meine Reue war aufrichtig. Ich wollte reinen Tisch machen. Aber als ich dann die Kirche verließ und auf der Wichertstraße stand, wusste ich: Ich musste wieder zu meiner Mutter. Ich musste mich um sie kümmern. Sie war krank, sie brauchte mich. Ich konnte nicht ins Zuchthaus gehen. Wer hätte sich dann um sie gekümmert?!«

Ben fragte sich, wie er in dieser Lage gehandelt hätte. Ben war erleichtert, als Berrit die Vernehmung in eine andere Richtung lenkte.

»Kommen wir wieder in die Gegenwart zurück. Als Sie Kardinal Dresler aufsuchten, wussten Sie also, dass er Ihr Vater war. Was war der Grund Ihres Besuchs?«

»Der offizielle Grund war, dass ich ihn um Hilfe im Wahlkampf …«

»Das heißt«, unterbrach ihn Ben, »dass es auch einen inoffiziellen, einen wirklichen Grund gab?«

Scharfenstein nickte. Kurz danach sagte er: »Ja. Den gab es.« Er räusperte sich, trank einen Schluck Wasser. »Als ich erfuhr, dass Dresler mein Vater ist und dass der liebenswürdige Pfarrer von damals meine Mutter derart im Stich gelassen hat, brach für mich eine Welt zusammen. Der Pfarrer, den ich so lange verehrt hatte, hatte meine Mutter auf dem Gewissen. In mir reifte der Entschluss, ihn zur Rede zu stellen.«

»Und dann ließen Sie sich einen Termin geben?«, fragte Berrit. »Das dürfte als Kanzlerkandidat kein Problem gewesen sein.«

Scharfenstein nickte wieder. »Ja, es gab rasch eine Gelegenheit.«

»Was geschah, als Sie dann vor ihm standen?«

»Sie müssen nichts sagen, was Sie selbst belastet, Herr Scharfenstein.«

Scharfenstein überging die Belehrung seines Anwalts. »Plötzlich stand ich vor ihm. Er trug einen ganz normalen Priesteranzug mit weißem Kragen, so wie damals. Doch ich sah in ihm weder den Bischof noch den Pfarrer. Ich sah plötzlich meinen Vater.« Seine Stimme wurde leiser, und er schnäuzte die Nase in ein Papiertaschentuch. »Er dachte, es ging mir um das Beichtgeheimnis. Er erzählte über den Heiligen Josef und zeigte mir eine Bronzefigur, die den Schutzpatron für eine gute Ehe darstellte.

»Haben Sie die Figur angefasst?«, fragte Ben und dachte: Wenn er jetzt Nein sagt, ist er der Lüge überführt. Doch auf diesen Trick fiel Scharfenstein nicht herein.

»Ja, er gab sie mir in die Hand. Ich war überrascht, wie schwer die Skulptur war. Und er versicherte, dass er sich nach wie vor an das Schweigegelübde gebunden fühlte. Er wusste ja nicht, dass ich von seiner Vaterschaft wusste. Als ich das aber erwähnte, war der Spieß plötzlich umgedreht. Denn ich hatte etwas gegen ihn in der Hand. Wenn herauskam, dass der Kardinal ein uneheliches Kind hatte, wäre er am Ende gewesen. Von einer Papstwahl mal ganz zu schweigen. Ich merkte, wie es ihm plötzlich nur noch um sich ging, wie er mich anbettelte, nichts an die Öffentlichkeit gelangen zu lassen. Ich wurde wütend und schrie ihn an. Ich drohte, alles bekannt zu machen. Ich wollte sein Leben zerstören, so wie er auch das Leben meiner Mutter zerstört hatte.«

»Und dann?«, fragte Ben, als Scharfenstein nicht weiter sprach. Er schaute nur auf die Tischplatte und schwieg. »Kam es zu einer Rangelei? Sie griffen zu einem Gegenstand, der im Regal stand, und schlugen …«

»Nein, nein. So war es nicht.« Scharfensteins Stimme war wieder kräftig.

»Wie war es dann?«, fragte Berrit.

»Dresler redete auf mich ein, um mich zu beruhigen. Was ihm dann letztlich auch gelang. Er berichtete mir ausführlich, was damals in ihm vorgegangen war. Dass er von Anfang an gewusst hatte, dass ich sein Fleisch und Blut war. Und dass er die Chance hatte, nach Rom zu gehen und zu studieren, dass ihm der goldene Westen offen stand und er aus purem Egoismus diese Chance nicht vergeben wollte. Und er beichtete mir auch, dass ihn das heute alles sehr schmerze.« Leise fügte Scharfenstein hinzu: »Ja, es war wie eine Beichte.«

Es klang wie ein Schlusswort, und eine Weile war nur das regelmäßige Klopfen in den Heizungsrohren zu hören. Sagte Scharfenstein die Wahrheit? Als Politiker war er ein perfekter Lügner, das Verschweigen unangenehmer Wahrheiten gehörte für ihn zum Tagesgeschäft. Aber wenn er der Täter war, warum sollte er dann den Besuch beim Kardinal gestehen, den Mord aber nicht?

Berrit setzte die Vernehmung fort. »Wer außer Ihnen und dem Kardinal wusste noch von diesem Vater-Sohn-Verhältnis?«

»Niemand«, antwortete Scharfenstein und sagte dann leiser, mehr zu sich selbst: »Bis auf diese miese Ratte.«

»Wie bitte? Können Sie bitte lauter und in das Aufnahmegerät sprechen?«

»Ich wurde erpresst.« Die Worte wirkten auf Ben wie ein Blitzschlag. Wurde jetzt der große Unbekannte ins Spiel gebracht? Doch Scharfenstein ließ sich nicht lange bitten, bevor er einen Namen nannte.

* * *

Franz Löber saß noch lange nach Redaktionsschluss vor seinem Computer. Er konnte am besten kreativ arbeiten, wenn sich der Trubel des Tages gelegt hatte, alles dunkel war und im Großraumbüro die Halogenleuchte auf seinem Schreibtisch neben dem Monitor die einzige Lichtquelle war. Den von Stahl gewünschten Artikel hatte er nach bestem Wissen und Gewissen verfasst. Jetzt suchte er kurz in dem Durcheinander auf seiner Arbeitsfläche den Zettel von Ben. Dann tippte er den Namen des polnischen Künstlers in die Suchmaske des Archivsystems ein. Die elektronische Datenbank reichte über zehn Jahre zurück. Was älter war, lag auf Mikrofilmen gespeichert hinter gepanzerten Feuerschutztüren im Keller. Aber auch in der elektronisch gespeicherten Datenmenge wurde er fündig, auf dem Bildschirm wurden vierzehn Treffer angezeigt. Tatsächlich hatte die Kulturchefin vor drei Jahren einen größeren Bericht über bildende Kunst in Osteuropa geschrieben, in dem sich ein kleiner Absatz auch Ischariot Pasadelski widmete. Franz überflog den Artikel, wechselte dann ins Mailprogramm und schrieb die wichtigsten Fakten zusammen.

Hi Ben, ich habe zu deinem polnischen Künstler etwas gefunden. Geboren 1705 in Krakau, gestorben 1788 in Danzig. Er gestaltete vorwiegend sakrale Gebrauchskunst für Kirchen und Klöster. Als sein Hauptwerk gilt die weinende Madonna aus der Krakauer Kathedrale. Im Auftrag von Papst Benedikt XIV. entwarf er einen Kanon von achtundzwanzig Bronzeskulpturen: die zwölf Apostel, die vierzehn Nothelfer sowie das heilige Paar Maria und Josef. Papst Benedikt starb während der Ausführung des Auftrags, sein Nachfolger Clemens XII. nahm die Figuren 1739 in einer Privataudienz im Vatikan entgegen. Ungeklärt ist, wie die Figuren einige Jahrzehnte später in die Hände des jüdischen Sektengründers Jakob Frank gerieten, der eine sabbathianische Bewegung gründete und sich später christlich taufen ließ. Seine Anhänger wurden Frankisten genannt. Angeblich soll es noch heute in Polen und der Türkei Frankisten geben, de facto sind sie judaisierende Katholiken, die nur untereinander heiraten und deren Oberhäupter sich durch eine geheimnisvolle Medaille zu erkennen geben. Franz, der eigentlich Jankiew Lejbowicz hieß, nahm die Figuren mit nach Wien und später Offenbach. In der Mitte des neunzehnten Jahrhunderts verliert sich die Spur der achtundzwanzig Figuren in verschiedene Richtungen, die vierzehn Nothelfer werden vor allem in verschiedenen osteuropäischen Kirchen sowie bei Kunstsammlern vermutet. Seit 1928 befinden sich die zwölf Apostel und das heilige Paar in der römischen Kirche Santo Stefano Rotondo …

Als er den Namen dieser Kirche tippte, klickte etwas in Franz' Gehirn. Er erinnerte sich vage an einen Zusammenhang mit Kardinal Dresler. Bevor er lange überlegte, startete er eine Internet-Suchmaschine und gab den Namen der Kirche und den des Kardinals ein. Der erste Treffer war die offizielle Biografie des Münchner Erzbischofs auf der Seite des Bistums.

Die Fundstellen waren rot markiert: *Zurzeit ist Santo Stefano Rotondo die Titelkirche des Münchner Erzbischofs Johannes Kardinal Dresler.*

Aha, dachte Franz. Er wusste zwar nicht genau, was die polnischen Skulpturen mit Bens aktuellen Ermittlungen zu tun hatten. Aber dies könnte für ihn ein wichtiger Hinweis sein.

Er schrieb auch dies noch schnell in die E-Mail, schickte sie ab, ohne noch einmal drüberzulesen. Dann schrieb er Ben noch eine SMS mit den Worten: *Schau mal in deine Mails. Habe was Interessantes gefunden!*

* * *

»Wer hat Sie erpresst?«, fragte Ben.

»Und womit?«, wollte Berrit wissen.

Die Antwort schien Scharfenstein unangenehm, ja peinlich zu sein. »Wir waren früher Freunde, Schulkameraden. Eine Zeit lang haben wir uns aus den Augen verloren. Er ist heute Reporter bei der …«

»Bodo Rauch?«, fiel ihm Berrit ins Wort. »Wo Rauch ist, da ist auch Feuer?«

Scharfenstein schaute überrascht: »Sie kennen ihn?«

»Wir waren bei ihm«, antwortete Ben. »Womit hat er Sie erpresst?«

»Zunächst waren es die Fotos.« Scharfensteins Stimme wurde wieder leiser. »Sie haben sicher die Presse verfolgt. Es gab Fotos, die mich und eine Dame …«

»Wir können doch davon ausgehen«, schaltete sich Hövelmanns ein, »dass diese Angelegenheit vertraulich behandelt wird?«

»Ja, von der Bikini-Affäre haben wir gelesen«, sagte Berrit. »Und Bodo Rauch hat die Bilder gemacht und Sie erpresst?«

»Ja. Anfangs hatte er mit der Veröffentlichung gedroht und Geld verlangt. Zehntausend Euro. Eine lächerliche Summe. Aber ich war nicht bereit zu zahlen. Denn ich wusste, dass zu diesem Zeitpunkt nur harmlose Fotos bestehen konnten, deren Existenz ich notfalls hätte erklären können.«

»Aber es handelte sich bei der Dame doch um die Ehefrau

eines CSU-Politikers, oder?«, fragte Ben. »Eine politisch pikante Konstellation.«

»Als Rauch merkte, dass ich wirklich nicht zahlen würde, hat er die Bilder an die *B.Z.* verkauft und veröffentlicht.«

»Aber was hat diese missglückte Erpressung mit Ihrem leiblichen Vater, dem Kardinal, zu tun?« Berrit vergewisserte sich, dass die Aufnahmekapazität des Diktiergerätes noch ausreichte.

»Dass dieser miese Erpresser sich an mir die Zähne ausbiss, muss ihn wütend gemacht und angetrieben haben. Jedenfalls heftete er sich tage- und wochenlang an meine Fersen. Er beschattete mich förmlich in der Hoffnung, kompromittierende Fotos schießen zu können. Er beobachtete mich auch an dem Tag, als ich meine Tante Elisabeth am Grab meiner Mutter traf, damit sie mir die Briefe geben konnte. Darum hatte ich sie nach der Beerdigung gebeten. Und ich weiß nicht, ob Rauch ein Gespräch belauschen konnte oder ob er einfach nur geahnt hat, dass der Inhalt dieser Briefe brisant sein könnte. Jedenfalls gelang es ihm, in einem unbeobachteten Augenblick, einen Teil der Briefe aus meinem nicht abgeschlossenen Wagen zu stehlen. Den Rest hat er sich dann wohl zusammengereimt.«

»Und dann hat er Sie wieder erpresst?«, mutmaßte Berrit.

»Nein.«

»Nein?«

»Ich habe seit diesem Tag nichts mehr von ihm gesehen oder gehört.«

Berrit und Ben blickten sich einen Moment an. Sie wussten beide, was der andere dachte.

»Haben Sie mit jemandem über den Erpressungsversuch von Bodo Rauch gesprochen?«, fragte Ben.

Scharfenstein schüttelte den Kopf. »Nein«, sagte er. Nach einer kurzen Pause fügte er hinzu: »Nur mit einer Person.«

* * *

Wenige Minuten später saßen Ben und Berrit in ihrem Büro.

»Denkst du auch, was ich denke?«

Sie nickte. »Auch wenn es für einen Haftbefehl wohl noch nicht reichen wird: Wir sollten uns diesen Bodo Rauch schnellstens noch einmal vorknöpfen. Wer einen Spitzenpolitiker erpresst, der …«

»… der macht auch vor einem Kardinal nicht Halt.«

Ben öffnete und las die E-Mail von Franz Löber. Dann druckte er sie aus und reichte sie Berrit mit den Worten: »Lies mal. Interessant. Aber ich kann mir im Moment noch absolut keinen Reim drauf machen. Du?«

Berrit überflog zunächst den Text, dann las sie die entscheidende Stelle noch einmal langsam. Plötzlich rief sie: »Heilige Mutter Gottes!« Mit einem Schlag wurde ihr klar, was ihr in der Wohnung von Bodo Rauch seltsam vorgekommen war.

»Und?« Ben stand die Neugier ins Gesicht geschrieben. »Was ist?«

»Die Madonna! Die Marienfigur bei Rauch. Das war es, was mir aufgefallen war.«

»Du meinst: Maria und Josef gehören zusammen?«

»Ja, genau. Wenn das Heilige Paar seit Jahrzehnten in einer Kirche stand, zu der Kardinal Dresler eine enge Verbindung hatte, dann liegt doch nahe, wie er an die Josefsfigur gekommen ist.«

»Vermutlich ein Geschenk der Kirche an ihren deutschen Titularbischof«, meinte Ben. »Und in dem Fall wäre es tatsächlich höchst seltsam, wenn nur die Josefsfigur verschenkt würde. Und die dazugehörige Maria nicht.«

»Und noch viel unwahrscheinlicher wäre es, wenn durch Zufall die zweite Figur beim Mörder des Kardinals im Regal stünde«, sagte Berrit zustimmend.

»Aber das würde bedeuten: Rauch hat den Kardinal mit der Josefsfigur erschlagen und die Marienfigur gestohlen. Klingt zunächst mal verrückt.«

»Haben wir nicht die Marienfigur verpackt im Schrank des Kardinals gefunden?«, meinte Ben sich zu erinnern.

»Ja, das hatten wir zuerst geglaubt. Aber es hat sich dann herausgestellt, dass es sich um die Heilige Barbara handelt, nicht um Maria. Kann man ja mal verwechseln. Ich hielt's nicht für wichtig.«

»Haftbefehl?«

»Ich ruf sofort Petzold an. Er soll veranlassen, dass die Berliner Kollegen eine Streife zu Bodo Rauch schicken. Ich bin sicher, er ist unser Mann.«

Und Ben murmelte leise, während er sein E-Mail-Programm schloss: »Danke, Franz.«

18. Kapitel

Die Heiligen Achatius, Ägidius und Cyriacus schienen teilnahmslos an ihm vorbeizublicken. Er legte seine Makarov PM wieder in die Schublade. Seit den turbulenten Zeiten der Wende hatte er seine frühere NVA-Dienstwaffe nicht mehr in den Händen gehalten. Niemand hatte jemals nach der Existenz der Pistole gefragt. Und gebraucht hatte er sie auch nie. Nun dachte er zum ersten Mal ernsthaft daran, eine der Neun-Millimeter-Kugeln aus der Waffe abzufeuern. Und seinem verkorksten Leben damit ein Ende zu setzen.

Die Makarov in der Hand zu halten, empfand er als Zeichen der Stärke. Es war selten, dass er es wirklich in der Hand hatte, etwas zu entscheiden. Jetzt war es die Entscheidung über Leben und Tod. Die Entscheidung über sein Leben. Sollte er einen Abschiedsbrief schreiben? Wahrscheinlich war es längst nicht mehr nötig, ein Geständnis zu formulieren. Sicherlich waren die Kripobeamten aus München nicht zufällig bei ihm gewesen. Vielleicht wussten sie längst alles.

Nicht nur, dass er ein Erpresser und Mörder geworden war. Sein Leben war schon vorher verpfuscht gewesen. Schon seit dem Zusammenbruch jener Welt, in der er sich über Jahrzehnte hinweg so bequem eingerichtet hatte. Er hatte sich angepasst und war nie aufgefallen. Er hätte als Redakteur beim *Neuen Deutschland* so bis zur Rente ein komfortables Leben führen können. Doch plötzlich war alles anders geworden. Die Mauer war weg, später auch der Staat, mit dem er sich arrangiert, dem er gedient hatte. Er war lange Zeit arbeitslos gewesen, ohne Chancen auf eine Anstellung. Die Zeitungen wurden privatisiert, unbelastete Redakteure aus dem Westen eingekauft. Er versuchte irgendwann, sich als freiberuflicher Reporter mehr schlecht als recht über Wasser zu halten.

Und dann musste er zum ersten Mal über Julius Scharfenstein schreiben, mit dem er gemeinsam die Schulbank in Pankow gedrückt hatte. Er hatte dieselbe Ost-Vergangenheit wie er. Doch Scharfi stand kurz davor, der mächtigste Mann im Staat zu werden. Julius Scharfenstein war ganz oben. Und Bodo Rauch war ganz unten. Als ihm sein alter Mitschüler mit der Bikini-Frau erstmals durch Zufall vor die Linse kam, war es eine große Genugtuung für ihn. Und wenn dabei noch ein paar Euro abfallen würden, warum nicht?

Julius Scharfenstein hätte nur zahlen müssen. Eine Art Ausfallhonorar für die ausbleibende Veröffentlichung. Dann wäre nichts weiter geschehen. Dann hätte er sich auch nicht weiter an Scharfensteins Fersen geheftet, um weitere Bilder zu schießen. Dann hätte er nicht die Übergabe dieser geheimnisvollen Briefe beobachtet. Dann wäre nicht die Neugier über ihn gekommen, die ihn dazu getrieben hatte, aus dem nicht verschlossenen Wagen einen Stapel Briefe mitzunehmen. Und dann hätte er auch nicht das Ungeheuerliche erfahren.

Wie lange es gedauert hatte, bis die fixe Idee, auch den Kardinal um ein Ausfallhonorar zu bitten, zu einem konkreten Plan gereift war, konnte er nicht mehr nachvollziehen. Woher er den Mut genommen hatte, dieses kriminelle Vorhaben durchzuziehen, war ihm rückblickend heute auch mehr als schleierhaft. Er war nie ein mutiger Mensch gewesen, eher ein Feigling, der bevorzugt den Weg des geringsten Widerstands ging. Dass er durch seine Erpressungen zum Mörder werden sollte, war nicht Teil seines Plans gewesen. Nicht nur dass der Kardinal nicht auf die Erpressung eingehen wollte, er konfrontierte Rauch plötzlich auch mit dem gescheiterten Versuch, den Kanzlerkandidaten mit Paparazzifotos unter Druck zu setzen. Offenbar hatte Scharfenstein seinen leiblichen Vater darüber informiert. Der Kardinal wollte die Polizei einschalten. In dem Moment hatte Rauch die Kontrolle. Wenn die schwere Statue in dem Moment nicht in seiner Griffweite gestanden hätte, wäre alles vielleicht anders verlaufen.

Er beschloss, etwas zu trinken. Ein Glas Whisky würde es ihm sicher erleichtern, das Unausweichliche zu tun. Bodo Rauch griff wieder nach der Waffe. In diesem Moment läutete es an der Tür seiner Wohnung in Charlottenburg. Besuch erwartete er nicht. Es vergingen weniger als drei Sekunden, bevor es ein weiteres Mal läutete. Zugleich hämmerte jemand mit der flachen Hand vor die hölzerne Tür und rief: »Aufmachen, Polizei.«

Epilog

Hans Kleuser hatte Berrit Blombach und Ben Dillinger zu sich ins Büro bestellt. Seine Sekretärin hatte ihnen Kaffee gebracht. Das Fernsehgerät lief ohne Ton, zu sehen war ein großer Platz mit ungeheuren Menschenmassen.

»Es tut mir leid. Aufrichtig leid.« Ihm war anzumerken, dass ihm die Worte nicht leicht fielen. »Mein Misstrauen war unbegründet.«

»Schon gut, Hans.« Ben war die Situation unangenehm. »Hauptsache, der Fall ist geklärt. Auch wenn ein bisschen Glück dabei war.«

»Glück vor allem, dass der mutmaßliche Täter noch lebt«, sagte Kleuser nachdenklich.

»Wie geht es Bodo Rauch?«, fragte Berrit. »Liegt er noch auf der Intensivstation?«

»Die Polizeikugel der Berliner Kollegen hat seinen Oberarm durchschlagen. Er wird durchkommen. Aber warum musste er auch seine alte Armeepistole auf die Beamten richten, die seine Wohnungstür aufbrachen!«

»Stimmt es, dass die Waffe nicht geladen war?«, wollte Ben wissen.

»Sie war geladen. Aber der Abzugmechanismus hat geklemmt. Das Ding ist ewig nicht benutzt worden. Die Kollegen gehen davon aus, dass er sich selbst richten wollte. Als sie dann die Wohnung betraten und er die Pistole in der Hand hielt, sind die Schüsse gefallen. Er kann echt von Glück reden …«

»Ich glaube kaum, dass Bodo Rauch in irgendeinem Zusammenhang von Glück reden wird«, fiel ihm Berrit ins Wort. »Vom Glück verfolgt wurde er in seinem trostlosen Leben nun wahrlich nicht. Übrigens, die Heiligenfiguren der Nothelfer, die bei ihm standen …«

»Ja? Was ist damit?«

»Ich habe mal nachgeschlagen: Achatius ist der Nothelfer bei Todesangst, Cyriacus ist der Helfer in der Todesstunde und der dritte, Ägidius, ist zuständig für die Beichte.«

»Da hat er sich ja wirklich die richtigen Nothelfer ausgesucht.« Ben blickte an Kleuser vorbei auf den Fernsehschirm, auf dem jetzt ein Reporter während einer Live-Schaltung aufgeregt in sein Mikrofon sprach.

»Wird er gestehen?«, fragte Ben.

»Das wird nicht nötig sein. Wir haben es bereits überprüft: Seine Fingerabdrücke sind auf der Tatwaffe. Das Motiv ist eindeutig. Für einen Indizienprozess wird das reichen.«

Ben nahm einen großen Schluck seines schwarzen Kaffees. »Du, Hans, ich hab noch eine andere Frage. Wann gehst du denn nach Berlin?«

Kleuser räusperte sich übertrieben und entfernte einige nicht vorhandene Staubkörner von seiner Hose. »Ja, hm, das wollte ich auch noch sagen. Also, ich werde dem Dezernat 11 noch eine Weile erhalten bleiben. Das mit der Politik war wohl mehr eine Schnapsidee. Ich bin mehr ein Mann der Praxis als der Verwaltung. Das siehst du doch auch so, Ben, oder?«

Ben lächelte. »Absolut. Dein Politjob wäre schon daran gescheitert, dass du dann Tag für Tag mit Krawatte herumlaufen müsstest.«

»Auch wenn wir nicht immer einer Meinung sind, Herr Kriminaloberrat«, sagte Berrit, »aber das Dezernat braucht Sie. Und ich hoffe nur, dass Sie nicht auf die Idee kommen, sich um den frei gewordenen Job als Kanzlerkandidat bei der SPD zu bewerben.«

»Genug der Komplimente. Wie es aussieht, wird ja Brack nochmal als Kanzlerkandidat ins Rennen gehen nach dem Rückzug von Scharfenstein. Und jetzt wieder an die Arbeit. Ich erwarte bis morgen einen kompletten Bericht.« Kleuser schaute sie auffordernd an. Dann fiel ihm noch etwas ein: »Ach ja, und legen Sie mir bitte auch die Reiseanträge und die Spesenrechnungen vor. Ihr Berlin-Ausflug war selbstverständlich eine Dienstreise. Den Urlaub holen Sie nach. Und nun bitte …«

»Moment mal, Hans, schau mal dort!« Ben deutete auf den TV-Schirm, der jetzt einen Schornstein zeigte, aus dem Rauch aufstieg. »Das könnte weißer Rauch sein.«

»Unsinn. Eindeutig schwarz«, erwiderte Kleuser.

Berrit ging einen Schritt näher auf den Fernsehapparat zu. »Ich glaube auch, das könnte weiß sein.«

»Mach mal den Ton lauter!«, rief Ben, und Kleuser griff zur Fernbedienung.

Ein Reporter sagte das, was sie auch schon wussten. Es stieg Rauch auf, von dem nicht eindeutig erkennbar war, ob er weiß oder schwarz war. Es dauerte einige Minuten, dann ertönten aus dem Fernsehlautsprecher zunächst langsame Glockenschläge, die immer regelmäßiger wurden. Unterbrochen wurden die feierlichen Klänge von dem Reporter: »Jetzt ist es gewiss. Der Rauch ist weiß, die Kardinäle haben einen neuen Papst gewählt!« Minutenlang referierte er, was in diesen Momenten hinter den verschlossenen Türen der Sixtinischen Kapelle geschah: dass der neu gewählte Pontifex sich nun die neuen Kleider anlegte, die ein Schneider in drei Größen vorbereitet hatte. Dass die Kardinäle anschließend dem neuen Papst huldigen und die Treue versprechen würden.

Es verging Minute um Minute. Jede einzelne zog sich wie Ewigkeiten hin. Und ausgerechnet jetzt bellte Bens Handy.

Er war nicht überrascht, eine SMS von Lydia zu lesen. Sie lud ihn zum Spaghettiessen ein. Auch wenn sie ihm manchmal auf die Nerven ging, ihre Nachrichten hatten immer etwas sehr Warmes und Liebenswertes. Vielleicht sollte er doch nicht immer so abweisend zu ihr sein. Und vielleicht hatte auch Berrit Recht, wenn sie ihm vorhielt, seine vermeintliche Beziehungsunfähigkeit nur als Ausrede zu benutzen, um der Verantwortung zu entfliehen.

Er konnte nicht länger darüber nachdenken, weil Berrit plötzlich rief: »Schau da, es passiert was!«

Was dann geschah, sollten sie nie mehr vergessen.

Auf dem Balkon über dem Petersplatz bewegte sich ein roter Vorhang zur Seite, der Kardinalsdekan trat hervor, ein anderer Mann mit schwarzem Talar und weißem Chorhemd hielt ihm ein altertümliches Mikrofon vor den Mund. Dann sprach der schwarzhaarige Mann die legendären Worte: »Habemus papam …« Unterbrochen wurde er von einem ersten Jubel der Menschenmasse. »Cardinalem …« Nach jedem Wort holte er tief Luft. »Salvatore … Cutrona.«

Während auf dem Petersplatz in Rom grenzenloser Jubel ausbrach, dass wieder ein Italiener gewählt worden war, herrschte im Chefbüro des Münchner Morddezernats mehrere Sekunden lang totale Stille.

Als Erste fand Berrit die Sprache wieder: »Aber das ist doch …«

»Unglaublich!«, vervollständigte Ben den Satz.

Cutrona sprach in den Jubel der Menschen hinein und machte mit seiner rechten Hand eine Geste, die eine Mischung aus Winken und Segnen war.

»Ich verstehe nicht viel Italienisch«, sagte Berrit. »Aber ich glaube, ich habe verstanden, wie sich der neue Papst nennt.«

Die zwei Männer blickten sie fragend an.

»Er nennt sich Giovanni XXIV.«

»Giovanni heißt Johannes«, stellte Kleuser überflüssigerweise fest.

»Wenn das Kardinal Dresler, Kardinal Johannes Dresler, noch erlebt hätte«, sagte Berrit und betonte den Vornamen besonders.

Und Ben dachte laut: »… dann stünde er vielleicht jetzt selbst auf dem Balkon.«

Der neue Papst erteilte den apostolischen Segen *Urbi et Orbi.*

»Halleluja«, sagte Hans Kleuser. Und Ben Dillinger trank seinen Kaffee aus.

ENDE

Weitere Krimis im Allitera Verlag

Angela Eßer, Heidi Keller (Hg.): Finsterböses Bayern

25 renommierte Krimi-Autoren, in Bayern geboren oder dort lebend, haben sich den dunklen Seiten ihrer Heimat gewidmet und zeigen in hochspannenden, skurrilen, amüsanten und bewegenden Kurzkrimis: Das Verbrechen lauert immer und überall, im Freistaat und darüber hinaus.

268 S., Paperback, ISBN: 978-3-86906-499-4

Thomas Giesau: Der Star muss sterben

Privatdetektiv Mike Moser ist ein Münchner »Gwachs«. Und er mag seine Stadt und seinen Job. Meistens. Als er aber engagiert wird, um eine bekannte Schauspielerin während der Dreharbeiten zu ihrem neuesten Film zu beschützen, ist er weniger begeistert. Bald stolpert er über die erste Leiche. Und plötzlich steckt er drin, der Moser, in einer brisanten Jagd nach dem Täter …

184 S., Paperback, ISBN: 978-3-86906-703-2

»Der Star muss sterben« ist der erste Band von insgesamt vier Krimis um den Münchner Privatdetektiv Mike Moser.

Harry Luck: Wiesn-Feuer

Eine tödliche Bedrohung wirft ihren Schatten über die bevorstehende Wiesn: 25 Jahre nach dem Bombenanschlag auf dem Münchner Oktoberfest kündigen Unbekannte wieder ein verheerendes Attentat an. Der Moment des Anstichs nähert sich in großen Schritten und ein Wettlauf gegen die Zeit beginnt …

224 S., Paperback, ISBN: 978-3-86906-650-9

Harry Luck: Der Isarbulle

Als der »Isarbulle« löst Alfons Waldbauer im Fernsehen jeden Fall – doch auf einmal hat der TV-Kommissar mit einem echten Mord zu tun: Bei den Dreharbeiten für den populären Freitagskrimi wird der Regisseur erschossen. Doch bald gerät Alfons Waldbauer, Hauptfigur der Serie, selbst unter Mordverdacht … Eine Story für den Sensationsreporter Frank Litzka!

168 S., Paperback, ISBN: 978-3-86906-332-4

Harry Luck: Schwarzgeld

Zwei Mordanschläge auf CSU-Politiker innerhalb weniger Tage. Und das kurz vor der Landtagswahl, in der es die absolute Mehrheit zu verteidigen gilt. Ein Fall für Hauptkommissar Jürgen Sonne von der Münchner Mordkommission und für den Lokalreporter Frank Litzka, der sich einem großen Skandal im bayerischen Politsumpf auf der Spur sieht.

172 S., Paperback, ISBN: 978-3-86906-181-8